MICHEL JEURY

Michel Jeury est né en Dordogne en 1934, de parents agriculteurs. Après ses études au petit bonheur, du certificat au bac en trois ans, il devient instituteur et publie son premier roman, *Le diable souriant* (Julliard, 1958). Il signera plus de trente romans de S.-F. et de nombreuses nouvelles avant d'écrire des romans historiques, puis contemporains : *Le temps incertain, Le dernier certif, Les singes du temps, La vallée de la soie, La charrette au clair de lune, Nounou, Le jeune amour, Les gens heureux ont une histoire. L'année du certif* et *Les grandes filles* ont été réalisés pour la télévision par Jacques Renard.
« Écrivain de métier, paysan de cœur », Michel Jeury partage son temps entre le Périgord et les Cévennes où il est installé depuis 1987.

LA PETITE ÉCOLE DANS LA MONTAGNE

DU MÊME AUTEUR
CHEZ POCKET

NOUNOU
ANGÉLINE
LE JEUNE AMOUR
LA PETITE ÉCOLE DANS LA MONTAGNE

MICHEL JEURY

LA PETITE ÉCOLE DANS LA MONTAGNE

ROBERT LAFFONT

Le papier de cet ouvrage est composé de fibres naturelles, renouvelables, recyclables et fabriquées à partir de bois provenant de forêts plantées et cultivées durablement pour la fabrication du papier.

ISBN : 978-2-266-15720-9

À Jacques Plaine,
à Paul Fournel,
aux jurés du prix Exbrayat 1995,
ce roman que je leur avais promis.

1

C'était un matin d'octobre comme tant d'autres. La bruyère en fleur teintait de mauve les pentes au-dessus des bois, les sorbiers des oiseleurs jalonnaient les chemins de leurs grappes rouges, les bogues des châtaigniers commençaient à s'ouvrir, ici et là, et laissaient pleuvoir sur la terre les beaux marrons étincelants. Le vent portait l'odeur un peu âcre de la forêt en automne, sève, humus, champignons, feuillages mouillés…

Les matins de rentrée, pareils à celui-ci, s'alignaient vers l'avenir, en file indienne, de plus en plus flous et serrés ; trente au moins, si Victor Chambost vivait jusqu'à la retraite : il avait vingt-neuf ans. Il venait d'être nommé à Saint-Just-la-Roche, un village de quelques centaines d'habitants, à près de mille mètres d'altitude, au mont Pilat, dans la Loire.

La veille, il avait écrit au tableau le nom du président de la République : *Monsieur Armand Fallières.* Puis la date du jour : *Vendredi 2 octobre 1908. Morale (pour tous). L'École.*

Pour les cours moyen et supérieur : *Répandre l'instruction est le premier devoir d'un peuple qui veut rester libre.*

Pour le cours élémentaire : *Ne savoir ni lire, ni écrire, ni compter, quand on peut apprendre, c'est une honte.*

Pour le C. P. : *À l'école, que vas-tu faire, petit enfant ? Je vais apprendre à lire pour savoir ce qu'il y a dans les livres.*

Considérant la maxime du cours élémentaire, il avait d'abord effacé le mot « honte », qui lui semblait trop fort, trop dur. Puis, n'en trouvant pas de meilleur, il avait haussé les épaules et l'avait remis en grommelant.

Il brandit de nouveau le chiffon, hésita. Oui, c'est une honte, mais on ne va pas parler de honte le premier jour d'école. Il effaça « honte » pour de bon et écrivit à la place « chagrin ». En lisant cette phrase, n'importe quel inspecteur fût monté sur ses grands chevaux. Mais Victor se fichait des inspecteurs. Enfin, non, il ne s'en fichait pas, il était un maître sérieux et discipliné, mais il se rappelait ses propres fautes d'enfant et la sévérité des maîtres, dont il avait souffert. Il se voulait plus indulgent avec ses élèves ; mais quoi qu'il fît, il avait toujours un peu mauvaise conscience.

La belle heure, enfin, était arrivée, sous le soleil déjà haut qui perçait la brume. Sabots et galoches claquaient et sonnaient sur le chemin, puis sur le sol de la cour, abîmé par les maçons. Par la porte entrouverte, Victor entendit des cris, des appels, des exclamations dans un patois – ou dans un mélange de français et de patois – assez différent du parler forézien, mais qu'il pouvait tout de même comprendre.

Hé, basu ! Bétiaras ! Ou n'y a le Lucian qu'est berchu ! Et l'Tonin qui biganche ! Brandaraï ! Galapian !

Imbécile. Couillon. Il y a le Lucien qui a perdu une dent. Et le Tonin qui boite. Bon à rien. Vaurien !

Il vit bientôt les petits, « lou motrus », de six à sept ans, arriver en nombre. Quelques-uns étaient accompagnés par les mères ou les grandes sœurs. Une rentrée comme les autres, à ceci près qu'elle s'effectuait dans un chantier, avec les outils des maçons qui encombraient encore le préau, ouvert à tout vent. Le nouveau bâtiment, composé de la mairie au centre, de l'école des filles et de l'école des garçons, chacune d'un côté, était encore en construction, y compris les logements. Seule la classe des garçons ouvrait ses portes en ce matin du vendredi 2 octobre 1908.

Les grands se précipitèrent soudain en criant sur un garçon pauvrement habillé, haletant d'avoir couru. Victor s'avança sur le pas de la porte et observa la scène, sans comprendre.

Un escogriffe nommé Chanal, qui dominait d'une tête le nouveau venu, le menaça du poing.

— Colinet la Fiarde ! Ébisolé ! Écorpelé ! Véton d'itieu ! Colinet la Toupie, abruti, teigneux, va-t'en d'ici !

— Il est plus de Saint-Just, m'sieur ! cria quelqu'un.

— Il est parti de chez lui.

— Sa mère l'a chassé.

— Il habite à Saint-Sabin, chez…

Victor ne comprit pas le nom, ou plutôt le surnom, en patois. Saint-Sabin se trouvait un peu plus haut sur le flanc du mont Pilat. Dans un ciel couleur de bleu à linge, le soleil brillait sans éclat, au milieu des nuages blancs, par-dessus les crêts.

Nicolas Malatray vint se planter devant Victor, toucha sa casquette et déclama, avec verve et presque sans accent :

— C'est Colinet, monsieur. Il vient d'arriver tout mouillé de chaud, tellement il a couru, vu qu'il avait peur d'être en retard !

Colinet. Colinet ? Victor avait déjà entendu ce nom… Nicolas ne le laissa pas chercher longtemps.

— C'était le berger des demoiselles Valla, oui, celles qui vous logent. Il sait faire la toupie, comme ça, en tournant, et sauter en l'air. Quand les demoiselles l'ont chassé, parce qu'il donnait du pain aux chiens et même du lard, il a pas voulu *se rentourner* chez lui, à Saint-Étienne. Il est parti chez Grou-Cayon… et il a la pelade !

Ils étaient maintenant quatre ou cinq autour de Victor, qui hurlaient des explications méchantes et des commentaires hostiles, mi-patois, mi-français.

— Il a attrapé la teigne en couchant avec les chiens.

— Il nous emboconne. Il pue, quoi.

— Il est habillé rien que de pelanches… de haillons.

— À force de se sigroler en faisant la toupie, pour rire, il s'est caraviré la comprenotte.

— Et il est devenu tout foutraud. Tout simplet…

— Il a pas le droit de revenir à l'école à Saint-Just, m'sieur.

— On peut lui foutre une trivaste, une raclée, m'sieur, pour lui apprendre ?

— Vaut mieux chercher les cognes, ils l'emmèneront en prison.

Victor leva la main et rabroua vivement tous ces furieux.

— Écoutez-moi tous. Vous voudriez battre ce pauvre garçon devant l'école de la République ? Colinet !

Il repoussa les garçons, tout abasourdis, penauds ou fâchés, quelques-uns grommelant, d'autres prêts à changer de camp. Colinet s'approcha, tête haute, le visage rond assez bien débarbouillé, les joues un peu creuses et les oreilles un peu décollées, de grands yeux de fille et un sourire timide sur sa large bouche. Victor fit un pas vers lui.

— Tout enfant de moins de treize ans, dit-il très haut, a le droit, et le devoir, de fréquenter l'école publique.

— Z'est pas zon école ! cria un gros lard, brèche-dent et morveux.

Le berger était un garçon de petite taille, bien planté, maigrelet mais pas rachitique, un béret en forme de calotte bien ajusté sur le crâne, sans doute pour cacher sa pelade, le haut du corps à peine protégé par une pèlerine trop étroite, percée de dix trous et raide de crasse, par-dessus une chemise en loques. Sa culotte, trop courte, laissait voir des gigues musclées par les courses dans la montagne, des genoux cagneux et des chevilles écorchées, griffées au sang et couvertes de croûtes. Ses pieds, enveloppés de *peilles*, de chiffons, flottaient dans une paire de sabots presque neufs, mais beaucoup trop grands.

Victor remarqua tout de suite une lueur d'intelligence extrêmement vive dans ses yeux grands ouverts. D'intelligence et peut-être de malice... Elle brillait comme une étincelle électrique dans la nuit, elle faisait paraître ses prunelles immenses et bien plus claires qu'elles n'étaient en réalité, entre vert et brun. Colinet regardait le maître sans défi, mais sans embarras ni honte non plus : avec confiance. Il était venu de son refuge dans la montagne, et maintenant il se trouvait devant l'École : par la fenêtre, il pouvait voir le buste de la République sur le mur du fond. Il s'était mis sous sa protection. C'était, pensait-il, le seul endroit au monde où on ne le rejetterait pas. Il avait cru les grands discours sur la liberté, la fraternité, le devoir de s'instruire pour la patrie et l'humanité. Alors, il était venu.

Victor se demanda une seconde si ce berger ignorant et en guenilles n'était pas l'élève qu'il avait toujours rêvé d'avoir dans sa classe, de guider du B.A. BA jusqu'aux lumières de la science, du moins le peu qu'il en possédait. Colinet, est-ce toi qui feras pétiller l'année 1908-1909 comme un feu de sarments ? Est-ce toi qui me délivreras de l'ennui des jours pareils aux jours, attachés à l'emploi du temps comme les petits pois à leurs rames ? Est-ce toi, berger, qui me donneras tout le bonheur de mon métier pour quelques semaines ou quelques mois ?

On eût dit que Colinet lisait dans les yeux du maître. Il sourit, baissa les paupières. Le silence se fit. Puis une plainte de verre fêlé monta du clocher, roula haut dans l'air du matin.

— C'est le Glaudius de la Jeanne, qui sonne huit heures, s'écria Nicolas.

— Le neveu du curé, quoi.

— On est en retard, m'sieur, annoncèrent deux ou trois voix, entre malice et dépit.

— Je vous assure que nous ne perdons pas notre temps, dit Victor. La leçon de morale de la rentrée commence dans la cour.

Il s'adressa à Colinet, piqué devant lui, le béret sur la tête.

— Ôte ton béret, dit-il gentiment.

Colinet leva la main, posa les doigts sur son front, hésita.

— C'est que…

— Il a la pelade, m'sieur.

— Bien, fit Victor, je t'autorise à rester couvert pour raison d'hygiène. Où habites-tu ?

Colinet regarda furtivement ses camarades qui se donnaient des bourrades et retenaient leurs rires.

— Je suis berger chez le Toine Mouchet, du Grand Champ.

Dix voix s'exclamèrent en même temps : Grou-Cayon ! Tel était donc le surnom du Toine Mouchet : Gros-Cochon.

— Il sait que dire : Ha, ha, ha, grou cayon !

— Et il rit comme un peigne.

— Il mange des saloperies, pire qu'un cayon.

— Colinet en mange aussi.

— Le Toine habite pas Saint-Just… Il a sa cabane à Saint-Sabin.

Colinet se rebiffa.

— Il a un champ dans Saint-Just, et puis la maison, elle est tout près de Saint-Just, même pas, même pas cinq cents mètres.

— Et pourquoi ne vas-tu pas à l'école de Saint-Sabin ? demanda Victor.

Colinet baissa la tête.

— Je connais pas le maître, fit Colinet tête basse. Et puis j'ai rencontré M'sieur Salomon, l'ancien maître de Saint-Just, dans l'été. Il m'a dit que je pouvais revenir, même que j'étais parti de la commune.

— M'sieur Salomon, il est plus le maître, il avait pas le droit de le dire !

Victor remarqua, non sans surprise, que Colinet s'exprimait bien pour un petit berger, mêlant peu de patois au français, moins en tout cas que la plupart des autres ; et en outre, il parlait haut et clair, et ne mangeait pas ses mots. Il venait sans doute de la grande ville, et il avait gardé l'accent chantant de Saint-

Étienne, que certains moquaient, puis s'essayaient à imiter.

— Au fait, quel est ton nom ?

— *Au faite*, mon nom, c'est Colin Plasson, mais tout le monde dit Colinet, parce que je suis petit pour mon âge.

— Et quel âge as-tu ?

— J'aurai treize ans à la Saint-Claude de l'an prochain.

Naturellement, il prononçait « Glaude » comme tout le monde dans cette région de la Loire, entre Saint-Étienne et Lyon.

— La Saint-Claude, c'est au mois de juin, dit Victor.

— Oui, m'sieur.

— Combien de temps es-tu resté à Saint-Just ?

— Presque deux ans, m'sieur.

— As-tu bien fréquenté la classe de M. Salomon ?

— Tant que j'ai pu.

— Sais-tu un peu lire ?

Colinet hésita, fit le geste de se gratter la tête, laissa retomber sa main. Nicolas Malatray leva le doigt. Le fils du maire se croyait le droit de parler au nom de ses camarades. Ou bien était-ce un bonimenteur-né qui ne pouvait jamais tenir sa langue ? Victor haussa les épaules et acquiesça d'un signe.

— Colinet..., euh, Plasson a commencé à lire dans *L'Année préparatoire*, puis il a passé... – « Il est passé », corrigea Victor. – Il est passé au *Tour de la France par deux enfants*. En arithmétique, il suivait avec moi, parce que j'avais le livre, c'est le Vaillant du cours moyen première division. Mais je peux suivre sur le livre du cours moyen, celui avec la couverture à barres rouges, et même j'ai...

Les libraires éditaient tant et tant de livres qu'aucun instituteur ne pouvait les connaître tous. On avait déjà bien du mal à se rappeler le nom de chacun des libraires-éditeurs de Paris !

— Ne mélangeons pas tout, coupa Victor. Plasson, tu peux lire facilement dans *Le Tour de la France par deux enfants ?*

— Oui, m'sieur.

— En arithmétique, tu connais tes quatre règles ?

— Oui, m'sieur. Et même la preuve par 9.

Victor recula d'un pas, ouvrit les bras pour s'adresser à tous les élèves pressés autour de lui.

— Mes enfants, qu'importe la commune où habite notre camarade Colin Plasson. Nous sommes tous citoyens ou enfants de la même République. Levez la main, ceux qui croient que nous sommes tous les fils de la République !

Quelques mains seulement se levèrent d'emblée. Victor nota avec plaisir que Nicolas Malatray donnait l'exemple, la moindre des choses pour le fils du maire. Les autres se regardaient, hésitants. Les leçons d'instruction civique de son prédécesseur, le père Salomon, ne semblaient guère porter de fruits : il aurait dû s'y attendre. Il commença à compter quand la moitié des mains furent en l'air, alors les autres suivirent le mouvement. Puis il frappa dans ses paumes.

— Vous êtes de braves enfants et vous ferez de bons citoyens. Colin Plasson, remercie tes camarades, qui sont heureux de t'accueillir à l'école de la République de Saint-Just-la-Roche.

— Je suis bien content, merci ! s'écria Colinet. M. Salomon a dit que je pouvais aller au certificat l'an prochain, c'est pour ça que je viens. Ma mère est veuve, depuis son accident elle est bien *aquigée*, il faut que je l'aide. Et y a un monsieur des chemins de fer qui a dit qu'il me prendra comme apprenti aux écritures si j'ai mon certificat !

Très bien, décida Victor, je relève le défi. À la guerre comme à la guerre. Il regarda Colinet dans les yeux.

— M. Salomon a dit que tu pouvais passer ton certificat, Colin Plasson ? Mais M. Salomon n'est plus là. Et toi, te crois-tu capable de travailler assez dur pour réussir l'examen ?

Il tira sur la cordelette de la cloche qui, n'ayant plus de marteau, ne fit entendre aucun son. Il se mit à rire et frappa de nouveau dans ses mains.

— Rentrons maintenant. La leçon d'instruction civique de ce matin portera donc sur le certificat d'études primaires élémentaires. En rang, tous, marquez le pas !

Une vingtaine de garçons s'étaient éparpillés dans la salle de classe qui pouvait en accueillir quarante et plus, avec ses six bancs à cinq places et ses six bancs neufs à deux places.

Victor effaça d'un geste théâtral les maximes qu'il avait écrites au tableau.

— Ce sera la leçon de demain.

Deux mères, qui avaient amené leurs bambins pour la rentrée, s'attardaient encore dans la cour et tentaient de piquer un regard par la fenêtre pour observer leur progéniture.

— Aujourd'hui, nous parlerons du certificat, puisque les circonstances s'y prêtent, commença Victor. Je suis sûr que même les plus jeunes d'entre vous, ceux qui viennent de s'asseoir ici, face à la statue de la République, pour la première fois, ont déjà entendu ce mot magnifique, ce mot à la fois sérieux et un peu magique : certificat.

Les bruits de pupitres et de galoches s'arrêtèrent. Le temps de deux ou trois respirations, un silence étrange se fit. On entendit encore renifler un tout-petit ; la rumeur du dehors bourdonnait aux fenêtres.

Le bureau du maître, une table munie de plusieurs tiroirs, était placé au fond de la classe, en face de la porte, sur une estrade légèrement surélevée, avec deux marches de chaque côté.

Deux tableaux noirs retournables l'encadraient, sur le mur du fond. Les tableaux de lecture, collés sur des cartons, occupaient un pupitre mobile, devant la première fenêtre de droite, le côté le plus clair. Des cartes de géographie et des tableaux d'arithmétique, d'histoire naturelle et d'agriculture s'alignaient le long des murs. Une armoire placée sur l'estrade, à gauche du bureau, contenait la bibliothèque scolaire et une provision de cahiers et de fournitures diverses.

Aux deux bouts de la classe on pouvait fixer des cartons avec une maxime de morale ou de discipline. On lisait, du côté du maître : *L'école buissonnière est l'école du mensonge et du vice.*

L'estrade laissait, à gauche du bureau, un passage et une porte qui s'ouvrait sur le couloir du logement, encore inachevé. Il y avait là un placard et une petite remise, avec des outils pour les grands élèves.

Très haut, au-dessus du bureau et de l'horloge, le buste de la République présidait aux cérémonies.

Victor prit ostensiblement un livre à couverture verte, posé sur son bureau, *Organisation pédagogique et législation des écoles primaires*, par G. Compayré : le bréviaire du bon instituteur.

Il se retourna lentement, marcha de long en large, puis écrivit au tableau, sous la date :

Leçon du jour. Mettez tout votre soin à ce que vous faites ; écrivez proprement et lisiblement.

Comme preuve de votre travail, emportez de l'école le CERTIFICAT D ÉTUDES PRIMAIRES.

— Colinet, lis donc ce que je viens d'écrire.

Colinet s'exécuta, sans aucune timidité. Il lisait assez bien, mais ne pouvait se retenir de chantonner un peu, défaut qui était celui de beaucoup d'élèves, surtout dans cette région. Soudain, il se piqua presque au garde-à-vous et regarda Victor dans les yeux.

— Monsieur, vous croyez que je pourrai l'emporter de l'école ?

Victor savait que sa réponse, quelle qu'elle fût, l'engagerait sans doute au-dessus de ses forces, au-dessus de son pouvoir et de son désir. Chercher une formule mi-figue, mi-raisin eût été commode : Victor se fût senti lâche, il résista à la tentation.

Mais n'était-ce pas une folie de flatter son espérance ?

Et pourtant… Jamais plus, songea Victor, je ne retrouverai l'occasion de donner aux élèves une puissante secousse morale, qui galvanisera la classe, qui marquera Colinet pour toute l'année et peut-être pour la vie.

Au diable la prudence ! Au diable la raison ! Il faut savoir jouer le tout pour le tout et prendre le loup par les oreilles.

Les élèves le regardaient en silence. Il croisa les bras.

— Oui, dit-il, je crois que tu pourras emporter ton diplôme.

Colinet devint très rouge. Des doigts claquèrent. Et moi ? Et moi ? Ce fut comme un coup de vent d'été sur l'automne de la montagne. Tous les élèves frémirent ; même les « petits motrus » sentirent d'instinct qu'il se passait quelque chose d'extraordinaire. Victor écarta les bras, commença : « La République… » Il se sentait un peu ridicule, mais plus heureux qu'il ne l'avait jamais été dans sa classe. Ce simoun, ce sirocco, qui soufflait de nulle part et échauffait les têtes et les cœurs, était un vent de folie.

Au moins, tu ne t'ennuieras pas cette année, Victor Chambost !

Nicolas Malatray, encore lui, insista en trépignant et pointant du doigt le buste de Marianne, sur sa tablette, deux mètres au-dessus du bureau.

— M'sieur, vous avez dit : la République… Et puis vous avez pas fini.

Ah oui. Entre-temps, Victor avait perdu la belle phrase qu'il voulait lancer. Il se retourna, recula d'un pas pour admirer la sculpture en plâtre qui avait remplacé le crucifix au mur de la classe, comme dans beaucoup d'écoles, après la séparation. C'était la Marianne de Picard et Kaan, inspirée du modèle de Doriot : chevelure abondante, visage bien dessiné, yeux baissés, lèvres fines, gorge pudiquement voilée… Chouette jabot, y a du monde au balcon ! disaient les garçons de la ville. Mais que pensaient de cet emblème appétissant les petits montagnards ?

— Eh bien, dit-il, la République est une belle femme. Soyons fiers d'être aimés d'elle. Travaillons dur pour la contenter.

•

2

La mairie-école en construction, bardée de deux échafaudages, se dressait sur la place que les gens appelaient les Trois-Tilleuls.

Le maire, M. Malatray, s'était excusé près de Victor, à son arrivée. « Mon pauvre ami, vous vous demandez pourquoi vous tombez au milieu d'un chantier ? Nos travaux ont pris beaucoup de retard. C'est en partie de ma faute. Je voudrais – j'ai toujours voulu – réunir l'école des garçons et l'école des filles et faire des classes mixtes. Le conseil municipal a bien été d'accord pour restaurer l'école des garçons qui était en très mauvais état. Je souhaitais profiter de l'occasion pour construire, comme cela se fait beaucoup, une école à deux classes avec la mairie entre les deux. On aurait eu, côte à côte, une école des filles et une école des garçons. J'aurais préféré une classe de petits et une classe de grands, toutes les deux mixtes et tenues par un couple d'instituteurs… Mais je sais bien que plus des trois quarts des parents, du moins ici, ne partagent pas mon opinion. Quant à l'église, elle s'oppose partout à la mixité, et notre bon curé Goëly ne fait pas exception. Enfin, on a discuté, ergoté et perdu beaucoup de temps. J'ai fini par renoncer. Il y aura une école des garçons, qu'on est en train d'achever, et une école des filles, plus tard. La mairie reste pour le moment de l'autre côté de la place des Tilleuls...

« Je ne vous ai pas parlé de Mlle Gilbert, votre collègue de l'école des filles. C'est une bonne institutrice, trop scrupuleuse peut-être, et une personne charmante, quoique d'un caractère ombrageux : elle est très nerveuse et un peu sauvage. C'est la première institutrice de l'école publique qui sera restée à Saint-Just plus d'une année. Je serais très heureux que vous alliez lui rendre visite, vous trouverez bien quelques sujets de conversation : elle aime beaucoup son métier, autant que vous, j'imagine, mais sa situation est plus difficile que la vôtre, à cause des sœurs – des sœurs *déshabillées*, comme on dit depuis la séparation – qui sont restées dans la commune. Ah oui, le mot prête à rire. Le cafetier, Lichemialle, en a même tiré une chanson : *As-tu vu, as-tu vu les sœurs déshabillées/Qui font sécher leur pantalon sur un bénitier ?* Ou quelque chose comme ça. Bon, en attendant que vous puissiez vous installer dans votre logement, je vous ai trouvé une pension chez trois vieilles filles très gentilles, les demoiselles Valla, de La Chaux-de-Grange. J'espère que vous vous plairez avec elles... »

L'ancienne mairie, toujours en service, occupait l'angle de la place et de la rue de la Forge. Le rez-de-chaussée servait d'écurie aux deux chevaux de la commune : un de trop selon les ennemis du maire.

C'était aussi la remise à outils du cantonnier et du garde champêtre et la resserre à bois des écoles. Victor et les garçons n'avaient que la place à traverser pour accéder au tas de bûches et de fagots. Le transport du bois à l'école des filles, située à deux cents mètres de là, vers le bas du village, incombait en principe au cantonnier, le Tonin Champlat, qui sciait les rondins, mais oubliait le plus souvent de livrer les morceaux.

Le froid pinçait déjà, en ce début d'octobre, le matin et parfois jusqu'à midi. Les garçons n'étaient pas frileux, ils le criaient bien haut : « On n'allume pas le poêle, m'sieur, c'est bon pour les filles ! » Les filles avaient commencé à se chauffer, ce qui faisait jaser les commères. La demoiselle envoyait de temps en temps, pendant une récréation, deux ou trois élèves munies d'un panier qu'elles remplissaient de bûches et de brindilles et rapportaient en faisant toutes sortes de manières. Elles riaient, se poussaient du coude et jetaient en passant des regards moqueurs du côté des garçons. On pouvait les observer par les fenêtres de la classe et, quand celles-ci étaient ouvertes pour l'aération du matin, surprendre leurs éclats de voix, leurs rires et leurs chansons.

Victor se sentait coupable d'avoir une classe neuve, claire, spacieuse, tout à côté de la remise. Et il se blâmait de n'avoir pas encore rendu visite à Mlle Gilbert, sa collègue.

— Ne tardez plus, quand même, avait dit le maire.

— Si nous portions le bois à l'école des filles, tous les matins, les grands garçons et moi ? proposa Victor.

— Je crois que Mlle Gilbert serait touchée… et le cantonnier débarrassé d'une corvée.

L'idée plut à tous les garçons et des mains se levèrent aussitôt. « Moi, moi, moi… » Victor envoya Nicolas Malatray annoncer l'offre commune aux filles de corvée. Autant qu'on pouvait en juger depuis la classe, ils furent reçus par des gouailleries, des pieds de nez et même des gestes plus malséants. Les deux délégués revinrent tête basse. Le lendemain, pendant la récréation du matin, deux grandes filles se présentèrent à l'entrée de la cour, toujours ouverte, car les maçons n'avaient pas encore posé le portail. « La Jeanne Chaize et la Joséphine Merle ! crièrent les garçons. Elles viennent peut-être pour le bois… » Les deux gamines avancèrent de quelques pas à l'intérieur de la cour et débitèrent ensemble leur message, comme si elles récitaient une comptine :

— La demoiselle vous fait dire qu'on est capables de porter notre bois et qu'on n'a pas besoin de vos services !

Puis elles tournèrent les talons et s'échappèrent en faisant voler leurs jupons et leurs nattes.

Victor fut mortifié plus qu'il ne voulait l'admettre par ce refus peu diplomatique, destiné sans doute à lui-même plus qu'à ses élèves. Bien fait pour toi, mon vieux. Elle est ulcérée par ton manque de courtoisie. Dépêche-toi d'aller t'excuser… Mais comment allait-elle le recevoir ? Il se maudissait de sa timidité, de sa sotte honte. Son manque d'assurance avec la gent féminine, surtout ses collègues tant soit peu jolies, était un mal ancien et profond.

Il se morigénait pour son manque de courage… et trouvait quand même de bonnes excuses pour remettre la visite. Gêné d'être célibataire à presque trente ans, il craignait le regard cruel que Mlle Gilbert porterait sur lui. Car elle était moqueuse et cruelle, il en était sûr, maintenant. Rien que d'y penser, il avait le cœur battant et les mains moites.

Le jour même, peu après la sortie, il l'aperçut qui montait l'escalier de la mairie, où Mme Malatray, l'épouse du maire, secondait son mari au secrétariat. Il la reconnut à son parapluie vert. Les élèves en parlaient avec étonnement : c'était le premier parapluie vert qu'on voyait à Saint-Just. Il l'avait croisée une fois dans la rue principale, où se trouvaient les deux ou trois boutiques du village. Elle marchait très vite, il n'avait pas eu le temps d'apercevoir ses traits, que son chapeau de feutre dissimulait d'ailleurs plus qu'à moitié. Il lui sembla voir des mèches rousses mêlées à sa chevelure brune…

Cette fois, elle montait l'escalier quatre à quatre, on eût dit qu'elle volait au-dessus des marches. D'une main, elle brandissait son parapluie comme un drapeau, de l'autre, elle soulevait sa jupe pour dégager son pied droit. Elle se retourna soudain, et Victor pensa qu'elle le regardait. Mais non, quelle sottise, elle surveillait du coin de l'œil deux petites filles qui couraient sous la pluie, en direction de l'école. Elle marqua un temps d'arrêt, il crut la voir glisser sur le granit mouillé, tomber en arrière… Mais elle se rattrapa avec cette vivacité et ce sens de l'équilibre qu'il avait déjà remarqués. Puis elle replia son parapluie et entra à la mairie.

Elle avait une aisance folle dans tous ses gestes. Victor, qui se sentait naturellement gauche, avait en la voyant pour ainsi dire danser dans l'air l'impression d'être un faux bourdon à côté d'une libellule… Et il ne s'étonna pas trop que la libellule n'eût pas remarqué le faux bourdon !

Il commença à réfléchir aux excuses qu'il lui présenterait lors de sa visite à l'école des filles. « Veuillez me pardonner, mademoiselle, je suis un butor… » Non, le mot ne convenait pas. Elle allait pouffer de rire en l'entendant. Bonjour, monsieur le butor ! Le mieux serait peut-être de lui envoyer un mot pour lui demander un rendez-vous… un rendez-vous professionnel. Il resta la plume en l'air de longues minutes, traça trois mots et les biffa. Décidément, il avait trop de travail, il remit la lettre au lendemain.

Il l'aperçut encore une fois par hasard… mais dans ce village de quelques dizaines de maisons, le hasard n'était pas grand. Il descendait un passage en pente, mi-escalier, mi-ruelle, qui formait un raccourci entre Saint-Just le haut, le quartier de la mairie et de l'école des garçons, et Saint-Just le bas, le quartier de l'église et de l'école des filles. Il avait l'intention de reconnaître les lieux. Saint-Just était un petit bourg, rassemblé autour de quatre rues et de deux places, celle de la mairie et celle de l'église, avec des maisons inégales, les unes serrées et hautes, qui semblaient s'épauler pour résister aux vents des cimes, les autres basses et étirées, des fermes et des granges, cernées de jardins ou de vergers. Ici, tout le monde était paysan ; même les boutiquiers l'étaient plus qu'à moitié. Le passage permettait d'éviter les deux bistrots ennemis, qui occupaient chacun un côté de la rue de la Forge : le café-auberge de Gassouille, où fréquentaient les calotins, et l'estaminet de Lichemialle, abonné à la clientèle républicaine, les « rouges ».

Victor espérait croiser ou apercevoir la maîtresse dans son quartier… Trop tard : elle s'en allait. Il reconnut d'abord son ombrelle, ou plutôt son en-tout-cas, à la fois parapluie et ombrelle, d'un joli gris perle qui lançait sous le soleil des reflets d'aile. Il songea en souriant : Des reflets d'elle… Elle marchait à sa façon, c'est-à-dire qu'elle courait comme un chat maigre… Il rectifia, galamment : comme une biche. Elle prit un chemin bordé de noisetiers, qui menait à une ancienne fabrique, devenue l'école des anciennes religieuses et aussi à la ferme Dumas, où l'on pouvait acheter lait, beurre et fromage.

Mlle Gilbert allait peut-être chercher son lait du soir…

Il ne vit d'abord que ses épaules sous l'ombrelle. Puis il la découvrit presque tout entière, le mur qui la cachait s'abaissant dans la pente. Son chignon sous son chapeau, son large front, son nez droit et fin… Enfin, il devinait tout cela plus qu'il ne le voyait. Et aussi cette façon de marcher : on eût dit qu'elle se tenait sur la pointe des pieds, qu'elle glissait au-dessus de la terre. Pas très grande, mais si *bien balancée*, comme disaient les sportifs… À la fois vive et sensuelle, hautaine et très désireuse de plaire, partagée entre une certaine sauvagerie et une touchante bonne volonté, telle était l'image, à moitié rêvée, qu'il se fit de Mlle Gilbert en quelques secondes.

Sa silhouette mince, droite, tendue lui rappelait une femme qu'il avait beaucoup admirée dans son enfance, la maîtresse des filles, à l'école de son village. Comme il est difficile de s'arracher à l'emprise des souvenirs d'enfance !

À l'abri d'un pommier dont les branches débordaient d'un verger en contrebas, il suivit des yeux Mlle Gilbert, jusqu'à ce qu'elle eût disparu derrière les arbres. Alors, il resta cloué à sa place un long moment, la figure au milieu des pommes rouges qui luisaient sous le soleil. Il essaya d'éteindre le sourire qui jouait sur ses lèvres ; il n'y réussit pas tout à fait.

Mlle Gilbert l'effarouchait. Elle le troublait aussi, d'autant plus qu'il ne l'avait jamais vue de très près, ni très longtemps.

— Victor, tu t'es conduit avec elle comme un rustre, malotru… Elle ne méritait pas ça. – Non… – Non quoi ? – Elle ne méritait pas ça. – Alors, qu'attends-tu pour lui rendre visite et la regarder dans les yeux ? –

De quelle couleur sont-ils ? Enfin, j'irai demain. – Les poches pleines d'excuses et un cadeau sous le bras. – Non, pas de cadeau. Il risquerait d'être refusé et je perdrais un peu plus la face. – Tu as peut-être raison.

Le lendemain, il s'arrangea pour n'avoir pas de punis à la sortie, il tomba la blouse, brossa rapidement sa veste, resserra le nœud de sa cravate et se peigna devant sa glace. Il sortit en fredonnant :

Je cherche fortune
Autour du Chat Noir,
Au clair de la lune,
À Montmartre, le soir.

Il descendit vers l'école des filles par le passage au pommier. Il fit une courte halte, espérant voir Mlle Gilbert s'en aller par le chemin des prés. Il caressa machinalement une belle pomme rouge, et une douce chaleur lui monta au visage. Non seulement tu es un lâche, mais tu es aussi un imbécile, Victor Chambost ! Elle ne se montra pas.

Enfin, il arriva devant l'école, une bâtisse grise et basse, qui avait pour tout charme sa modestie. Elle se tenait en retrait par rapport aux deux maisons qui l'encadraient. Elle n'avait qu'une fenêtre sur la rue, mais on l'avait visiblement agrandie depuis peu : le montant et les vitres semblaient neufs. La cour de récréation se trouvait de l'autre côté de la rue, avec une porte en bois et un mur bas. Le jardinet de la maison voisine laissait deviner une seconde fenêtre et une autre cour, étroite et sombre, qui devait être celle du logement.

Victor soupira. Quelle triste installation… Il avait vu des écoles de filles bien pis, dans certains villages de la plaine, dans les cantons très catholiques. Tout de même, son sentiment de culpabilité en fut aggravé. Lui n'avait rien fait pour mériter une classe neuve et spacieuse, et bientôt un logement de même acabit. Rien si ce n'est de porter moustache et pantalon et d'arriver avec sa bonne mine !

La mairie neuve serait finie d'ici un an. Quant à la nouvelle école des filles, on ne la verrait pas debout et coiffée d'un beau toit rouge avant trois ou quatre ans. Le temple de la République ressemblerait longtemps à la carte de France, amputée de l'Alsace-Lorraine !

Victor s'approcha de la porte, d'aspect bourgeois, qui jurait avec la façade lépreuse. Elle avait dû être récupérée chez quelque brocanteur ou donnée par un bienfaiteur de la commune. Elle n'aurait pas déparé une étude de notaire ou un cabinet de médecin… Victor voulut soulever le heurtoir pour frapper, mais la rouille coinçait le marteau qui refusa de bouger.

Bon. Il recula de deux pas. Il observa la fenêtre et aperçut la lueur d'une lampe, à travers les rideaux qu'un courant d'air agitait. La clarté du soleil couchant baignait encore la rue, quoiqu'elle ne fût pas très bien exposée ; mais la classe et le logement devaient être sombres. Mlle Gilbert travaillait sans doute à la lampe la plus grande partie de la journée… Elle était donc là. Il revint à la porte et se prépara à frapper avec le poing.

À ce moment, une femme sortit de la maison voisine en s'essuyant les mains à son tablier. Assez grande, déjà « d'un âge », comme on disait ici, les cheveux en désordre sous son bonnet, l'air un peu querelleur, elle avança vers Victor.

— Vous cherchez la demoiselle, mon brave monsieur ? Je suis la Fine Chaize, je m'occupe de son ménage. La pauvrette *abonde* pas à faire tout son travail.

Victor s'inclina en souriant, salua la dame et se présenta.

— Je vous ai reconnu tout de suite. Je passe quelquefois devant votre école, *là-haut d'en haut*.

Elle arrêta enfin de s'essuyer, tira une manche de son caraco qui se retroussait sur son bras maigre.

— Je sais pas quoi vous dire. La demoiselle est occupée avec une grande du cours supérieur…

Victor s'exclama.

— Ah, une grande du cours supérieur ?

— La Marguerite Dumas, qui est bien volonteuse. Elle vient travailler presque tous les soirs pour son examen.

— Et donc, on ne peut déranger la demoiselle maintenant ?

— C'est que la Marguerite doit se rentourner pas trop tard…

— Et si je revenais d'ici une demi-heure ? Je vais aller marcher dans le chemin des prés et je repasserai.

— Vous n'aurez qu'à toquer à ma fenêtre quand vous reviendrez. Je vous dirai si vous pouvez voir la demoiselle. Et si vous prenez le chemin des prés, faites attention aux *gabots*, avec vos souliers et votre beau pantalon !

Victor se demanda si elle avait voulu lui envoyer une pique. Quant aux gabots, les flaques d'eau, il avait entendu souvent le mot dans la bouche de ses élèves et l'avait même trouvé dans la première rédaction du cours moyen. Il marcha une demi-heure, en tâchant de ne pas trop salir ses chaussures et son pantalon. Il calcula que c'était un peu court et résolut d'accorder un quart d'heure de plus à Mlle Gilbert et à son élève. Il fit un tour complet du village et revint à l'école des filles la nuit tombée.

Bien sûr, ce n'était pas une heure pour rendre visite à sa collègue, sans attirer les soupçons. Il hésita, haussa les épaules. Il pourrait toujours toquer à la fenêtre de la Fine Chaize. Comme il tournait au coin de la rue, il se trouva en face d'une femme qui levait une lanterne à bout de bras. Il la voyait mal parce qu'elle avait tourné la lumière vers lui. Il pensa : Tiens, la Fine Chaize. Puis la femme s'exclama :

— Ah, c'est vous !

À ce ton déçu, contrarié, il aurait juré qu'elle avait failli dire : « Ce n'est que vous… » Elle abaissa la lanterne, et un halo de clarté nimba son visage, mince et pâle, sous le foulard rose ou rouge qui la coiffait. Une seconde, il ne la reconnut pas. Le fichu enveloppait ses cheveux, cachait ses oreilles et descendait sur son front, presque jusqu'à ses yeux. C'était bien *elle*.

— Excusez-moi si je vous ai fait peur, mademoiselle, dit-il.

Elle répondit sèchement :

— Vous ne m'avez *pas* fait peur, monsieur !

Sa voix était à la fois claire et grave, mezzo-soprano, décida Victor. Mais elle avait claqué net, comme pour refuser par avance toute tentative de badinage ou simplement de conversation. Mlle Gilbert baissa encore sa lampe, la flamme fit briller son regard, marron, un peu doré, autant qu'il put le distinguer, et projeta des ombres mouvantes qui dansèrent entre sa bouche aux lèvres rouges et ses pommettes hautes. L'espace d'un instant, la vision eut quelque chose de religieux. La lumière ne révélait rien ou presque de ses vêtements. Elle ne ressemblait plus à l'institutrice vive et affairée qu'il avait vue le jour. Il en croyait à peine ses yeux. Elle aurait pu être une jeune moniale, dans la demi-obscurité d'une abbaye, à une époque très ancienne…

Le temps d'un éclair, il surprit sa beauté mystérieuse et, pour ainsi dire, d'un autre monde. Puis la lumière tomba sur le sol et rejeta son visage dans l'ombre. Elle lui tourna le dos et marcha vers la porte de l'école en balançant sa lanterne.

— Bonsoir, mademoiselle, dit Victor.

Devant sa porte, elle pivota à moitié et, sans le regarder vraiment, elle lança d'une voix radoucie :

— Bonsoir, monsieur. Ne vous perdez pas en rentrant !

Victor ferma les yeux ; quand il les rouvrit, Mlle Gilbert avait disparu.

3

Le maire et sa femme avaient tué le premier des quatre cochons qu'ils élevaient à leur ferme du Bois-le-Prat et invité Victor à cette occasion. Les Malatray possédaient une grande ferme d'élevage, une scierie et un moulinage de soie. Louis Malatray était un maire riche, instruit et républicain, ce qui ne courait pas plus les sentiers de la montagne que les rues des petites villes.

— Les mauvaises langues ne pourront pas trop nous casser du sucre sur le dos, dit-il en riant. Une invitation pour le tuage du cochon, c'est dans la tradition. Malheureusement, votre collègue, Mlle Gilbert, ne viendra pas, car elle ne mange pas de charcuterie. Je me demande d'ailleurs de quoi elle vit !

Victor vivait et enseignait à Saint-Just depuis près d'un mois. Et il n'avait toujours pas rendu visite à sa collègue. Il crut devoir s'en excuser dès son arrivée au Bois-le-Prat et raconta en se moquant un peu de lui-même sa vaine tentative d'un soir.

— À tort ou à raison, il m'a semblé que je n'étais pas le bienvenu.

Constance Malatray eut un sourire malicieux, échangea un regard avec son mari.

— Je crains qu'il ne soit difficile de vous réunir. Mlle Gilbert y met encore moins de bonne volonté que vous !

Victor baissa les yeux.

— Je reconnais que je suis un peu sauvage avec les femmes. Et Mlle Gilbert est une personne assez ombrageuse.

— Sans doute, mais c'est une très bonne institutrice.

— Et une personne charmante, quand on la connaît, ajouta Constance Malatray.

Le maire soupira, sortit sa pipe et se la fourra tout éteinte dans le bec, en un geste de mauvaise humeur.

— Si vous étiez allé la voir avant la rentrée, ou dans les deux ou trois premiers jours, je crois qu'elle vous aurait bien reçu et que tout se serait arrangé.

Victor se frappa le front.

— Je plaide coupable. Je suis au-dessous de tout… d'autant qu'elle est jolie.

— Oh, fit Constance Malatray, il la trouve jolie. Écoutez, je vais essayer d'organiser une rencontre aussi vite que possible.

— Faites pour le mieux, conclut le maire. Je tiens à garder la première bonne institutrice que nous avons depuis des années.

Constance posa la main sur le bras de Victor.

— Mon ami, nous vous traitons en accusé, alors que les torts sont partagés. Franchement, Mlle Gilbert a mille qualités, elle fait très bien son métier, c'est vrai. Elle est jolie : ceux qui pensent le contraire n'ont aucun goût… Mais elle a quand même un fichu caractère !

— Oh, tu dramatises, ma chérie, dit le maire. Elle a des moments de mauvaise humeur, comme tout le monde, mais je la trouve en général assez accommodante.

Constance Malatray était une jolie blonde d'une trentaine d'années, au regard clair et gai. Sa taille au-dessus de la moyenne affirmait son port altier et sa grâce sans afféterie. On eût dit la reine du village. Elle l'était sans doute.

Au cours du repas, il fut surtout question d'Hippolyte Salomon, dit le « père Pochon », l'ancien instituteur.

— Ce pauvre homme n'a pas toujours été l'épave que vous voyez aujourd'hui, raconta Constance Malatray. Quand il a été nommé à Saint-Just, il avait la quarantaine, il allait faire le gandin à Saint-Étienne presque tous les dimanches. Il avait souvent le ventre creux, mais il s'habillait avec élégance, et il envoyait tous les mois un mandat de dix francs à sa vieille mère.

« Puis il s'est mis à fréquenter la veuve Touchebœuf, qui avait trois enfants grandets, mais était encore gaillarde. Elle a commencé à lui soutirer son argent, elle portait la culotte et lui tenait la dragée haute. À une époque, il a essayé de la quitter pour épouser une vieille fille, qui était consentante ; mais quand la famille a connu le montant de son salaire, elle n'a pas voulu de lui…

« Malgré tout, ce n'était pas un mauvais maître. Il a eu plusieurs certificats d'études, même si le dernier est maintenant loin. Il pratiquait le rabâchage à haute dose, ce qui réussissait plutôt bien en grammaire, en orthographe, en histoire… un peu moins bien en arithmétique. Il infligeait des dictées à tout bout de champ, aux petits comme aux grands. Il abusait du bonnet d'âne et des mises au piquet. Après la séparation, il a remplacé la prière par la récitation de la table et des conjugaisons. Il donnait aussi des leçons à domicile, contre une bouteille de piquette, une soupe ou deux rigotes – deux petits fromages. Et il vendait de l'encre à tout le village. Il avait toujours les doigts et la blouse tachés : c'est de là que lui vient son surnom de "père Pochon". Il courait partout sa bouteille à la main, s'arrêtait à chaque maison : Vous auriez pas besoin d'un peu d'encre ? Regardez voir s'il vous plaît. Ça sèche vite dans l'encrier.

Constance Malatray observa Victor d'un air pensif.

— Vous savez, il n'est pas facile d'avancer avec des élèves qui ne fréquentent l'école que quatre ou cinq mois par an, au mieux.

— Ce n'est pas très différent dans la plaine, dit Victor. Beaucoup d'élèves rentrent en classe à la Saint-André et partent environ à la Fête-Dieu, la Trinité, au début juin, pour les foins.

Louis Malatray repoussa son assiette et croisa les bras. C'était un homme de quarante ans, grand et bien bâti, les épaules et le visage carrés, le front dégarni, les favoris drus, les yeux vifs, le regard dominateur, la bouche épaisse, presque toujours serrée sur le tuyau de sa pipe qu'il changeait régulièrement de côté.

— Et chez nous, il faut déduire les jours de neige, quand le trajet devient trop difficile pour les élèves qui habitent loin du bourg, dit-il. Sans parler de ceux qui profitent du mauvais temps pour faire l'école buissonnière.

Constance secoua la tête, poussa un profond soupir.

— Il ne faut pas dégoûter notre jeune maître de son premier poste dans la montagne.

Victor but quelques gorgées et reprit son souffle.

— Je tiendrai bon, dit-il. J'aime mon métier, même si je ne suis pas sûr de le faire toujours aussi bien que je voudrais. J'ai choisi la montagne…

Il se mordit la lèvre, retint la phrase qu'il avait en tête : J'ai voulu exercer mon métier dans un pays déshérité, pour mieux servir la République et les plus pauvres de ses enfants. Il termina sur un ton neutre :

— J'ai choisi la montagne en connaissance de cause.

Au fromage, des rigotes de chèvre faites à la ferme, Constance Malatray dit à son mari :

— Je crois que nous pouvons annoncer maintenant la bonne nouvelle à M. Chambost, Louis ?

— La bonne nouvelle ? fit le maire. Ah oui, j'allais oublier. Voilà, je crois que ça vous fera plaisir : Colin Plasson, Colinet, va venir habiter la commune, ce qui fera peut-être taire les jaloux. J'ai commencé par me renseigner sur sa famille, à Longes, sa commune d'origine. Longes se trouve dans le Rhône, mais tout près d'ici, au pied du mont Monnet. Comme ce gosse est extrêmement intelligent, de l'avis général, j'avais pensé trouver une explication à ses dons dans son hérédité. Je crois beaucoup à l'hérédité, et je m'attendais à découvrir quelque parent, grand-parent ou cousin qui aurait fait des études et serait devenu curé, médecin… ou instituteur. J'en ai été pour mes frais. Notre Colinet est d'une lignée de paysans pour la plupart quasiment illettrés. Son père était un ivrogne, qui a été condamné plusieurs fois pour coups et blessures et qui est même allé en prison. Il battait sa femme, ses enfants, ses bêtes, il a été tué finalement par un taureau qui s'est rebiffé. La mère ne sait ni lire ni écrire, mais assez bien compter ; elle est allée rejoindre une parente à Saint-Étienne, avec son garçon, il y a six ou sept ans : c'est pour cela que Colinet a pris l'accent de la ville. Eh bien, il sera peut-être le premier de sa famille à passer le certificat d'études… Il a pourtant un oncle à Saint-Michel, qui est un riche meunier. Je me demande par quel miracle.

— Il passera le certificat d'études, ajouta Constance, et il ira encore plus loin, grâce aux cours pour adultes, ici ou en ville.

— En attendant, conclut le maire, nous l'avons embauché comme berger au Bois-le-Prat. Bien entendu, nous lui laisserons tout le temps qu'il faudra pour préparer son examen.

— J'ai commencé à soigner sa pelade, ajouta Constance. J'ai une recette infaillible, à base de vin de sauge. Il sera vite guéri.

Après avoir bu deux ou trois verres de vin bouché, Victor se sentit tout à coup empli d'une audace nouvelle. Il se tourna vers Constance.

— Parlez-moi de Mlle Gilbert. J'avoue qu'elle m'intrigue.

Le maire répondit à la place de sa femme.

— En réalité, nous ne savons pas grand-chose d'elle. Elle est très discrète sur sa famille…

— Qui appartient à la bonne bourgeoisie lyonnaise, précisa Constance.

— Mais je suis sûr qu'elle ne reçoit aucune aide de ses parents.

— Elle donne quelques leçons à de grands élèves, le jeudi et le soir. On la paie en nature, comme ça se passe le plus souvent à la campagne.

— Je sais, dit Victor. Sa voisine, la Fine Chaize, m'a dit l'autre soir qu'elle travaillait avec Marguerite Dumas, une « grande du brevet ».

— Marguerite Dumas est encore loin du brevet, mais c'est une excellente élève : guidée par une excellente maîtresse, elle peut réussir. Les Dumas apportent à Mlle Gilbert du lait, six œufs par semaine et un lapin de temps en temps.

— Ce n'est pas si mal, convint Victor.

— Rien de très romanesque dans la vie de votre collègue, vous voyez, dit Constance. Et pourtant…

Elle se tut, attendit avec gourmandise que Victor insiste.

— Et pourtant ?

— Je lui trouve un côté mystérieux.

Constance Malatray feignit la confusion, rougit, baissa les yeux et ne voulut pas en dire plus.

Elle raccompagna Victor avec sa jument à La Chaux-de-Grange où il prenait pension. Le paysage, tout en revers de coteaux et creux de vallons, était encore, en ce milieu d'automne, riant et vert, mais les taches rousses se répandaient sur les frondaisons et les feuilles mortes jonchaient les chemins.

Constance Malatray semblait pensive et préoccupée. Après quelques minutes au petit trot, elle remit la jument au pas.

— Ho, Léonore, tout doux, tout doux. Monsieur Chambost, il m'a semblé que vous vous intéressiez sincèrement à Mlle Gilbert. Est-ce que je me trompe ?

Surpris, Victor hésita une seconde.

— Sincèrement ? Oui, bien sûr. Pourquoi ne serais-je pas sincère ? Mais si vous voulez dire en vue du mariage, non. Je n'ai vraiment pas envie d'épouser une collègue. Et puis comme elle ne mange pas de charcuterie, je ne crois pas que nous pourrions nous entendre !

— Je n'ai pas l'intention de vous marier tous les deux, dit Constance Malatray, quoique rien ne pourrait plaire davantage à mon mari, à condition que vous restiez à Saint-Just. Je voudrais quand même vous faire une remarque. Vous m'assurez que vous n'avez pas envie d'épouser une collègue : je ne suis pas institutrice, mais cela me blesse comme femme. Pourquoi ce refus ?

Victor mit sa main en visière sur son front pour protéger ses yeux du soleil qui scintillait sur une nappe de brouillard. Le geste lui permit de masquer en même temps sa confusion.

— Notre métier est magnifique, répondit Victor. Mais je n'ai pas envie de recommencer la classe chaque soir, à la maison. Si on ne pense qu'à l'école, le jour et la nuit, on devient fou.

Mme Malatray se tenait sur la banquette, très droite, bien plantée, le buste tendu, guidant la jument Léonore à grands gestes souples. Les manches de sa robe remontaient parfois, découvrant ses fins poignets nus et dorés. Elle avait un air souverain.

— En réalité, j'en ai peur, dit-elle d'une voix nette et plutôt autoritaire, vous ne voulez pas d'une épouse qui soit votre égale, ou votre rivale et parfois votre juge. Beaucoup d'instituteurs sont comme vous, si l'on en croit le roman de Léon Frapié, *L'Institutrice de province*. Beaucoup d'hommes, en fait, mais dans la plupart des métiers, les hommes n'ont pas l'occasion de rencontrer des collègues femmes. Vous valez mieux que cela, j'en suis sûre.

Touché ! Victor rougit, serra les dents, mais accepta la leçon. Soyons beau joueur. La reine Constance lui assenait une vérité qu'il devait admettre. Il avait quelques bonnes raisons de fuir ses collègues femmes ; il en connaissait aussi une mauvaise : l'orgueil. À quoi s'ajoutait peut-être une certaine faiblesse, un certain manque d'assurance, qu'il avait presque toujours réussi à cacher, mais qu'une collègue aurait vite détecté en partageant sa vie.

— À propos de Mlle Gilbert, reprit Constance Malatray. J'espère que vous vous rencontrerez bientôt et que vous cntretiendrez de bonnes relations. C'est important pour le renom de l'école publique. Alors, je voulais vous avertir… Si elle vous parle un jour de la guillotine, ne dites surtout pas que vous appréciez cet instrument.

Victor crut d'abord n'avoir pas très bien compris.

— Plaît-il ? Vous avez dit la guillotine ?

— J'ai dit la guillotine. Mon mari et moi nous demandons si quelqu'un de sa famille ou de ses proches n'aurait pas été exécuté. Une fois, à la mairie, le sujet est venu sur le tapis parce que *Le Mémorial de la Loire* annonçait l'exécution d'un condamné à Lyon. Elle m'a dit : « J'espère que vous n'approuvez pas cette horreur, ce… tranchoir à viande humaine ! Nous nous prenons pour des gens civilisés, mais nous sommes plus barbares que les nègres de Béhanzin ! » Elle a parlé aussi de la guillotine à mon mari, à propos du buste de la République, que la servante avait descendu pour l'épousseter. « La République, c'est aussi la guillotine, n'est-ce pas ? » Louis n'a su que répondre.

— Je ne suis pas un fanatique de la peine de mort, avoua Victor. Mais le bagne à perpétuité, est-ce tellement mieux ? Et pendre les condamnés, ou les fusiller, ou les électrocuter, est-ce moins barbare ?

Comme ils approchaient de La Chaux-de-Grange, Mme Malatray dit qu'elle avait à parler aux demoiselles Valla d'affaires touchant la mairie.

— Je descends avec vous. Ça ne vous gêne pas ?

— Pas du tout. J'ai prévenu ces demoiselles que je déjeunais chez vous.

— Vous vous entendez bien avec elles ?

— Parfaitement, surtout avec l'aînée, Mlle Marie-Jeanne. Mlle Julie est un peu déconcertante.

— On dit qu'elle va se marier et partir bientôt.

— La tante est assez revêche, mais je ne la vois presque jamais.

Ils arrivèrent à La Chaux-de-Grange. L'ardeur bouillonnante de la végétation contrastait avec la grisaille lépreuse des hauts murs de la ferme, du toit à moitié dévoré par une couche brun sale. Vue ainsi, à deux cents mètres, en léger contrebas, la maison d'habitation semblait immense, avec ses trois étages par-dessus un rez-de-chaussée de dépendances, à demi enfoncé dans le sol. Un bâtiment plus court formait équerre avec l'aile principale ; presque sans ouverture, il se refermait sur une cour que l'on devinait sombre et profonde, et donnait à l'ensemble un air de petite forteresse. Trois ou quatre cheminées s'élevaient au-dessus du toit. Vers le vallon, quelques grands arbres, sapins, chênes, tilleuls s'adossaient aux murailles et formaient un rideau contre les vents de l'est et du nord...

Un grand chien noir accueillit les visiteurs en lâchant de temps en temps un aboiement sourd et complice. Il avait sans nul doute reconnu Mme Malatray et la jument Léonore qui lui répondit d'un hennissement bourru.

La mairesse appela : Jupiter ! Jupiter ! Bon chien ! Et Jupiter jappa un peu plus fort, presque gaiement. La jument s'arrêta devant le portail grand ouvert. Mme Malatray sauta à terre, Victor la suivit. Léonore ne supportait pas d'être attachée, et sa maîtresse la laissa libre. Victor s'avança vers l'entrée et caressa la tête de Jupiter. Deux autres chiens surgirent, un de la cour, le second du bosquet, en jappant sur un ton amical, Constance Malatray frappa dans ses mains et les appela : Dragon ! Mouette ! Les bêtes se précipitèrent, la queue levée. Victor s'exclama :

— Vous n'allez pas me dire que vous connaissez tous les chiens de la commune par leur nom ?

— Mais je n'ai rien dit, monsieur Chambost !

Une voix jeune cria à l'étage :

— Bonjour, madame Constance. Tantine, c'est Mme Malatray et l'instituteur !

Les trois demoiselles Valla possédaient la plus grande propriété de la commune, après celle du maire, mais elles l'exploitaient peu et mal : ce n'étaient pas de vraies paysannes. Jules Valla, le père de Marie-Jeanne et de Julie, et le frère de Mlle Gabrielle, notaire à Bourg-Argental, avait eu un grave revers de fortune. Il était mort ruiné, ne laissant à ses filles que la propriété de La Chaux-de-Grange. Elles vivaient assez pauvrement, aidées par des journaliers et des petits bergers. Mlle Gabrielle avait passé la soixantaine, Mlle Julie la trentaine, et Mlle Marie-Jeanne approchait de quarante ans.

Elles avaient proposé au maire de prendre l'instituteur en pension, car elles avaient bien besoin de quelques sous, et la commune donnait vingt francs pour le logement de Victor. Bien sûr, il payait les repas qu'il prenait chez elles. Et puis elles en avaient leur claque de tourner en rond dans cette grande baraque à se regarder dans le blanc des yeux. Elles appréciaient la compagnie du pensionnaire.

D'autres cabots aboyèrent autour de la maison, un petit frisé grisâtre fila comme un trait dans la cour et s'engouffra dans une porte d'étable. Victor l'appela en riant. « Hé, Miraut ! » C'était son préféré.

Le chien lui rappelait un autre Miraut, qui avait été son meilleur ami quand il avait sept ou huit ans. Il répéta à mi-voix : Miraut, Miraut… Le chien s'approcha, en quête d'affection. Victor croisa un regard très doux, qui semblait le fixer du fond de son enfance. La porte de la cour s'ouvrit, devant une jeune femme brune, nattée, menue, vive.

— Entrez vite, madame Constance !

Mlle Julie pouffa :

— Et vous aussi, monsieur Chambost, bien sûr…

Elle traversa la cour en trottant, les guida dans l'escalier, se retourna sur la terrasse, couverte d'un auvent de bois, aux poutres usées. Le soleil jaillit au-dessus du brouillard, ruissela sur les toits, éclata en mille reflets sur les vitres des fenêtres. Mlle Julie montra l'horizon au levant.

— Voici ce qu'il y a de mieux à La Chaux-de-Grange, madame Constance : la vue sur les Alpes, une fois le brouillard dissipé.

Elle sourit, ses beaux yeux sombres se voilèrent un instant, un soupir gonfla sa poitrine.

— Ah, voilà ma sœur. Je vous laisse.

Mlle Marie-Jeanne salua la mairesse d'une petite révérence. Coiffée d'un chignon châtain-roux, plutôt grande, bien en chair sans être dodue, le visage ovale et long, à peine marqué de rides autour des grands yeux marron, un air de douceur et de calme dans le regard et sur les traits. Elle portait avec grâce un corsage blanc et une jupe bleue, les deux joliment plissés ; une douce et tranquille maturité émanait de ses traits, de ses gestes, de tout son corps à peine alourdi par l'âge, et rien en elle ne révélait la *vieille fille* qu'une femme de la campagne devient forcément quand elle a passé trente ans.

— Moi aussi, je vous laisse, dit Victor. J'ai du travail.

Une pendule fort en avance sonna trois coups au moment où Victor entrait dans sa chambre. Les rideaux de dentelle, agités par un petit vent doux, ondulaient devant les fenêtres ouvertes. La pièce était claire et gaie, mais l'humidité décollait les papiers peints, creusait les murs sous les plinthes et gonflait les lambris. Victor s'assit devant une table recouverte d'un tapis à franges, où s'étalaient vingt ou vingt-cinq cahiers. Il les repoussa et commença une lettre pour sa famille. « Chers tous… » Ses parents, c'est-à-dire sa mère et l'oncle Marius, qui l'avait épousée à la mort du père, possédaient une propriété d'une trentaine d'hectares entre Saint-Galmier et Feurs, dans la vallée de la Loire. Ils l'exploitaient avec Étienne, le jeune frère de Victor, et Justine, sa femme.

> Ma santé est excellente. L'air de la montagne me réussit. Je m'entends bien avec mes logeuses, les trois demoiselles Valla. Elles me nourrissent le soir et le matin et me préparent un panier de provisions pour mon repas de midi à l'école. Elles me tirent ainsi une belle épine du pied. Le repas de midi est toujours une complication quand un instituteur n'habite pas l'école. Avec ou sans cantine, une partie des élèves mangent sur place et leur surveillance est une obligation pour les maîtres. Les demoiselles s'occupent aussi de mes vêtements, blanchissage, repassage, raccommodage, etc. Je viens d'acheter à la Manu un costume en drap sergé gris foncé, pour 45 francs. Je porte en classe la

veste de mon vieux costume à carreaux et un pantalon en droguet marron : sous la blouse, ça ne se voit pas trop. Ici, dans la montagne, aucune fantaisie vestimentaire n'est bienvenue… Toujours à la Manu, j'ai renouvelé ma trousse de toilette (20 francs…). Même en ces lieux perdus, l'instituteur se doit d'être un modèle de propreté et d'hygiène pour les enfants. Et puis si je veux dégoter une fiancée, un petit effort pour plaire aux femmes n'est pas du luxe… On ne prend pas les mouches avec du vinaigre, paraît-il… sauf si c'est du vinaigre de toilette !

La maison de La Chaux-de-Grange est immense, avec des pièces trop hautes, des corridors onduleux, chavirant sur des escaliers alambiqués, des faux niveaux et des recoins sans ouverture, des marches perdues par-ci, par-là et, un peu partout, des coulures de salpêtre sur les murailles. Le vent semble ahaner en permanence dans les combles et les greniers. C'est le château des courants d'air, mais je m'y plais beaucoup.

Au fait, j'ai une classe bien meilleure que prévu et un élève extraordinaire, un petit berger du nom de Colinet.

Ma collègue de l'école des filles est charmante : environ vingt-cinq ans et célibataire. J'entends Justine s'écrier : Mais qu'attend-il pour l'épouser ? Comme je te l'ai dit souvent, chère petite belle-sœur, je n'ai pas très envie d'épouser une collègue. Et puis cette Mlle Gilbert me semble bien sauvage et arrogante. En outre, elle ne mange pas de charcuterie. C'est un vice rédhibitoire dans notre pays de cochonnailles !

Victor se leva et alla machinalement se regarder à la glace de son armoire. Il n'était pas très grand, mais charpenté et musclé, rompu aux travaux des champs, qu'il n'avait jamais tout à fait abandonnés. Il se trouvait une tête d'aventurier, la figure carrée, la bouche large, le nez court, le front rétréci par les boucles emmêlées d'une tignasse tirant sur le roux. Sa moustache était drue, ses sourcils broussailleux, et ses yeux gris avaient un éclat volontaire et hardi. Mais ce qu'il ressentait au fond de lui n'était pas tout à fait en harmonie avec son physique plutôt avantageux. Il doutait de plaire à Mlle Gilbert. Il était trop paysan, pas assez raffiné ni élégant.

Par chance, il s'en moquait.

4

Journal d'Émilie Gilbert

Mercredi 11 novembre 1908.

Je note ici le problème du jour, que j'ai cherché avec Marguerite Dumas :

On donne 4 fr. 80 à un ouvrier par journée de travail, mais on lui retient 1 fr. 50 par jour qu'il chôme. Au bout de 30 jours, il reçoit 106 fr. 20. Pendant combien de jours a-t-il travaillé ? B. E., Haute-Saône, 1893. (Il travaille 24 jours et chôme 6…)

Vendredi 13 novembre.

Un vendredi 13… Interdit aux maîtres et maîtresses d'école de rêver à la chance, ce n'est pas rationnel, ce n'est pas scientifique. À l'école normale de filles, la superstition est encore plus férocement combattue que chez les garçons. Sans doute croit-on les filles plus vulnérables…

Eh bien, rien que pour embêter mon ancienne directrice, la terrible Mme Fouillouse, je vais faire un vœu. Allons.

Je m'aperçois que j'hésite soudain. Sucre ! Les filles qui ont coiffé sainte Catherine forment en général le vœu de se marier bien vite, d'être heureuses pour la vie et d'avoir beaucoup d'enfants. C'est d'ailleurs ce que mon père souhaite pour moi, le bonheur en moins. Mes parents ont eu quatre enfants, dont trois vivants, et il a suffi de dix ans à mon père pour rendre ma mère à moitié folle. Ce n'est pas très encourageant.

Je n'ai aucune envie de me marier, ni d'avoir des enfants. Mes élèves me suffisent. Je les aime beaucoup. Il me semble que j'aimerais moins mes propres enfants, surtout si j'avais des garçons…

Et alors, ce vœu, ça vient, mademoiselle Gilbert ?

Qu'on ait un jour un monde meilleur ? Un monde où les femmes auront droit au bonheur… où les institutrices toucheront le même salaire que les instituteurs, à capacité égale et pour le même travail. Eh bien, tu rêves encore, ma belle !

Samedi 14 novembre.

Il me faut résister à la tentation de poser à Marguerite Dumas trop de problèmes du brevet élémentaire en l'aidant à les résoudre. Il vaut mieux l'entraîner progressivement. Elle est jeune, elle se présentera au brevet dans deux ans. Et l'année suivante, peut-être, au concours d'entrée à l'école normale.

Bien sûr, pour Marguerite, mieux vaudrait qu'elle rentre l'an prochain à l'école primaire supérieure de filles de Saint-Chamond, ou à celle de la rue de Roanne à Saint-Étienne. Malheureusement, ni l'une ni l'autre n'ont d'internat, il faudra trouver une pension, et la payer.

Dimanche 15 novembre.

On raconte qu'il y a un brillant sujet pour le certificat chez les garçons : Colin Plasson, dit Colinet, l'ancien berger des demoiselles Valla. C'est un gamin assez ignorant, mais d'une intelligence très éveillée et peut-être exceptionnelle. D'abord, j'ai cru que l'instituteur avait lancé ce bruit pour faire de l'épate, par naïveté. Mais il a vingt-neuf ans et donc pas mal d'expérience, il sort de l'école normale et il ne peut être tout à fait gobeur. Et puis les demoiselles Valla m'avaient déjà parlé de ce gosse qu'elles trouvaient un peu trop malin pour son âge : il lisait dans les champs au risque de perdre ses bêtes, ce qui lui arrivait de temps en temps. Il avait même emprunté, sans autorisation, un livre de médecine familiale. Ça ne me semblait pas vraiment pendable. Marie-Jeanne riait, mais Julie jetait feu et flammes. Il prenait de la nourriture dans les placards pour la distribuer aux chiens. Ça, c'était un crime. En outre, il avait adopté un corniaud perdu, bon à rien et toujours affamé. Bref, les demoiselles ont renvoyé Colinet, mais comme elles avaient sans doute mauvaise conscience, elles ont gardé le chien. Colinet est allé rejoindre une espèce de sauvage, surnommé « Grou-Cayon », qui vit avec ses chèvres sur les hauteurs de Saint-Sabin. Enfin, le voilà de retour et candidat au certificat !

Le fils du maire, Nicolas Malatray, sera aussi un très bon candidat, mais pas cette année car il est trop jeune. (Sa mère aimerait l'envoyer au pensionnat Saint-Louis, à Saint-Étienne, où elle a un parent, mais son père ne veut pas en entendre parler. « Mon fils chez les curés ? Jamais ! »)

Il serait intéressant de réunir les meilleurs des garçons et les meilleures des filles pour les exercer ensemble à l'examen du certificat. Les parents l'accepteraient-ils ? Non, sans doute. Et d'ailleurs, ça tournerait une fois de plus à l'avantage des garçons. Quant aux classes mixtes, que certains réclament à grands cris, merci bien. Nous, les femmes, serions reléguées au soin des marmots, tandis que ces messieurs se réserveraient les grandes classes et l'honneur du certificat d'études !

Et le beau M. Chambost, que dois-je penser de lui ? Nous nous sommes croisés dans la rue, sur la place des Trois-Tilleuls, devant la fontaine, à la mairie, à l'épicerie, appelée ici « magasin bleu », à la conférence pédagogique du canton, environ deux douzaines de fois depuis la rentrée. Il a cherché des occasions de me rendre visite, mais je ne l'ai pas aidé. C'est sans doute lui qui a demandé à Mme Malatray d'organiser un tête-à-tête entre nous. J'ai remis l'événement à plus tard.

Je dois avouer qu'il ne me plaît qu'à moitié, mais je ne sais pas très bien ce que je lui reproche. Assez beau garçon, dans le genre sous-off, l'air plutôt martial, mais quelque chose d'hésitant dans la démarche et les gestes, comme s'il manquait de simplicité et de sincérité. En cela, il ressemble à la plupart des collègues, hommes ou femmes, que j'ai croisés depuis que je suis entrée dans la corporation. La société veut que les instituteurs soient des exemples de parfaits citoyens, mais ne leur offre qu'un sort miteux. Elle exige que les institutrices soient des parangons de vertu, mais les rabaisse de toutes les façons possibles.

Ainsi, la plupart d'entre nous se sentent en porte à faux dans la vie et dans leur métier, et coupables d'imperfection, d'hypocrisie et même de vices cachés !

Au fond, je blâme M. Chambost de trop ressembler à ce qu'il est et, en même temps, de vouloir se donner des airs de gandin. Précisons encore : il paraît ce qu'il est, ce n'est pas un crime, mais il en a honte et tente de se déguiser en bourgeois de la ville. Ou encore, si on veut le dire en image : son soulier le blesse, mais il essaie de danser pour faire croire qu'il a les pieds à l'aise.

Bon, nous en sommes tous là. Quoi, mon journal, tu rechignes, tu renâcles, comme Malgache, le cheval du maire ? Si tu es sage et patient, je te dirai un jour pourquoi nous, maîtres et maîtresses d'école, sommes condamnés à jouer un double jeu, à porter, comme on disait autrefois, l'habit de deux paroisses.

Conclusion. M. Chambost n'est pas pire qu'un autre ; mais si je me marie un jour, ce qui semble assez improbable, je n'épouserai pas un instituteur !

Post-scriptum. Je n'ai aucune envie de frayer avec mon estimable collègue. Je ne sais pas s'il me boude pour une raison inconnue ou s'il me joue la comédie pour se rendre intéressant, mais je m'en fiche.

Dimanche 22 novembre.

La première neige… seulement elle fond tout de suite, au grand regret des enfants. Le long hiver de la montagne commence. Je ne resterai pas toute ma vie à Saint-Just ; quand je m'en irai, ce ne sera pas sans regret, malgré le climat rude et le caractère difficile des gens. D'ailleurs, je suis habituée, maintenant, et je m'entends bien avec tout le monde ou presque. Je resterai donc tant que je n'étoufferai pas de solitude.

Mercredi 25 novembre.

Encore un problème du brevet. Marguerite ne l'a pas trouvé. Une histoire de naufragés… Un navire a des vivres pour 60 jours. Il rencontre en mer 30 naufragés qu'il recueille (comme c'est généreux !). Il n'a plus alors que pour 50 jours de vivres. Quel était le nombre primitif d'hommes à bord (surtout ne pas écrire le nombre d'hommes primitif(s) !) ? La solution algébrique est enfantine : x = 150.

Mais l'algèbre est le meilleur moyen que l'on ait inventé pour se passer de réfléchir. Il suffit d'obéir à la mécanique ! Bon, j'ai perdu presque une heure à raisonner par l'arithmétique cette histoire de naufragés. Je suis lasse, très lasse.

Vendredi 27 novembre.

J'ai trouvé dans une revue un extrait de lettre de Charlotte Brontë à une amie. Je le recopie ici.

« Il me semble que même une femme seule peut être heureuse aussi bien que des femmes adorées et des mères orgueilleuses. Aujourd'hui, je médite beaucoup sur l'existence des femmes non mariées et qui ne seront jamais mariées, et je suis arrivée à considérer qu'il n'y a pas de caractère dans le monde plus respectable que celui d'une femme non mariée qui fait son voyage dans la vie tranquillement, avec persévérance, sans l'appui d'un mari ou d'un frère, et qui, ayant atteint l'âge de quarante-cinq ans ou plus, garde à son service un esprit bien réglé, une disposition à jouir des plaisirs simples, assez de force pour supporter les peines inévitables, assez de sympathie pour compatir aux souffrances des autres, et de bonne volonté pour soulager les besoins dans la mesure de sa fortune. »

Samedi 28 novembre.

Il est venu, enfin, il est entré par surprise, avec la complicité de la Fine Chaize, qui a eu pitié de lui après l'avoir renvoyé trois ou quatre fois. Qui « il » ? Mon illustrissime collègue, chargé de l'école des garçons, Victor Chambost soi-même.

Je relisais à Marguerite Dumas une dictée du certificat d'études, tirée d'un livre de Gustave Droz, mais rallongée de dix lignes. Nous riions beaucoup, toutes les deux. C'était dimanche, vers le milieu de l'après-midi. Nous avions été obligées d'allumer une lampe : non la suspension de la classe (les gens feraient une tête s'ils voyaient la suspension allumée pour une seule élève au milieu de l'après-midi !), mais ma lampe de piano, qui me sert à tracer les modèles d'écriture et aussi à broder, tandis que j'écris maintenant à la bougie. La lumière était orientée sur le cahier de Marguerite et je me penchais pour lire dans le halo. Nos têtes se frôlaient, c'était tendre, intime, et j'étais vraiment heureuse. Soudain, Marguerite, qui prend un culot de mercière depuis qu'elle est souvent seule avec moi, m'a demandé si j'avais envie d'avoir un bébé.

J'ai supposé qu'elle avait parlé sans réfléchir. J'ai cherché une réponse pas trop sotte. À ce moment, une silhouette d'homme est passée devant la fenêtre. Ce n'était pas le maire, M. Malatray est plus grand. Le délégué cantonal, M. Gerin ? Je n'aime pas les visites de M. le Délégué qui me fait du plat à chaque occasion. Non, pas un dimanche…

On a frappé, j'ai crié d'entrer, Marguerite a enfoui le nez dans son cahier. M. Chambost a piqué un œil et un bout de moustache à la porte. Au moment où je devais répondre à une question sur mon envie de bébé !

J'ai foncé tête baissée, comme le taureau sur la malheureuse Félicité, dans le conte de Flaubert. Je me suis arrêtée à un pas du visiteur, ma bonne éducation ayant repris le dessus *in extremis*. À un pas, mais comme il a reculé d'un autre, cela faisait deux pas de distance entre nous. J'ai failli lui crier : Vous aussi, peut-être, vous voulez savoir si j'ai envie d'un bébé ? La question a tourné follement dans ma tête. Durant quelques secondes, je me suis persuadée qu'il me l'avait posée, au lieu de l'innocente Marguerite.

Monsieur mon collègue a rougi, balbutié, s'est cogné à la porte, a essayé de tenir sa serviette et son chapeau dans une seule main pour me tendre l'autre, a perdu finalement le chapeau et manqué de lâcher la serviette. Il avait mis son plus beau costume, du moins, je l'imaginais, son gilet, son col raide et sa cravate. Il avait moins l'air d'un dandy et beaucoup plus d'un instituteur. En somme, le type même du maître d'école fils de paysan et qui tâche de ressembler au neveu de la bonne du château ! Je me suis calmée et je l'ai invité à entrer.

« Vous nous surprenez en plein travail, Marguerite Dumas et moi. »

Il a hoché la tête. « La Fine, je veux dire Mlle Chaize, m'a parlé de votre candidate au brevet. »

J'ai répondu sèchement : « On n'en est pas encore là. Et votre petit berger sauvé des eaux, j'ai oublié son nom, sait-il ses participes ? » Victor Chambost s'est dandiné d'un pied sur l'autre, honteux comme un coq de village qu'une poule aurait pris. Il a bougonné : « Euh, euh, euh. » Je l'ai poussé dans la classe, j'ai refermé la porte.

« Eh bien, avancez, puisque vous êtes là. Venez vous chauffer. »

Il a souri d'un air malheureux. « Oui, puisque je suis là... » Était-il drôle ! À sa place, Marguerite s'en payait une bosse. Je lui ai fait un signe. « Marguerite, le participe passé des verbes pronominaux, régime indirect. »

Rapide comme l'éclair, ma virtuose a annoncé staccato : « Quand le pronom réfléchi est au régime indirect du verbe, le participe passé reste invariable s'il n'y a pas de régime direct ou si le régime direct est placé après lui ; il s'accorde avec le régime direct si celui-ci le précède... » Et voilà. Victor Chambost a affiché une mine médusée. On aurait juré qu'il entendait parler des verbes pronominaux pour la première fois de sa vie. « C'est que, a-t-il dit d'une voix mal assurée, mes élèves ne sont pas très bons en grammaire. » Il a regardé Marguerite avec un rictus de jalousie, et j'ai songé : Si nous étions maîtres d'une école mixte, c'est lui qui l'aurait, ainsi que toutes mes grandes. Bernique, mon vieux !

Il s'est mis à tousser, car le poêle fumait un peu. Je me suis assise sur une table d'élève, un pied appuyé sur le banc et l'autre pendant. Mon coup de colère passé, je jubilais de le voir tout gêné et prêt à se laisser mener par le bout du nez. Si j'en crois Mme Malatray, la Fine Chaize et Julie Valla, Victor Chambost est un homme de cœur et de caractère, un instituteur zélé, apprécié des élèves autant que de ses chefs. Eh bien, notre héros n'en menait pas large. Il était là devant moi, timide comme une fleur juste éclose. Aurait-il peur des femmes ? On n'a pas fini de s'amuser.

Je l'ai regardé bien en face, il a cligné les paupières, puis baissé les yeux. Je me suis rendu compte qu'il était surpris par la pénombre. C'est vrai que ma classe est très mal éclairée, et quand on n'a pas l'habitude, on ne doit pas voir grand-chose. Il s'est décidé enfin à ouvrir la bouche. « Je voulais… je pensais… j'aurais aimé… » Je me suis demandé s'il était venu pour me réciter ses conjugaisons. J'ai répliqué du tac au tac : « Mais, monsieur, bien sûr, veuillez, pensez, aimez ! » Il s'est raidi et son visage a verdi dans le demi-jour (enfin, je crois).

À ce moment, il a peut-être eu envie de tourner les talons et de sortir en claquant la porte. J'aurais été bien punie, car j'étais au fond très contente de sa visite et je désirais le tourmenter encore un peu, pour mon plaisir. Mais non, il s'est appuyé à un banc, il a posé sa serviette sur une table. « Je voudrais vous parler des livres de lecture, confronter nos expériences, si toutefois vous… »

Je lui ai ri au nez. « Monsieur, vous êtes ici à l'école des filles, nous avons des livres de filles, nous lisons toutes *Suzette* et *Le Ménage de Mme Sylvain*, qui est la suite. Nous vous souhaitons la bienvenue au royaume de Suzette ! » J'ai ajouté, après une seconde de réflexion : « Si je suis bien renseignée, nous avons un livre de lecture commun : le syllabaire Régimbeau, pour les tout-petits. » Il s'est repris, il a essayé de faire front. « Je serais heureux de vous accueillir au royaume du *Tour de la France*, qui est heureusement un peu mieux éclairé ! »

Nom d'un petit bonhomme, n'était-ce pas bien envoyé ? Je lui ai rendu une fève pour un pois. « Vos amis André et Julien, les garçons du *Tour de la France*, n'ont jamais vu une fille. Notre Suzette doit culotter ses petits frères, elle les voit donc tout nus. Elle est bien plus maligne que ces deux benêts. Voilà mon avis sur les livres de lecture, monsieur ! »

Il a ri de bon cœur. Je crois, vraiment. Il a repris un peu son aplomb et, du même coup, remonté dans mon estime. J'aimais mieux ça. Je commençais à en avoir assez de donner des coups de pied dans une balle de chiffon !

Il a sorti de sa serviette un livre bleu que j'ai reconnu *Choix de lectures*, de Mironneau. Le volume s'est ouvert sur une gravure que je devinais plus que je ne la voyais : sur le seuil d'une grande et belle école, se tenait une femme qui regardait en souriant les petits écoliers venir à elle. Titre de la lecture : *Ils s'en vont à l'école*.

Le Mironneau est un très beau recueil de morceaux choisis… pour les enfants de la ville. On y trouve Chateaubriand, Cervantès, Corneille, Alexandre Dumas, Flaubert, Lamartine, et même Shakespeare. Tout cela est bien trop difficile pour nos montagnards et montagnardes. J'ai décidé de lui enlever tout de suite ses illusions, s'il en avait encore. « Pourquoi ne pas leur apprendre aussi le latin ? »

En réalité, nous avons un spécimen du Mironneau. Marguerite et deux ou trois grandes l'ont dévoré comme un livre de bibliothèque. Mais je ne vois pas les garçons de Saint-Just s'intéresser à des extraits d'œuvres littéraires. « Laissez-les donc à leur *Tour de la France*, cher monsieur. » J'ai refermé le Mironneau d'un doigt négligent. « Et si vous avez le projet de changer vos livres de lecture, renoncez en tout cas à celui-ci et à tous les recueils de morceaux choisis. »

Il a remballé son bouquin, l'air tout content. « Merci, mademoiselle, c'est tout à fait ce que je pense, hélas. Je vous suis reconnaissant… » Il m'énervait, avec sa reconnaissance. Si j'avais osé, je l'aurais bourré de coups de poing.

Il a tiré de son cartable un autre volume, à couverture colorée.

« J'ai cherché une solution de rechange pour mes grands du certificat, qui en ont plus qu'assez du *Tour de la France*. Je ne sais pas si vous connaissez *Jean Lavenir ?* »

Non, je ne connaissais pas Jean Lavenir ni Pierrot Le Futur, ni rien de ce genre, et je m'en moquais. Les livres de garçons me sortent par les yeux !

Il s'est animé un peu, mon maître d'école, tout fier de sa trouvaille. « Je crois, a-t-il dit, que ce livre est le meilleur, ou le moins mauvais de tous les livres de lectures suivies qu'on propose aux élèves du cours supérieur et du certificat d'études. *Jean Lavenir* a le mérite de se passer pour une bonne part dans la Loire… » Il attendait avec gourmandise un signe d'étonnement de ma part. Enfin, une histoire qui se passe chez nous, quelle merveille ! J'ai pensé : C'est un gamin, il n'imagine pas que je puisse m'en ficher comme de l'an quarante. Dieu, s'il existe, me préserve d'épouser un collègue !

Déçu de mon manque d'enthousiasme, Victor Chambost a continué ses explications, sérieux comme un âne qu'on étrille. « … pour une bonne part dans la Loire, à Saint-Étienne et dans le sud du Forez. Il décrit assez bien la vie des mineurs de charbon et celle des paysans de la montagne. Pas le mont Pilat, mais l'autre côté du fleuve, vers Saint-Bonnet-le-Château, dans ce bec de la Loire qui s'enfonce entre la Haute-Loire et le Puy-de-Dôme… » Merci pour le cours de géographie. Il ne pouvait s'empêcher de parler comme s'il était devant ses élèves. Ils sont tous les mêmes, au fond.

J'ai bâillé, la main devant la bouche, discrètement, mais pas trop. Il ne s'est aperçu de rien et il a continué, en essayant de me fourrer son livre entre les mains. « Et puis, voyez, ce n'est pas rien, sur la couverture cette belle Semeuse aux bras et aux pieds nus… » Essayait-il de me glisser une allusion polissonne ? Enfin, tant qu'on en restait aux bras et aux pieds, ce n'était pas très grave. Pour lui tenir la dragée haute, j'ai pris le livre et j'ai fait mine d'examiner la gravure. « Je préfère la Fortune sur les billets de cent francs, qui est quand même un peu plus déshabillée ! »

Il a eu le caquet coupé quelques secondes, mais il a repris son discours comme si de rien n'était. « Eh bien, voyez-vous, chère mademoiselle, il y a dans ce livre de garçons une petite fille nommée Marie. Oui, rien de moins qu'une fille ! Comme vous le disiez, on a dû attendre l'édition d'après 1905 du *Tour de la France par deux enfants* pour voir révélée à nos petits gars l'existence de cet animal étrange et dangereux, l'enfant de sexe féminin. »

Il a prononcé les derniers mots d'un air de dire : J'en sais long sur le sexe féminin. Il doit fréquenter les bouges et les claques : c'est là qu'il s'est instruit… Et il a conclu : « Et tenez-vous bien, Jean Lavenir retrouve Marie à la fin de l'histoire, s'avoue troublé et l'épouse. Ah oui, l'école laïque commence à se dessaler ! » Le joli mot, piquant et coquin, il s'en léchait les babines. Il n'est peut-être pas aussi « dessalé » lui-même qu'il aurait aimé me le faire croire. Est-ce qu'il n'était pas en train de s'imaginer qu'il avait trouvé la pie au nid ? Non, je ne rougirai pas, monsieur…

Il voudrait persuader le maire d'acheter, pour le cours supérieur, aux frais de la commune, trois ou quatre exemplaires de ce livre, *Jean Lavenir*. Merci pour le renseignement. Je n'ai besoin d'aucun manuel en ce moment, je demanderai au maire quatre ou cinq livres de bibliothèque, en guise de compensation.

Victor Chambost a clos le débat de façon très classique : « Et voilà. » Il était bien embêté parce qu'il n'avait plus rien à me dire. Pendant ce temps, Marguerite, que j'avais abandonnée à sa dictée, s'occupait à chercher des exercices sur les règles d'intérêts dans l'arithmétique du cours supérieur de Leyssenne. « Nous ferons les questions demain, ai-je décidé. Relis une dernière fois, puis tu pourras partir. » Je me demandais si mon visiteur aurait le culot de rester seul un moment avec moi. Il m'a fait une petite avance. « Jean Lavenir, vous ne trouvez pas que c'est un beau nom ? » J'ai eu soudain la bouche pleine d'amer. Lavenir… l'avenir ? J'en ai mon sac, de l'avenir, il me revient sur le cœur.

5

La Saint-André passée, le froid était venu début décembre, apportant une couche de neige glacée et glissante. Les trente garçons étaient maintenant presque tous réunis dans la nouvelle classe bien chauffée et claire. La petite ruche républicaine bourdonnait d'activités, de mots, de rêves et d'espoirs.

On commençait chaque jour par l'inspection de propreté, une corvée que la plupart des maîtres détestaient. Cette aversion allait pour certains jusqu'à l'écœurement. Mais d'autres, et pas toujours les plus vieux, donnaient alors libre cours à leur méchanceté. Les instructions disaient : *Lorsque l'école n'a pas de préau couvert et que le temps est mauvais, les élèves se rangeront autour de la salle de classe pour l'inspection de propreté.*

Hippolyte Salomon pratiquait quelquefois l'inspection dehors, par temps de gel, à titre de pénitence générale. Mais les petits montagnards, qui n'étaient pas frileux, transformaient l'affaire en jeu. Ceux qui étaient en faute couraient à dix pas se frotter avec une poignée de neige qu'ils balançaient ensuite à la tête de leurs camarades.

Victor avait trouvé dans les rédactions des grands, Mathieu Chanal et Antoine Paret, divers récits de cette scène qui amusait tout le monde. Mais ses vertus éducatives semblaient douteuses. Victor préférait le débarbouillage en gaieté ; il l'eût organisé sur un air de bal, s'il avait pu. Mais les élèves se faisaient une loi des habitudes prises avec le père Pochon. Victor n'avait même pas besoin de regarder les mains, les frimousses et les oreilles ; les distraits, les négligents, tous les fautifs étaient désignés par une espèce de rumeur : « M'sieu, m'sieur, les cayons ! les cochons ! Untel est un petit cayon, tel autre un gros cayon… » Les coupables s'avançaient d'eux-mêmes, mi-honteux, mi-farauds. Bougre de cayon ! Et on criait en chœur, s'il y avait de la neige : « Les cayons à la neige ! » « Ou bien : Les cayons à la fontaine ! »

Les gamins de la montagne n'étaient pas plus sales que ceux de la plaine et de la ville. Victor avait même l'impression qu'ils étaient en moyenne un peu plus propres, peut-être parce qu'ils avaient plus de sources et de ruisseaux à leur disposition…

Enfin, les petits et gros cayons vivement frottés de neige ou d'eau glacée, on passait à la demi-heure d'instruction morale et civique. « Tous les jours, disait l'emploi du temps, de 8 h 30 à 9 heures » (à Saint-Just, on rentrait à la demie, contrairement à la plaine et à la ville, où l'on appliquait la règle 8 heures-11 heures).

Grâce à M. Lavisse, l'histoire était l'étude préférée de la plupart des jeunes Français. Pas étonnant que ses livres se vendent à millions ! Et comme les lectures morales étaient pour le moins ennuyeuses, Victor tâchait de trouver un récit d'histoire pour engager la leçon du jour ; mais il n'avait pas tout à fait les mêmes goûts que les élèves qui faisaient un triomphe aux anecdotes de guerre, aux histoires de crime ou de massacre. Le vase de Soissons, Frédégonde et Brunehaut, Le meurtre des enfants de Clodomir, Le colonel Chevert et le sergent Pascal, La bataille d'Azincourt, Le Grand Ferré, La mort du petit tambour Sthrau, recueillaient tous les suffrages. Il n'était pas facile de greffer une leçon sur ces légendes…

Ce mardi-là, juste avant la redoutable composition française, Victor avait choisi de lire *Charlemagne et les écoliers*, une fable qui plaisait aux élèves d'aujourd'hui, quoiqu'elle fût à la fois pacifique et morale. Une exception rare, mais on ne pouvait guère en tirer parti plus d'une ou deux fois par an.

« Un jour, Charlemagne se fit amener les enfants de l'école du palais, et il trouva que les pauvres avaient mieux travaillé que les fils des grands. Il mit à sa droite ceux qui avaient bien fait, et leur dit : "Je vous loue beaucoup, mes enfants, de votre zèle à satisfaire mes recommandations et à rechercher votre propre bien de tous vos moyens. Efforcez-vous d'atteindre à la perfection, et je vous tiendrai toujours pour des gens considérables."

« Tournant ensuite un front irrité vers les élèves demeurés à sa gauche, il lança sur eux ces paroles menaçantes : "Quant à vous, nobles, fils des principaux de la nation, vous reposant sur votre naissance et votre fortune, vous avez négligé mes ordres, et préféré vous abandonner au jeu, à la paresse et à de futiles occupations ; je ne fais nul cas de votre naissance ! Sachez que, si vous ne vous hâtez pas de réparer par une constante application votre négligence passée, vous n'obtiendrez rien de Charles." »

Il existait, suivant les manuels, des versions plus ou moins développées, naïves ou solennelles, de cette scène fameuse.

— Qui veut poser une question ?

À l'école de Saint-Just, seul Nicolas Malatray était ce qu'on pouvait appeler un fils de riches, et il en avait le physique, avec son visage fin, son regard vif, ses cheveux clairs et bouclés.

Victor attendait avec curiosité sa réaction. Mais ce fut Antoine Paret qui leva la main.

— Les fils des grands, m'sieur, c'est des riches ?

— Oui, certainement, répondit Victor.

Antoine Paret demanda pourquoi on ne le disait pas dans le livre.

Victor écrivit au tableau, pour les moyens : *Que nous soyons riches ou pauvres, le travail est notre fierté ; l'oisiveté est une honte*.

— Eh bien, expliqua-t-il, ce n'est pas très important qu'ils soient riches. Ce qui compte, c'est qu'il s'agit de nobles et puissants seigneurs du palais, et que leurs enfants bénéficient des avantages et de la fortune qui va avec. Alors, ceux-ci pensent qu'ils ont droit à tout sans être obligés de travailler à l'école.

Antoine Paret se rassit en grommelant, Victor aurait aimé savoir ce qu'il avait en tête. Mais Mathieu Chanal leva la main.

— Le grand-père de mon cousin a acheté pour dix-huit mille francs une propriété de cinquante-cinq *bicherées* à Saint-Pierre-de-Bœuf, dans la vallée. Est-ce qu'il est riche, maintenant ?

— Cinquante-cinq bicherées ? Dis-le en hectares.

La bicherée, ancienne mesure agraire, valait environ mille mètres carrés. Les élèves du certificat pouvaient faire aisément la conversion. Victor devina que Colinet avait trouvé avant tous les autres ; il lui intima d'un regard l'ordre de se taire. Le petit berger avait très bien compris qu'il ne devait pas se montrer trop malin ; il baissa les yeux et une méchante moue lui retroussa la lèvre.

— Cinq hectares et demi, précisa Mathieu Chanal.

Victor avança au milieu de la classe, croisa les bras.

— Oublions le grand-père du cousin de Chanal. Disons que M. Dupont a acheté une propriété de 55 000 m^2, dans une commune de bonnes terres, où il y a sûrement aussi de la vigne. Soit M. Dupont possédait les 18 000 francs du prix, soit il n'avait pas toute la somme et a dû en emprunter une partie. Il a maintenant la propriété, mais il n'a plus l'argent, et il a peut-être fait des dettes. Peut-on dire qu'il est plus riche ?

— Oui, oui, oui ! crièrent plusieurs voix.

La plupart des élèves pensaient que l'on était plus riche avec une propriété qu'avec de l'argent et même avec des pièces d'or. Sur une propriété, on pouvait récolter de quoi vivre et vendre le supplément contre de l'argent…

Colinet ne put retenir son opinion.

— Moi, je préfère l'or, parce qu'on peut l'emporter !

Ses voisins le toisèrent en haussant les épaules. Le petit berger avait encore perdu une bonne occasion de se taire. Victor le garda après la classe pour le réprimander.

— Écoute ici, Plasson.

Le petit berger se tenait très droit, la tête levée, son béret à moitié enfoncé dans l'échancrure de sa blouse. Il ne semblait pas du tout inquiet ni chagrin. Les mains à hauteur de la ceinture, il s'amusait à faire sauter deux ou trois billes de l'une à l'autre, si vite et si adroitement qu'on distinguait à peine l'éclat des boules et le mouvement de ses doigts. Il jonglait à sa façon, sans y penser.

— Mets ces billes dans ta poche, dit Victor sèchement.

Colinet obéit et regarda le maître avec un sourire innocent. Victor fronça les sourcils.

— Répète-moi ce que tu as dit à propos de l'or.

— Que je le préfère parce qu'on peut l'emporter ? C'est pas vrai, m'sieur. Je l'ai dit pour rire.

— À partir de maintenant, tu t'abstiendras de faire des réflexions stupides.

Colinet rougit, sa lèvre trembla.

— Oui, m'sieur, promis. Alors, c'était mal, ce que j'ai dit ?

— C'était très bête. Certains de tes camarades répéteront peut-être ta remarque chez eux, à leur façon : Colinet préfère l'or parce qu'il a envie d'en emporter. Et bientôt, on racontera dans toute la commune : Colinet veut emporter de l'or ! Il y aura peut-être des gens qui penseront : Colinet cherche à voler de l'or… Il faut que tu apprennes à tenir ta langue, mon garçon.

L'enfant baissa les yeux, fourra les mains dans les poches de sa culotte, puis les retira aussitôt et se tint devant Victor dans une attitude aussi respectueuse que possible.

— C'est une bonne leçon, m'sieur. Je l'oublierai pas.

Le mercredi soir, après avoir corrigé les cahiers du jour, Victor feuilleta longuement celui de Colinet, puis le jeta sur la pile et se leva. On était le 2 décembre : une date fameuse dans l'histoire de France.

Le jeune berger fréquentait l'école depuis cinq ans, mais pas plus de quelques mois par an, de la Saint-André à la mi-carême, dans le meilleur des cas. Victor calcula : en tout, cela faisait peut-être quinze à dix-huit mois de classe. Colinet avait un don en arithmétique, il connaissait un peu la grammaire et les conjugaisons, mais il était incapable de rédiger proprement une composition française. Le présenter au certificat d'études semblait une gageure, et Victor s'était lancé dans ce projet risqué par bravade, parce qu'il gardait en secret l'envie de sauver à lui tout seul l'école laïque et la République. Deux ou trois fois par semaine, il se donnait aussi cette explication : au moins, je ne m'ennuierai pas. Mais il ne s'ennuyait jamais en classe.

C'était après la classe, parfois, que l'ennui tombait. Dans les villages et les petites villes de la plaine, la fréquentation des collègues et les relations féminines, plus ou moins faciles et heureuses, prenaient une bonne place dans son existence, à côté du travail. Sorties et voyages occupaient ses loisirs. Ici, la solitude se faisait pesante et il était condamné à une vie de moine.

Il avait une collègue fort attirante, mais dotée d'un vilain caractère. Institutrice jusqu'au bout des ongles, donneuse de leçons à tout-va, arrogante et railleuse. Une bourgeoise de la ville expatriée dans un village de la montagne… En plus, elle traînait la réputation d'avoir *vécu*. Elle incarnait bien ce côté bas-bleu qui le glaçait chez les « demoiselles de l'école normale ». Et pourtant, depuis qu'il la connaissait, il se sentait plus seul qu'avant.

Il prenait pension chez deux jeunes femmes. Enfin, deux femmes plus très jeunes, mais plutôt accortes ; et pourtant il se sentait seul aussi à La Chaux-de-Grange. Il croisait trop souvent Mlle Gilbert pour l'oublier, et chaque fois qu'il la voyait, il se rappelait qu'il s'était ridiculisé devant elle, le jour où il avait osé lui rendre visite.

Il sortit de l'école, à travers la nuit froide de décembre, sans enfiler son paletot, et fit quelques pas sur la neige durcie. Il leva la tête, regarda les étoiles. Il se tourna vers le nord, repéra tout de suite la Grande Ourse, au fond du ciel clair. La Polaire planait quelque part au-dessus de La Grand-Croix ou de Rive-de-Gier ; Castor et Pollux indiquaient la direction de Lyon… Verrait-il un jour, de ses yeux, les constellations de l'hémisphère Sud ?

Il se retourna. Orion se penchait au-dessus du Rhône, et, en face, à l'ouest, une grosse planète jaune, vers Saint-Étienne, Jupiter ou Saturne. Plutôt Saturne… Faisons un vœu. Oui, Victor Chambost, instituteur laïque, chargé par le gouvernement d'éradiquer la superstition des jeunes têtes paysannes, cédait, en guettant le ciel, à l'inoffensive mais ridicule manie des vœux. Jailli comme un aérolithe d'un ciel inconnu, un nom avait déjà traversé son âme et éclaté sur ses lèvres : Mlle Gilbert.

6

Journal d'Émilie Gilbert

Dimanche 6 décembre.

Les parents m'en veulent de ne pas manger de charcuterie. Les ragots vont bon train. En résumé : 1. Cette pauvre fille ne mange pas de charcuterie parce qu'elle est malade (sans doute tuberculeuse). 2. Mlle l'institutrice se croit trop distinguée pour manger notre lard et notre saucisson. 3. Une fille qui ne mange pas de charcuterie ne tardera pas à tomber en faiblesse : elle ne peut pas faire une bonne maîtresse d'école (ni une bonne épouse, mais comme personne ne souhaite m'épouser, à part cet idiot de Glaudius, le neveu du curé, c'est moins important).

Je me suis dit honnêtement : Qu'y a-t-il de vrai là-dedans ? J'ai acheté à la bouchère, Mme Cellard, une assez grosse tranche de jambon, que j'ai fait cuire et essayé de consommer. Je suppose que la nouvelle s'est vite répandue dans toute la commune ; mais, pour les montagnards, le jambon n'est pas tout à fait de la charcuterie : on m'attend au lard, à l'andouillette, au saucisson... Eh bien, non, je ne supporte même pas le jambon cuit. Principaux symptômes de l'indigestion (ou d'autre chose) : maux de tête persistants, pas tout à fait la migraine mais presque, nausées à la chaleur, rougeur de la peau, bouffissure du visage et, le pire de tout, mal de cœur en essayant de lire ou d'écrire.

Le Dr J., de Lyon, que je suis allée voir en 1906, a prononcé un drôle de mot nouveau, que je n'ai pas compris. Il m'a donné une espèce de poudre de perlimpinpin que je n'ai jamais prise. Pendant quelques semaines, quelques mois au plus, les troubles ont cessé : je supportais parfaitement le cochon et la charcuterie, fraîche ou salée, à condition d'en manger modérément. Je ne l'aimais toujours pas, mais, quand j'étais invitée, je pouvais goûter à tous les plats sans inquiétude. Et puis la maladie-au-nom-nouveau est revenue et continue de me rendre la vie difficile.

Dommage, car le climat de la montagne m'est d'un autre côté plutôt bénéfique. Je ne souffre plus des bronches ni des poumons, je respire librement hiver comme été, et je n'ai pas eu un seul rhume de toute l'année 1908. Aucune douleur, non plus, des membres ni du dos. J'ai les genoux souples comme à dix ans… La réputation de « cure d'air » du mont Pilat n'est pas usurpée ; et la réclame du Grand Hôtel (le « Righi français », nous dit-on) est sans doute sincère, même si les prix sont très élevés, avec la pension minimum à 8 fr., plus de deux fois ce que je gagne par jour !

Mardi 8 décembre.

Une très jolie scène dans *Suzette*, au chapitre 77 : « La salle d'attente », que nous avons lue hier.

Suzette accompagne à la gare la servante Ludivine qui se rend dans sa famille. La salle d'attente est bien décrite, avec de nombreux voyageurs, « des messieurs, des dames, debout ou assis à côté de valises, de sacs de nuit, de cartons à chapeaux, de paniers, de paquets entourés de ficelles ou de courroies ». Suzette fait asseoir la bonne qui, prenant le train pour la première fois, est tout ahurie et pousse de profonds soupirs.

« — Ah, j'avais bien juré que jamais, au grand jamais, je ne mettrais les pieds ici ! Mais le malheur veut que je doive aller moi-même chercher de l'argent à Tergnier !

« Suzette, qui avait déjà vainement essayé de la rassurer, ne l'écoutait pas.

« Cependant, après quelques minutes, le visage de Ludivine commença à se dérider. Puis, après avoir regardé autour d'elle et sur la banquette où elle était assise :

« — Ah çà ! mais on ne le sent point marcher ! Il n'est peut-être pas si dur que je le croyais.

« Suzette la regarda.

« — Est-ce que tu le sens, toi, petite ?

« — Quoi ?

« — Hé, le chemin de fer, donc ! Ne sommes-nous point en chemin de fer ? »

Une scène fort amusante, certes, mais la plupart des élèves se sont récriées. « C'est impossible, mademoiselle ! Impossible que Ludivine se croie déjà dans le train, alors qu'elle est toujours dans la salle d'attente… » Les trois grandes du certificat d'études, Denise Flacher, Marie Pré et Joséphine Merle, étaient troublées, mais moins incrédules que les moyennes et les petites. Jeanne Chaize, du cours moyen, s'est mise à bouder, la tête entre ses bras, persuadée qu'on se moquait d'elle.

Alice Malatray, la fille du maire qui a huit ans et qui est promise au pensionnat dès l'an prochain, s'est mise en colère pour la même raison. « Je veux m'en aller de cette école tout de suite. On n'y voit rien et les livres sont trop bêtes, même *Suzette !* » J'ai pensé : Ah, on n'y voit rien, ma belle ? Et si tu demandais à ton père de nous percer une fenêtre ou de nous acheter une lampe plus forte ! Mais ce ne sont pas des choses à dire. M. Malatray est le meilleur maire que j'aie rencontré depuis mes débuts. J'en ai connu un qui, habitant près de l'école, comptait lui-même les bûches du bûcher et faisait le guet pour s'assurer que les instituteurs ne les brûlaient pas dans leur propre foyer !

Soyons patiente. Il y aura un jour à Saint-Just une belle école des filles claire et gaie. Tant pis si je ne suis plus là !

Mercredi 9 décembre.

Il me faut bien revenir à la scène de la salle d'attente qui a déconcerté toutes les élèves et en a même indigné quelques-unes, à ma grande surprise.

Est-elle vraisemblable ? Certes non. Mais « le vrai peut n'être pas vraisemblable ». Est-elle possible ? Oui, car la pauvre Ludivine est bouleversée par l'aventure de son premier voyage en train et n'a plus tous ses esprits.

Mais n'est-ce pas, de la part d'un auteur aussi expérimenté et célèbre que Marie Robert Halt, une facilité, une faiblesse même, que de ridiculiser une pauvre servante ? Mme Halt n'a-t-elle laissé poindre ici le mépris d'une grande bourgeoise pour les gens du peuple, même si elle les peint d'habitude avec bienveillance ?

Je vais relire de bout en bout *Suzette* pour m'assurer qu'il n'y a pas d'autres passages de ce genre. S'il y en a, nous les éviterons en classe…

Mais non. Quelle erreur !

Je vais en parler franchement à toutes les élèves, grandes et petites. Je vais leur demander de réfléchir à la question et de chercher si d'autres scènes leur semblent également peu plausibles. (On expliquera le mot « plausible ».) Voilà qui les forcera peut-être à lire en dehors de la classe. Elles perdront sans doute un peu du respect qu'elles avaient pour leur livre de lecture. Tant pis. J'espère qu'elles gagneront en échange une certaine confiance en elles.

Nous appellerons ça une expérience pédagogique.

Je suis sûre qu'elle plairait à mon collègue, Victor Chambost.

7

Victor descendit à Saint-Étienne par la Galoche pour rendre visite à sa jeune sœur, Catherine, mariée à un ingénieur de la mine. La petite locomotive à haute cheminée tirait ses trois wagons en soufflant et cahotant.

Victor s'assit au milieu d'une banquette étirée sur toute la longueur du wagon, entre une jeune fille d'à peu près seize ans qui serrait un cabas sur ses genoux et gardait les yeux baissés, fixant la pointe de ses souliers, et un commis voyageur remuant et bavard qui feuilletait son carnet de commandes en s'exclamant à tout propos. Il relisait, avec émotion, avec passion, les premières pages de *Jean Lavenir*. Il devait se défendre de prononcer à haute voix, par habitude professionnelle, les phrases qui couraient sous ses yeux.

« Peu liant, souriant rarement, ne plaisantant jamais, mon père exerçait sur ses camarades de la mine une influence étrange. Aux heures de crise, dans le tumulte des réunions qui précèdent les grèves, on allait à lui, on lui demandait son avis, et nul n'était plus écouté… »

Un groupe d'une demi-douzaine d'excursionnistes, hommes et femmes, entassés au fond du wagon, jouaient à se pousser les uns contre les autres en exagérant l'effet des cahots. Ils cessèrent soudain de rire et de blaguer pour entonner d'une seule voix une chanson de marche régionale :

Du Pilat, j'aime la fougère,
Et ses cascades et ses ravins !
J'aime aussi ses bois solitaires
Et ses monts hérissés de pins !

Par les fenêtres ouvertes entraient de petits bouchons de fumée, portant l'odeur sucrée du charbon, qui se mêlait à d'épais relents de sueur et de parfum bon marché. Le soleil, à pic au-dessus des crêts, brillait clair dans un ciel presque sans nuages, exceptionnel en décembre, jugea Victor. Il referma *Jean Lavenir*. Il était bien décidé à le choisir pour ses grands élèves, dès qu'il le pourrait.

Il attendait beaucoup de ce poste dans la montagne. Il avait longtemps rêvé de partir en Afrique ou à Madagascar, pour exercer son métier en des pays où il serait plus utile qu'en France. Il était un fervent républicain. À sa sortie de l'école normale et même à son retour du régiment, il pensait encore que les peuples soumis à la colonisation avaient tout à y gagner. On allait instruire ces peuples enfants, on allait les sortir de l'état sauvage… Mais le hasard lui avait mis sous les yeux quelques articles très critiques, dont l'un était signé d'Anatole France, un ami de la République. Il avait surpris des conversations entre coloniaux en congé dans leur famille ; il avait écouté l'avis de certains syndicalistes, parmi lesquels son ami Lambert. Non, la colonisation n'était pas cette œuvre magnifique, vantée par la plupart des livres scolaires. Non, ces guerres de conquête n'étaient pas innocentes, ni dictées par la vertu, ni vertueusement menées.

Victor s'était dit, tout d'abord : Il faut y aller, tu verras bien. Mais serait-il assez fort pour résister à l'entraînement et à toutes les tentations ? Pour dénoncer les exactions et peut-être les crimes qu'il pourrait surprendre ? Serait-il assez habile et courageux pour ne jamais devenir lc complice des voleurs, des brutes, des criminels ?

Après un an ou deux d'hésitation, il avait décidé de ne pas partir.

Il avait caressé un certain temps un autre rêve, moins aventureux et plus en accord avec ses goûts et capacités : écrire un livre de lecture pour le cours moyen, vivant, réaliste, moderne. Son livre ferait oublier tous ceux qu'il avait eus en main et qui ne cessaient de le décevoir ! Et puis *Jean Lavenir*, roman scolaire de Lamy et Petit, était paru. Il avait dû reconnaître qu'il ne ferait jamais mieux. Il avait renoncé à ce projet aussi.

Il avait conclu, finalement, qu'il se rendrait plus utile en allant exercer son métier dans les montagnes déshéritées, au climat rude, au sol ingrat. Sans se mêler d'une conquête que sa conscience réprouvait…

Une demi-douzaine de jeunes filles sortirent de la gare en même temps que Victor.

Il n'avait pas l'intention de flâner dans Saint-Étienne, mais enfin, il ne se l'interdisait pas tout à fait. Toutefois, il devait se dépêcher s'il ne voulait pas manquer le dernier train du soir. Et pas question de faire un détour par les mauvais lieux de la ville… Tant mieux. Il en riait tout seul. Tu feras des économies, et n'oublie pas que tu as presque deux heures de marche dans la montagne pour rentrer à Saint-Just. Mieux vaut que tu n'aies pas trop bu !

Les jeunes filles paraissaient quinze à dix-sept ans, elles portaient des manteaux un peu courts et mal taillés, par-dessus leurs blouses de pensionnaires, mais toutes, sauf une, atténuaient la sévérité de leur toilette par la grâce des rubans qui ornaient leurs chapeaux et, pour deux ou trois, par des châles fantaisie jetés sur leurs épaules.

À leurs réflexions, mêlées de blagues et de rires, Victor comprit que ces demoiselles étaient élèves en troisième année à l'école pratique de commerce et d'industrie de Saint-Étienne et qu'elles rentraient « à la boîte » après avoir visité les moulinages du mont Pilat et de la vallée du Gier. Leur accompagnatrice, une certaine Mme Morton, qu'elles mentionnaient toujours en pouffant, les avait laissées à Saint-Chamond. Elles finissaient le voyage toutes seules, grises de liberté et d'enjouement.

Victor se trouva soudain au milieu d'elles, assailli d'odeurs plus subtiles que des parfums, affolé par le ramage et le plumage des belles, comme un renard échappé tombant dans une volière en fête ; il eut vingt ans, un instant. Il se crut amoureux de toutes les jeunes filles du monde. Il osa leur parler, il prononça les premiers mots qui lui passaient par la tête.

— Mesdemoiselles, pouvez-vous m'indiquer la rue Michelet ?

C'était l'adresse de l'école, il le savait ; l'une, la plus jolie, une blonde au chapeau minuscule, devina son manège et entreprit de le berner gentiment ; mais une grande brune déjà presque femme s'exclama sans façon :

— Nous y allons de ce pas. Vous n'avez qu'à prendre le tramway avec nous… si vous n'avez pas peur des accidents !

Et toutes de rire. Une petite rousse assez délurée demanda :

— Si vous allez rue Michelet, vous êtes peut-être le nouveau professeur d'anglais de l'école de commerce ?

Savoir si elle se moquait ou si elle était sérieuse ? La jolie blonde haussa les épaules.

— Je le prendrais plutôt pour un professeur d'agriculture !

Sans s'occuper plus longtemps de lui, elles entonnèrent bruyamment la chanson de Saint-Étienne.

Ville chérie, ville chérie, /Ô noble Saint-Étienne !
Tes enfants, loin de toi, /Te regrettent toujours…

La grande brune se laissa distancer par ses compagnes, Victor la rejoignit, elle régla aussitôt son pas sur le sien.

— Est-ce vrai que vous êtes professeur ?

— Non, dit-il, je suis un pauvre instituteur de campagne. Mais je crois avoir une assez belle voix.

Et, tandis que les autres scandaient « Ville chérie, ville chérie », il reprit d'une voix forte la suite de la chanson :

Tes lourds marteaux, tes lourds marteaux,
Frappant le fer, frappant le fer…

Il s'adoucit pour fredonner : *Font tressaillir mon cœur…* en traînant un peu sur « cœur ». Et la jeune fille termina le couplet avec lui : *De plaisir, de bonheur, oui, de bonheur !*

Puis elle regarda Victor en coin et grommela :

— Ville chérie, la barbe ! Pouce les marteaux et flûte le ciel noirci par la fumée ! Je déteste Saint-Étienne !

— Vous avez tort.

— Le bruit dans la tête, la poussière de charbon dans les yeux et jusqu'au fond des poumons, vous aimez ça, vous, monsieur l'instituteur ?

Elle le quitta brusquement et courut rejoindre ses compagnes. On chantait beaucoup à Saint-Étienne. Victor entendit encore trois fois le refrain dans la journée…

Salut, salut, /Je viens revoir, je viens revoir,
/Ô cité bien-aimée..

Cette fraîche rencontre le mit de bonne humeur. Il arriva en sifflotant au faubourg où sa sœur habitait une jolie maisonnette de brique, un peu grise, entre la rue de Roanne et la voie du chemin de fer. Il se rappela une blague dix fois entendue. Qu'est-ce qui n'est pas gris, à Saint-Étienne ? Seulement ce qui est tout noir ! La poussière recouvrait même les arbrisseaux du jardin. Il ne regrettait pas, quant à lui, d'avoir choisi la montagne. Enfin, Catherine vivait dans une ville mâchurée des trottoirs jusqu'aux toits, mais elle était heureuse. Et toi, es-tu heureux, au milieu des sapins et des sources ?

Eh bien, oui, décida-t-il, je suis heureux, à ma façon. On ne peut pas tout avoir.

Après avoir quitté les jeunes filles, il déambula vers le centre-ville, puis descendit le cours Fauriel, jusqu'aux immenses ateliers de la Manufacture française d'armes et cycles, la très célèbre « Manu ». Le bon endroit pour rêver d'une bicyclette. Il s'arrêta et, en regardant les toits en dents de scie qui brillaient sous le soleil, il prit une grave décision : il allait vendre son fusil et acheter un vélo. Puisqu'il ne chassait pour ainsi dire plus et qu'il n'irait jamais en Afrique, à quoi bon conserver une arme dont il pourrait sans doute tirer deux cents francs ?

Sa sœur habitait rue de Saint-Chamond. Il remonta par le Jardin des plantes. Il songea par association d'idées – la chasse, le jardin, les animaux sauvages… – à un paragraphe du livre À *travers nos colonies*, lectures courantes du cours moyen, par Émile Josset, ancien professeur au lycée Voltaire. Un auteur républicain, et un manuel qui chantait la colonisation sur tous les tons. « Tu penses bien que je ne pus résister à la tentation de réveiller de temps à autre, avec une balle, quelque lourd crocodile dormant dans la vase, à la grande joie de nos Ouolofs, qui ont un goût prononcé pour la chair de ce reptile. J'eus aussi le plaisir d'abattre un hippopotame ; au moment où il venait respirer à la surface de l'eau et ouvrait sa large gueule… »

Eh bien, il fallait inscrire aussi au passif de la colonisation ce mépris des animaux. Les indigènes tuaient, certes, mais pour se nourrir, pour le besoin. En revanche, Victor n'avait jamais pardonné à l'officier français ce cri du cœur : J'ai eu le *plaisir* d'abattre… Le plaisir de tuer une pauvre bête qui venait *respirer !*

— J'avais peur que tu n'aies pas reçu ma lettre, dit-il.

Catherine l'embrassa sur les deux joues.

— Mais si, je l'ai reçue, et je l'ai lue plusieurs fois. Je ne la trouve pas très gaie.

— Pardon, petite sœur, si je t'ai inquiétée. Tu sais que je me laisse aller avec toi. Tu es ma confidente préférée. Mais je ne suis pas triste. J'ai des moments de cafard, comme tout le monde, qui ne durent pas trop. Tout va bien. Ma classe marche du bon pied…

— Et tourne rond ! conclut-elle. Je connais la formule. Peux-tu en dire autant de toi ?

Il rit en même temps qu'elle.

— Mon cas est sans importance.

Les cheveux blond foncé, très frisés, encadraient de leurs boucles le visage de la jeune femme, un peu dur, mais creusé de fossettes juvéniles. Vingt-quatre ans, plutôt jolie. Elle semblait toujours partagée entre deux expressions, l'une enjouée, presque espiègle, l'autre plus réfléchie et parfois sévère. Le regard de ses grands yeux noisette s'éclairait ou s'assombrissait et fixait un instant son humeur. Elle avait, depuis l'enfance, des gestes si légers que Victor s'était toujours senti près d'elle un peu balourd. Il éprouvait la même chose près de Mlle Gilbert… Au fond, il se sentait un peu balourd devant toutes les jeunes femmes !

— Alors, tes débuts à Saint-Just se sont bien passés ?

— J'ai demandé la montagne, je l'ai eue. Il y a des avantages et des inconvénients…

— Vive la République !

— Ne te moque pas de moi.

Il parla de sa rencontre avec les Malatray.

— Un excellent maire, instruit et ami de l'école, ce n'est pas si courant.

Il raconta son installation chez les demoiselles Valla, en attendant que le logement de l'école soit terminé.

— La rentrée a ressemblé à toutes les autres. Ou presque… Il ne manquait pas trop d'élèves. Il est vrai que certains ne sont pas revenus le lendemain et que beaucoup sont absents un jour sur deux. Il y a ceux qui rentrent maintenant, à la Saint-Nicolas, et qui repartiront à la Saint-Georges…

— Cinq mois de classe, moins les vacances, ce n'est pas beaucoup. Et la République ne fait rien ?

Victor soupira.

— La Républiquc fait ce qu'elle peut. Et ce n'est pas pire que dans la plaine. Bien sûr, il m'arrive de baisser les bras. Mais jamais longtemps.

— Vingt-neuf ans. Bah, les garçons de ton âge sont encore bons à rôtir. Mais il est temps pour toi de prendre la vie à bras-le-corps. Ou plutôt à bras-le-cœur !

Elle mima le geste. On eût dit qu'elle serrait un amoureux contre sa poitrine. Victor secoua la tête et grommela :

— Tu te fiches encore de moi !

Elle lui caressa la joue du bout des doigts.

— Tu rêves toujours d'une école parfaite, n'est-ce pas ?

— Moins imparfaite, en tout cas.

— Et la même chose pour les femmes ?

— J'ai un élève assez extraordinaire…

Il parla longuement de Colinet. L'enthousiasme qui perçait dans sa voix et le sourire qui s'étendait sur son visage amusèrent Catherine.

— Je retrouve mon grand frère le feu sacré dans les yeux, comme je l'aime.

— Je ne sais pas, dit-il. Le feu sacré, ça peut devenir dangereux, si ça brûle trop fort. J'ai peut-être eu tort de promettre le certificat d'études à Colinet. C'est un pari assez risqué. Mais, au fond, je ne le regrette pas. J'ai toujours eu envie de faire de grandes choses, comme on dit.

— Comme on dit… Tu nous bassinais les oreilles de tes grandes choses quand tu étais à l'école supérieure. Si je m'en souviens ! Tu es sûr que tu n'en demandes pas trop à ces gosses de la montagne ?

— Je leur en demande trop : juste un peu trop. C'est le seul moyen de les pousser à donner le meilleur d'eux-mêmes.

— Pierre a ton âge et il est comme toi. Vous vous ressemblez beaucoup, je ne sais pas si c'est un hasard… Je me souviens, quand tu étais à l'école normale, tu rêvais déjà de révolutionner l'Instruction publique. Tu voyais tout ce qu'il fallait changer, depuis les marottes des inspecteurs d'académie ou je ne sais qui, jusqu'à la hauteur des tables. Et, bien sûr, les livres de lecture, qui n'étaient jamais à ta convenance. Je pensais que tu avais raison et que tu allais tout rénover. Je le pense toujours, mais je sais maintenant qu'il n'est pas facile de transformer le monde : pas plus l'école que la mine. Tu le sais toi-même. Pierre aussi veut tout perfectionner, la mine et les mineurs, les machines et les hommes, les méthodes des ingénieurs et les façons du directeur… Il se cogne tout le temps contre des murs et il se fait des bosses à l'âme. Il rentre souvent découragé le soir, mais, le lendemain, il est encore plus pressé de repartir au travail. Je crois qu'il est heureux avec moi comme je suis heureuse avec lui, et ça lui donne une grande force. Une force qui te manque peut-être, parce que tu es seul.

Pendant le repas qu'ils partagèrent, sur la table de la cuisine, Catherine évoqua son mari, son bonheur d'épouse, l'enfant qu'elle espérait avoir bientôt, la vie dans une grande ville active, animée et pleine de tentations. Victor s'interdit toute nouvelle allusion à l'école et à son travail. Sa sœur, qui était allée à Saint-Galmier la semaine précédente, lui donna des nouvelles de la famille. Ils se racontèrent des souvenirs d'enfance. Enfin, ils chantèrent ensemble, comme en leur prime jeunesse, des chansons à la mode : *Le Fiacre, Frou-Frou, La Petite Tonkinoise*...

Et puis ils rirent, sans raison, de la joie de se retrouver. Ils rirent aux larmes et burent une liqueur pour se calmer. Victor promit de venir dès que possible passer une journée entière à Saint-Étienne.

— Tu peux l'amener quand tu veux, dit Catherine.

— Mais qui ?

— *Elle*, bien sûr.

— Ah oui, elle. Bien sûr !

En rentrant, il somnola dans la Galoche. Il était très fatigué. Il quitta le train à Pélussin et prit en haut de la ville un raccourci qu'un débardeur forestier, un *bigand*, lui avait indiqué. Il marchait d'un pas aguerri, s'en appuyant sur son bâton de noisetier, son bissac au dos.

Le sentier serpentait sur une pente raide, longeant des prairies gelées et désertées par les troupeaux. Des bois sombres, où se mêlaient les résineux et les feuillus dénudés, encadraient les prés, les sources et les ruisseaux. Le paysage semblait fait d'une multitude de petits tableaux, au tracé d'eau-forte et aux couleurs estompées par l'hiver, qui s'assemblaient en une vaste fresque plaquée sur la montagne.

On voyait de loin en loin ces pierriers d'éboulis, d'origine glaciaire, appelés *chirats*. Plus haut s'étendaient des forêts de sapins, épaisses et sombres, et, au-dessus, la guipure des crêts courait contre le ciel. Il arriva enfin à une haute croix de pierre et rejoignit une route qui s'en allait, presque droite, presque plate, à travers un plateau froissé par des vallons peu profonds et des courbes à peine rebondies. Il aperçut tout de suite le clocher pointu de Saint-Just, dressé contre une ligne de crêts. Un dernier rayon de soleil éclaira les toits rouges du village.

Le pas d'un cheval et un roulement de voiture le firent se retourner.

— Ho, Léonore, ho ! commanda Mme Malatray à sa jument.

Elle arrêta son cabriolet devant lui et s'exclama en riant :

— Je parie que vous êtes le nouveau maître !

Victor souleva sa casquette, inclina la tête.

— Pour vous servir, madame. Comment avez-vous deviné ?

— Je vous invite à vous asseoir et je vais vous conduire à La Chaux-de-Grange. Dites-moi seulement que vous êtes fatigué et que j'arrive au bon moment.

— Madame, vous arrivez toujours au bon moment.

— Eh bien, c'est ce que prétend aussi mon mari.

8

À l'école des garçons, la leçon de lecture des grands (cours moyen et supérieur) se situait toujours après la récréation du matin. C'était pour Victor un moment très important, mais souvent très décevant aussi.

— Paret ? *Le Tour de la France par deux enfants.*

Paret était le meilleur lecteur de la classe. Il lisait toujours le premier, puis le dernier.

— Chapitre XXI, m'sieur.

Il se lança. Colinet penchait la tête et tordait le cou pour observer son camarade, à sa gauche et un peu en avant. En même temps, il tâchait de suivre la lecture. Ce manège amusa Victor.

— Plasson, dit-il, tu vas bientôt loucher et attraper un torticolis. Tiens-toi bien et lis comme les autres.

Paret continua, d'une voix sûre mais un peu haletante, et légèrement trop vite. C'était quand même bien.

« André travaillait toute la journée à l'atelier de son patron, faisant rougir au feu de la forge le fer qu'il façonnait ensuite sur l'enclume, et qui devenait entre ses mains tantôt une clef, tantôt un ressort de serrure, un verrou, un bec-de-cane. "Oh ! dit Julien, j'aime la France de tout mon cœur ! Je voudrais qu'elle fût la première nation du monde." »

Le petit Tiénot Sauze, du cours moyen, termina la page en ânonnant ligne après ligne.

« Alors, Julien, songez à une chose : c'est que l'honneur de la patrie dépend de ce que valent ses enfants. Appliquez-vous au travail, instruisez-vous, soyez bon et généreux ; que tous les enfants de la France en fassent autant et… »

Il se reprit tout à la fin et jeta sur un ton triomphant la conclusion : « Notre patrie sera la première de toutes les nations ! » Pour faire bonne mesure, il répéta, sans pouvoir s'empêcher de bégayer un peu : Na-nations… Et il regarda Victor en clignant ses yeux rougis et *chiasseux*, comme tous s'obstinaient à le répéter.

Victor, lui, ne put retenir un soupir de soulagement. En fin de compte, Tiénot Sauze avait tiré son épingle du jeu. Deux ou trois élèves, pas plus, lisaient couramment et agréablement. *Le Tour de la France par deux enfants* était un livre vieillot et ennuyeux, un peu ridicule même, au XXe siècle. Il ne facilitait pas la tâche des élèves ni celle du maître… Mais Victor ne pouvait en convenir devant les enfants, au risque de les dégoûter un peu plus de cette fade histoire.

À Saint-Just, on n'avait jamais le temps de finir *Le Tour de la France*, mais on relisait tous les ans, depuis une génération, les cent cinquante ou deux cents premières pages, que les grands savaient par cœur, et ce récit doucereux leur coulait sur la cervelle comme un filet d'eau tiède.

Colinet leva la tête, sourcils froncés et nez plissé, pour scruter l'horloge qui voisinait avec le buste de la République.

— M'sieur, la leçon est finie ? Et moi, alors ?

— Toi ?

On était vendredi ; il n'y avait pas de lecture le samedi.

— Toi, tu attendras la semaine prochaine. Ça t'apprendra la patience.

— Oh, m'sieur, s'il vous plaît…

Un sourire suppliant éclaira sa bouille ronde.

— Juste dix lignes. Je vous promets que je lirai lentement pour que tout le monde comprenne bien !

En lecture silencieuse, il dévorait les pages ; mais à haute voix, son débit précipité et ses bafouillages soulevaient les rires de ses camarades. Articuler, ralentir le mouvement de ses yeux, semblaient pour lui un exercice presque impossible. Eh bien, c'était peut-être l'occasion de mettre sa bonne volonté à l'épreuve, si l'emploi du temps le permettait.

Victor s'approcha du tableau affiché au mur et l'étudia en se pinçant le menton. On pouvait sans grand dommage reporter la dictée à l'après-midi, en supprimant la demi-heure de géographie du vendredi…

— Nous continuons la lecture, dit-il. Plasson, je te donne cinq lignes pour faire tes preuves. Si tu bafouilles une seule fois, on ferme les livres et on passe à la dictée !

Colinet, rouge de bonheur, se mit à feuilleter en hâte *Le Tour de la France*.

— Chapitre XXII, m'sieur ?

— Non, dit Victor. On change de livre.

Il prit dans le tiroir de son bureau les deux exemplaires qu'il possédait de *Jean Lavenir*. Il ouvrit l'exemplaire usagé au hasard, page 93, et annonça : « Le coup de grisou de la fosse n° 5. »

— Pour le moment, je n'ai que deux livres, dit-il. Plasson va commencer. Les autres, vous ne pourrez pas suivre la lecture. Écoutez attentivement.

Il pointa l'index sur Colinet.

— Raison de plus, *toi*, pour lire lentement, prononcer chaque mot et marquer la ponctuation.

Il montra la couverture.

— *Jean Lavenir*. C'est l'histoire d'un garçon de votre âge. Le récit se passe de nos jours. Il commence à Saint-Étienne : une explosion a eu lieu à la mine où travaille le père de Jean.

Victor lut quelques lignes, en surveillant sa respiration et sa prononciation.

« Je courais comme s'il se fût agi de sauver ma vie, toujours poursuivi par la clameur impitoyable des vendeurs de journaux : La catastrophe de cet après-midi ! Le coup de grisou de la fosse n° 5 ! »

Il descendit de l'estrade, l'air solennel, tenant à la main l'exemplaire neuf de *Jean Lavenir*. Quelques élèves se levèrent pour humer l'odeur du papier et de l'encre d'imprimerie. Certains n'avaient jamais vu, de leur vie, et encore moins touché un livre neuf. Victor, souriant, abandonna le volume qui circula dans toute la classe. Il écouta renifler les morveux, en espérant que la belle Semeuse de la couverture ne serait pas souillée d'une coulée de mouchure…

Colinet lut lentement, calmement, les premières lignes du chapitre. L'émotion le faisait bégayer un peu.

« J'approche. Une clameur confuse arrive jusqu'à moi… Derrière la clôture de la fosse, des soldats montent la garde, baïonnette au canon. Défense d'entrer ! Devant la clôture, des femmes, des enfants, des vieux parents, pêle-mêle, dans toutes les attitudes que le désespoir peut donner au corps humain… »

Après cinq lignes, Colinet s'arrêta pour reprendre son souffle. Un étrange et lourd silence tomba sur la classe. On entendait le poêle ronfler et de grosses gouttes de neige fondue frapper régulièrement les vitres des fenêtres. Colinet leva un regard inquiet vers le maître qui lui intima de poursuivre.

Colinet lut pendant un quart d'heure environ, sans faute. Plusieurs fois, Victor dut lui faire signe, d'un geste, d'aller plus doucement. Il termina le chapitre, haletant, la voix tremblante. « C'était mon père… Il était mort, empoisonné, brûlé intérieurement par les gaz asphyxiants qu'avait produits l'explosion, et si soudainement que le pic dont il se servait au moment de la catastrophe ne lui était pas tombé des mains. »

Victor regarda les élèves et vit des larmes qui brillaient dans beaucoup d'yeux. Il décida de commander une dizaine d'exemplaires de *Jean Lavenir*, même s'il devait les payer de sa poche.

À la sortie de midi, Colinet demanda à parler au maître.

— J'ai bien lu, m'sieur ?

Victor faillit répondre machinalement : « Oui, très bien. » Mais il devait mesurer les compliments à ce diable de gamin déjà trop enclin à se croire plus malin que tout le monde.

— Je te félicite de tes efforts, dit-il. Mais ce n'est pas parfait. Tu dois encore progresser.

— Oui, m'sieur. Je vais progresser. Il faut que j'y pense bien, comme pour faire la toupie.

— Ou pour jongler avec des billes ? ajouta Victor en riant.

Colinet acquiesça gravement.

— Les autres peuvent progresser aussi, dit-il. Même Paret. Il est très bon, mais il se fatigue vite.

— Tu l'as remarqué ? C'est vrai.

— Je sais pourquoi. C'est qu'il oublie de respirer. Vous l'avez dit au mois d'octobre : il faut respirer aux points et souffler un peu aux virgules, à petits coups. Comme ça !

Il fit une démonstration, à la fois touchante et comique. Victor se força à garder son sérieux. Colinet prit un air important pour demander :

— Vous permettez que je lui montre, m'sieur ?

— Non. Mais tu as raison. Nous en parlerons de nouveau en classe et nous ferons des exercices.

— Et il y a aussi Tiénot Sauze. C'est grave. Il y voit mal parce qu'il a les yeux *chiasseux*.

— Toi aussi ! Les yeux *chassieux*... Répète.

Colinet répéta.

— Moi aussi, je les avais. Grou-Cayon m'a soigné quand j'étais berger chez lui. Il faisait bouillir un mélange de pieds d'alouette, d'herbe-à-Robert, de guimauve et de cassis... On pourrait soigner Tiénot Sauze tout pareil, vous croyez pas ?

— Vous *ne* croyez pas, rectifia Victor. Bon, dit-il un ton plus bas, j'en parlerai à ses parents. Ou plutôt à Mme Malatray, qui saura les convaincre mieux que moi.

Colinet se dandina, fit sonner ses billes dans sa poche.

— Je peux parler à Mme Malatray, si vous voulez, m'sieur.

— Non...

Victor avait répondu un peu sèchement. Il adoucit sa voix pour expliquer.

— C'est une bonne idée de me raconter ce que tu as observé, Plasson. À moi, mais à personne d'autre. Compris ?

— Compris, dit Colinet.

Et il tourna les talons.

9

Victor commença une lettre à Émilie Gilbert : il ne l'enverrait pas, elle ne la lirait donc jamais. C'était un pur exercice de littérature, comme il n'en avait pas tenté depuis l'école normale, ou au mieux un moyen de voir clair en lui-même. Mademoiselle tout court ou mademoiselle Gilbert ? Il suça le bout de son porte-plume comme n'importe quel cancre. Et puis quelle importance, puisque la lettre finirait dans le poêle de l'école ou dans la cheminée de La Chaux-de-Grange !

Il écrivit : Chère mademoiselle, hésita encore longtemps, puis se lança.

Je sais que j'ai dû vous paraître bien pédant et ridicule quand je vous ai rendu visite, avec mes livres de classe. Sans parler d'une gaucherie et d'une balourdise dont je ne suis pas coutumier… Dirai-je que les livres étaient un prétexte pour vous voir ? Non, ce serait mentir, et mentir est fort vilain, comme nous le répétons à nos élèves presque chaque matin. Je n'avais pas besoin de prétexte puisque je vous devais cette visite, et depuis longtemps. Je voulais vraiment, sincèrement, avoir votre avis sur cette question des livres de lecture.

Les circonstances, vous le savez, m'ont empêché de vous rencontrer plus tôt. Je confesse toutefois ma faute. Je vous ai aperçue un jour, aux alentours du village, peu après mon arrivée, la veille ou l'avant-veille de la rentrée. Vous alliez d'un pas décidé, vive et légère, entre un jardin et une haie. Où couriez-vous ainsi, vous en souvenez-vous ? Il m'a semblé que vous n'aviez aucune destination urgente et que vous suiviez vos pensées, vos espoirs, vos songes. Je vous ai aperçue quelques secondes seulement, et j'ai eu peut-être la berlue. Pourtant, quelque chose m'a ému très fort dans votre démarche, le port de votre tête, le mouvement de votre corps, mais tout cela si vite que je ne m'en suis pas rendu compte sur le moment. Je retrouve tout à coup une réflexion un peu folle qui m'a traversé l'esprit et que j'avais oubliée aussitôt : On dirait qu'elle court à la mer guetter un bateau. La mer est si loin, chère mademoiselle…

Alors, un coup de vent vous a ôté le mouchoir de cou qui vous coiffait, vos cheveux se sont libérés. Vous avez levé un bras pour les rattacher et, en même temps, vous avez tourné le visage vers moi : c'est ainsi que je vous ai vue pour la première fois, une ou deux secondes, pas plus.

C'était un détail imaginaire. Dommage. Il s'était beaucoup amusé à écrire ces deux phrases. Il poursuivit :

Et puisque nous en sommes aux aveux, en voici un autre. J'ai la passion d'enseigner, mais je crains toujours de la perdre. Quoique vous soyez très jeune, vous savez peut-être déjà à quel point ce métier nous use. Mon enthousiasme a encore grandi depuis mon arrivée à Saint-Just. Je vous le dois en partie. Mais oui, votre présence fouette mon amour-propre. Plus question de me laisser aller. Je veux rivaliser avec vous. Et je sais que je garderai ce bonheur-là toute la vie.

Non, cette lettre était impossible à écrire, il ne l'ignorait pas en commençant. Pourtant, il ne pouvait pas renoncer. Il se mit à gribouiller en caractères serrés. Chère mademoiselle Gilbert, ou Émilie, puis-je vous appeler mademoiselle Émilie ? Ou peut-être Émilie ? Il abandonna la lettre, écrivit pour lui seul, en toute conscience.

Oh, je vais vous appeler comme il me plaît et vous dire tout ce qu'il me plaît, puisque je ne posterai pas cette lettre. Vous me prendriez pour un imbécile et vous auriez raison. Je suis un imbécile. Ne croyez pas que je suis amoureux de vous, d'abord ; je vous ai à peine vue et puis vous n'êtes pas le genre de jeune femme que j'apprécie. J'aime les jeunes filles simples, primesautières, bonnes ménagères, et ça ne m'ennuie pas qu'elles soient un peu ignorantes et sottes.

Lors de ma visite, chère mademoiselle, vous m'avez humilié devant votre grande élève, qui me guettait et riait de moi dans son coin. Que je me sois prêté à cette leçon, avec mes gros sabots et mon air de chien couchant, ne change rien à l'affaire. Au lieu de me tendre la perche quand je bafouillais un peu, par timidité, vous m'avez lancé une réplique à tuer un sous-lieutenant de hussards : « Mais, monsieur, bien sûr, veuillez, pensez, aimez… » Quel à-propos ! Vous êtes bien trop spirituelle pour moi, ma belle. Bon

Dieu, comme j'aurais voulu, à ce moment, vous gifler devant votre élève ! Vous auriez su que je n'étais pas une chiffe molle, un cœur de citrouille. Tant pis pour moi.

Il prit une autre feuille et nota en toute hâte.

Pardon, chère Émilie. Ma dernière lettre était épouvantable. S'il vous plaît, brûlez-la tout de suite et tâchez de l'oublier. Oui, vous m'avez humilié, tant pis pour moi, je ne méritais rien d'autre.
Recevez, chère collègue, mes salutations distinguées.

P.-S. Je viendrai vous voir un prochain jour à votre sombre école, mon syllabaire Régimbeau à la main. J'y ai relevé quelques jolies phrases : *Ma narine a remué. Ta timidité te nuira. Le rôti fume. Je te prête ma plume. L'activité mène à la fortune. Madelon a un jupon de coton. Ce garçon a mangé du saucisson. « Et quand te mets-tu au lit ? Je vais au lit quand on me le dit. J'y vais quand il est nuit. »*
Dormez bien vous aussi, chère Émilie.
P.-S. 2. Je vous quitte enfin, bien à regret. Pensez, pensez à moi !

P.-S. 3. Et retournez-vous souvent dans votre petit lit blanc…

Par prudence, il brûla immédiatement les deux feuilles qu'il avait écrites.

Souvent, une hâte, une ardeur, lui venaient dans le sang, lui montaient à la tête. Tu vas réussir une année magnifique. Non seulement tu vas galvaniser ta classe grâce à Colinet, mais ce gamin, l'école et le certificat vont changer sa destinée…

Voilà ce que pouvait réussir l'école de la République : changer la vie d'un misérable, lui donner une place, et même une belle place, dans la société d'aujourd'hui, dans l'agriculture ou l'industrie, et lui ouvrir ainsi le chemin de l'espérance et du bonheur. L'école aiderait sans aucun doute Paret, Chanal, Tiénot Sauze et les autres à devenir de meilleurs citoyens, de meilleurs agriculteurs pour la plupart, de meilleurs ouvriers pour quelques-uns. Elle ne bouleverserait pas vraiment leur avenir, pas plus que l'avenir de Nicolas Malatray, qui serait de toute façon un bourgeois, sans doute un maître de fabrique comme son père.

Par contre, si Victor réussissait à défricher l'intelligence sauvage mais supérieure du berger Colinet, à le pousser au certificat d'études, l'existence tout entière du gamin serait changée. Pas seulement facilitée, embellie, mais transmuée, comme une citrouille en carrosse, et par la vertu magique de l'instruction. Une fois gravi l'échelon du certificat, tous les espoirs lui seraient permis. Le maire l'aiderait à obtenir une bourse, à entrer à l'école primaire supérieure ou à l'école pratique d'industrie de Saint-Étienne. Au-delà, Colinet était assez malin pour se débrouiller tout seul. Avec un peu de chance, il pourrait vivre une aventure pareille à celle du futur général Drouot, contée par Lacordaire, qui figurait en bonne place dans les livres de morceaux choisis.

Victor en lut un extrait en guise de morale, pour les petits et les grands.

« C'était durant l'été de 1793. Une nombreuse et florissante jeunesse se pressait à Châlons-sur-Marne, dans une des salles de l'école d'artillerie. Le célèbre

Laplace y faisait, au nom du gouvernement, l'examen de cent quatre-vingts candidats au grade d'élève sous-lieutenant.

« La porte s'ouvre. On voit entrer une sorte de paysan, petit de taille, l'air ingénu, de gros souliers aux pieds et un bâton à la main. Un rire universel accueille le nouveau venu. L'examinateur lui fait remarquer ce qu'il croit être une méprise, et, sur sa réponse qu'il vient pour subir l'examen, il lui permet de s'asseoir. On attendait avec impatience le tour du petit paysan. Il vient enfin. Dès les premières questions, Laplace reconnaît une fermeté d'esprit qui le surprend. Il pousse l'examen au-delà de ses limites naturelles. Les réponses sont toujours claires, précises, marquées au coin d'une intelligence qui sait et qui sent… »

Victor répéta, sur un ton pénétré : « Une intelligence qui sait et qui sent. » Il reprit son souffle et termina sa lecture, sans cacher son émotion.

« Laplace est touché ; il embrasse le jeune homme et lui annonce qu'il est le premier de la promotion. Vingt ans après, Laplace disait à l'empereur : "Un des plus beaux examens que j'aie vu passer dans ma vie est celui de votre aide de camp, le général Drouot." »

Le regard de Victor glissa jusqu'à Colinet qui semblait comme toujours occupé à autre chose qu'à la leçon. Une sorte de paysan, petit de taille, l'air ingénu, de gros souliers aux pieds… N'est-ce pas notre lascar tout craché ?

Après le succès de Colinet au certificat, et le début de la grande aventure, la nouvelle année scolaire, à Saint-Just ou ailleurs dans la Loire, serait bien fade et décourageante. Mieux valait partir sur cette victoire éclatante…

10

À La Chaux-de-Grange, Victor retrouvait la nature, les champs, les bois, les bêtes, dans le froid roboratif de l'hiver. Malgré le gel, la neige, le vent glacé qui hurlait à travers les arbres et venait battre les fenêtres de la grande maison, il était en parfaite santé. La bronchite légère mais tenace, qui ne le lâchait pas à Montbrison, l'avait poursuivi à Saint-Dié, au 10e chasseurs, rattrapé à Charlieu et à La Pacaudière, n'était plus au rendez-vous de Saint-Just-la-Roche.

Le rude climat de la montagne, le vent du nord qu'on appelait la « sibère », loin de l'amollir lui rendaient une force qui était celle de ses parents et de tous ses ancêtres paysans.

Le jeudi, parfois le dimanche, il allait travailler au bois avec Marie-Jeanne, Julie et le journalier La Fourche ; il avait pris goût à l'effort dans le matin glacé et il tenait la hache, la serpe ou le passe-partout d'une main ferme, tout au long de la demi-journée, parfois de la journée entière. D'autres tâches lui étaient dévolues : il bouchonnait le mulet Pantaléon, étrillait les vaches Balbine et Mignonne, celles qui tiraient la charrette sur les chemins ; il aidait à curer l'étable, à arracher les raves, à les laver dans le bassin de la source, à les faire cuire et à les distribuer, additionnées de son et de déchets, aux cochons et aux volailles.

Le chien Miraut le suivait partout, docile et pensif. Marie-Jeanne lui avait expliqué que c'était un chien perdu, réfugié à La Chaux-de-Grange, du temps du berger Colinet.

— Colinet l'avait adopté. Colinet est parti, son Miraut est resté. Il est bête, peureux, il ne sert à rien et il mange les œufs, mais on ne se résigne pas à lui donner un coup de fusil.

Et Victor avait répondu :

— S'il vous plaît, laissez-le vivre, je paierai quelque chose pour sa nourriture.

— Entendu. Et quand vous vous installerez à l'école, vous l'emmènerez. Il vous tiendra compagnie. Je suppose qu'il saura faire ça !

L'affaire fut ainsi conclue.

— Toi, disait Victor à Miraut, tu sais que tu me dois la vie, croirait-on. Que veux-tu, je ne pouvais supporter l'idée qu'on tue le chien de Colinet !

Et Miraut remuait la queue. Mais Julie avait dit : « S'il se remet à bouffer les œufs, je le manque pas ! »

Comme Victor n'avait guère de vêtements chauds, les demoiselles Valla lui prêtaient une vieille capote bleu sombre d'infanterie, qui sentait la naphtaline, mais qui lui allait plutôt bien. Elles en possédaient tout un stock, dont l'origine se perdait dans les années soixante-dix ; elles s'en servaient de manteaux pour elles-mêmes et les journaliers et de couvertures pour le cheval et le mulet, ou même pour les vaches qui vêlaient à la mauvaise saison. Quand Marie-Jeanne et Julie se levaient la nuit, ce qui leur arrivait souvent, elles passaient leur redingote militaire sur leur chemise, et cet accoutrement donnait à l'aînée l'air d'une femme de chouan évadée d'une prison des bleus, et à la cadette une dégaine de meneuse d'ours. Ainsi, elles semblaient sortir d'un drame lyrique, et leur déguisement n'ôtait rien à leur grâce.

Sur la manche du vêtement de Victor se trouvaient trois galons jaunes. Victor s'étonna : des galons de capitaine sur une capote de simple soldat ?

— Les campagnes de l'hiver 1871 ont été très dures, dit Julie.

— Surtout celles de Bourbaki et de Denfert à l'est…

— Chacun s'habillait comme il pouvait, même les officiers.

— Un capitaine a dû récupérer la capote d'un mort.

Un des trois galons pendait, décousu ; Julie l'arracha et le mit dans sa poche.

— Lieutenant, ça suffit, à votre âge.

Marie-Jeanne et le journalier tiraient ensemble le passe-partout. C'est un travail qui exige une bonne entente et un rythme égal des partenaires, et ces deux-là se connaissaient depuis longtemps et s'accordaient à merveille. Victor et Julie, non sans effort, avaient affiné un duo moins harmonieux mais presque aussi sûr.

Parfois, Victor taillait à la serpe le menu bois que Julie liait habilement en fagots, avec des rameaux de saule ou de viorne. Quand elle avait pris beaucoup d'avance sur lui, elle s'arrêtait et s'asseyait pour le regarder d'un air attentif et grave. Mais sa gravité n'était qu'un masque de sa malice ; elle l'encourageait soudain de ses sarcasmes.

— Allez, lieutenant Chambost, c'est pour la France !

Elle l'appelait « lieutenant » ou « mon lieutenant », sur un ton de dérision ou en mimant le respect, ce qui était pire. Mais il avait gagné en quelques semaines une sérénité qui le mettait à l'abri de n'importe quelle moquerie. Il souriait même de bon cœur quand elle le houspillait : « Du nerf, lieutenant, vous n'êtes pas en train de faire un bouquet de mimosa ! » « Tapez, tapez, mon lieutenant, c'est pas le saint sacrement. » « C'est du bois à brûler, l'officier, pas les cendres de Napoléon. »

Marie-Jeanne, quand elle l'entendait, lui faisait les gros yeux en poussant des « Julie ! » désolés et fatalistes ; puis elle coulait à Victor des regards d'excuse et de complicité.

Julie s'interpellait elle-même à haute voix, avec une brutalité sincère ou bien jouée, sans se soucier qu'il y eût ou non quelqu'un pour l'entendre. « Allez, fille brune, secoue-toi ! » Ou bien : « Hé, tu vieillis, ma brune ! » Et une fois, avec une sorte de rage : « Ho, belle brune, c'est pas le moment de faire du lard ! »

Victor s'étonnait de sa vitalité.

— Vous n'y allez pas de main morte, fille brune.

— J'y vais de la tête et du croupion, monsieur, comme une corneille qui abat des noix.

— Vous avez une sacrée pogne.

Un jour, il la regardait lever sa masse de bûcheron et l'abattre sur un coin d'acier, en un large et joli geste qui libérait son cou et faisait saillir sa poitrine. Il secoua la tête, sans cacher son admiration.

— Selon votre tante, dit-il, c'est votre faiblesse de santé qui vous cloue à La Chaux-de-Grange, votre sœur et vous. Permettez-moi de m'étonner.

Elle se retourna, le visage rouge, la sueur au front.

— Personne n'est jamais malade ici. Pourquoi croyez-vous qu'on a construit le Grand Hôtel ? Si notre pauvre mère n'avait pas pris le goût de la ville et des voyages, elle serait encore de ce monde. Et votre collègue, Mlle Gilbert, a aussi une petite santé. En ville, elle était obligée de se soigner la poitrine, mais elle se porte comme un charme depuis qu'elle est à Saint-Just.

Julie fixa Victor avec son sourire secret et gouailleur.

— Vous-même, lieutenant, quand vous nous quitterez, vous regretterez nos montagnes.

Elle coupa court d'un geste.

Plus tard, Marie-Jeanne raconta à Victor :

— Notre père nous a fait promettre, sur son lit de mort, de toujours habiter La Chaux-de-Grange. Il avait tellement peur que nous gâchions notre vie, comme notre mère… Eh bien, nous l'avons gâchée d'une autre façon. Nous ne sommes jamais malades, nous avons l'activité la plus saine, le meilleur régime, du moins pour nous qui supportons bien le cochon. Mais nous sommes vieilles filles toutes les deux, et moi je sais maintenant que je ne me marierai jamais. Julie a saisi sa chance, de justesse : elle a un prétendant qu'elle a trouvé grâce à une annonce du *Chasseur français*. C'est un officier avec qui elle correspond. Elle adore les officiers. Si elle l'épouse, il l'emmènera en Afrique et je resterai seule avec notre tante, qui n'est pas très gaie ! Moi, j'aime trop cette maison pour jamais la quitter. Il aurait fallu qu'elle brûle il y a dix ans !

Les sœurs Valla recevaient *Le Mémorial de la Loire ;* Marie-Jeanne s'en excusait : « L'abonnement nous permet de voir le facteur tous les jours. » Julie était abonnée à un hebdomadaire de Paris, *Le Monde illustré*, et à une revue mensuelle régionale, *Le Chasseur français*, qui commençait à être connue dans tout le pays. Elles lisaient leurs journaux de la première à la dernière ligne, y compris les petites annonces.

Marie-Jeanne rêvait de visiter une exposition coloniale. Julie prenait un air farouche pour déclarer : « Ah, si j'étais un homme et si j'avais une meilleure santé, on me verrait tantôt en Guinée ou en Annam ! » Elle ne citait pas ces régions au hasard ; elle avait lu qu'on y trouvait des montagnes moyennes ou hautes et réputées plus saines que les côtes.

— Il y a bien entre la Sénégambie et la Guinée une montagne appelée Fouta-Djalon ? Oui ? M'y emmèneriez-vous si j'avais… dix ans de moins ?

— Je croyais que vous étiez fiancée, dit Victor, et que vous n'aviez nul besoin de moi pour aller en Afrique ou ailleurs.

Julie lança un rire moqueur.

— Ça ne coûte rien de se renseigner. D'ailleurs, j'ai cru comprendre que vous n'aimiez pas les colonies. Est-ce bien vrai ?

— Je ne suis pas sûr que la conquête coloniale soit la plus belle œuvre de la République.

— Je ne vous parle pas de politique, mais des pays chauds, des horizons lointains, de l'aventure…

Il la regarda s'enfuir cheveux au vent, sa jupe volant sur ses chevilles. Il se demanda un instant si elle n'était pas plus attirante que Mlle Gilbert.

11

Victor fit tournoyer sa main droite, index pointé, au-dessus des grands élèves.

— La bataille de Malplaquet, en Flandres, savez-vous quelle guerre c'était ?

— La guerre de succession d'Espagne, répondit Paret, très vite, ce qui n'était pas dans ses habitudes.

— Est-ce que c'est là qu'il y a le colonel Chevert et le sergent Pascal ? demanda Nicolas Malatray.

Colinet éclata de rire.

— Mais non, couillon, le colonel Chevert et le sergent Pascal, c'est la guerre de succession d'Autriche !

Le journal de classe indiquait pour cette leçon : *L'hiver 1709, la famine, la guerre*.

— L'hiver de 1709 fut terrible, raconta Victor. Il avait d'abord été tiède comme le printemps, les arbres étaient en sève, la plupart portaient des bourgeons, et quelques-uns même des fleurs, lorsque la neige se mit à tomber presque partout. Le froid reprit pendant six semaines, avec une rigueur exceptionnelle. Il brûla les blés, fit périr les oliviers, les vignes, les châtaigniers et jusqu'aux chênes des forêts. Tous les fleuves, même le Rhône (oui, même le Rhône !), furent gelés. La misère fut effroyable. Une famine désola le royaume et la guerre de succession d'Espagne continuait, implacable, au milieu de la détresse universelle. On eut beau faire venir des grains de l'étranger, imposer aux riches une taxe pour les pauvres, la France se couvrit de mendiants, de « cherche-pain ». Jusqu'aux bourgeois qui devaient tendre la main. Les malheureux mouraient de froid dans leurs chaumières et les petits nobles aussi, dans leurs châteaux. Les hôpitaux, partout assaillis, renvoyèrent les malades qu'ils ne pouvaient plus nourrir.

« On dit qu'il y eut au moins trente mille morts en France.

« Les soldats, privés de vivres, eurent à supporter des souffrances atroces. C'est dans ces conditions qu'eut lieu la fameuse bataille de Malplaquet (près d'Avesnes, aujourd'hui département du Nord). Les soldats français n'avaient pas mangé depuis la veille. Une pauvre ration leur fut distribuée, juste avant la bataille, mais voyant surgir l'ennemi, ils jetèrent le pain pour se ruer au combat. La victoire semblait se dessiner, quand une balle fracassa le genou de Villars. Les Français n'avaient plus de chef et, en face, deux excellents généraux, le duc de Marlborough et le prince Eugène, commandaient les Anglais et les Autrichiens coalisés. Notre armée, affamée et désorganisée, fut vaincue par les alliés. Ainsi, la bataille de Malplaquet fut une défaite.

Nicolas leva le doigt.

— Monsieur, est-ce que je peux réciter le colonel Chevert et le sergent Pascal ? On l'a appris l'an dernier avec M. Salomon…

Victor n'eut pas le temps de dire non, trois ou quatre mains furent jetées en l'air avec force : « Moi, moi,

moi, moi je le sais encore ! » Victor poussa un gros soupir, revint à son bureau, examina son cahier de répartition.

— Écoutez-moi, dit-il. Nous sommes en 1709. La guerre de succession d'Autriche, c'est beaucoup plus tard, sous Louis XV…

— Louis XV, roi de France de 1715 à 1774 ! s'écria Colinet.

Victor frappa dans ses mains.

— Toi, tâche de répondre quand je t'interrogerai. Nous ne pouvons pas étudier cette guerre maintenant. Vous, les grands, pensez à vos camarades du cours élémentaire et du cours moyen. Que vont-ils comprendre si nous mélangeons les règnes et les siècles ?

Les grands se turent, l'air malheureux. Le petit Tiénot Sauze tourna vers le maître sa face hilare.

— Moi, j'ai bien compris, m'sieur. C'est la guerre de su… su…

— La guerre des sucettes, souffla Colinet.

Victor hésita une seconde. Il aimait faire entrer la vie à l'école, comme disaient les syndicalistes, mais pas à n'importe quel prix. Il sortait volontiers des sentiers battus ; c'était le seul moyen de ne pas trop s'ennuyer dans l'exercice de son métier, mais l'angoisse, alors, ne le quittait pas. Il estimait qu'un maître doit toujours résister aux demandes des élèves, sauf de temps en temps, une fois sur dix, peut-être, face à une demande unanime de la classe. Il chercha un compromis utile.

— Bon, dit-il, nous verrons la guerre de succession d'Autriche après Noël. Mais nous pouvons toujours nous rappeler que l'épisode du colonel Chevert et du sergent Pascal se situe pendant le siège de Prague.

Celui qui saura la date de ces événements, à quelques années près, pourra dire le dialogue. J'écoute.

Ceux du cours élémentaire et du cours moyen guettaient les grands bouche bée, leurs yeux brillaient d'espoir. Ils avaient entendu dix fois l'anecdote, mais ils ne s'en lassaient pas. Les grands échangèrent, en tirant le cou et en balançant la tête, des regards mi-complices, mi-rivaux. Colinet cligna les yeux et frotta ses paupières rougies, comme s'il luttait contre le sommeil, à moins qu'il n'eût seulement les yeux irrités par la fumée du poêle qui tirait mal par temps de neige. Enfin, il se décida à lever la main.

Ah, toujours Colinet. Victor aurait préféré, de loin, entendre Chanal, Camier ou Paret ; il souhaita de toutes ses forces que le petit berger se trompe de date. Puis, au fond de son cœur, le désir d'être émerveillé fut le plus fort et il souhaita l'impossible. Bon Dieu, s'il *la* savait ! Toute la classe retenait son souffle. 1742, dit enfin Colinet. Victor s'avança en souriant vers le pupitre où le petit berger voisinait avec le fils du maire. Le livre de Colinet, le Larousse à couverture illustrée du certificat, était fermé devant lui. Nicolas avait ouvert son Lavisse première année, à la page de la guerre de succession d'Espagne et de l'hiver 1709. Aucune tricherie ne semblait possible. Victor haussa les épaules.

— Nous t'écoutons, Colin Plasson !

Colinet débita à toute vitesse, comme une leçon apprise par cœur, ce qui était en fait un récit tiré d'un livre de lecture : « Pendant la guerre de la succession d'Autriche, les Français et les Bavarois envahirent l'Autriche et la Bohême, sous le commandement du maréchal de Saxe. Le colonel Chevert assiégeait

Prague, capitale de la Bohême… » Victor l'arrêta d'un geste.

— Recommence plus lentement. Personne n'a rien compris.

Colinet s'efforça de réciter la suite à une vitesse raisonnable et en essayant de donner un semblant de ton à l'échange de répliques.

« Au moment de l'assaut, le colonel Chevert s'adressa ainsi au sergent Pascal : Pascal, tu vas monter le premier. – Oui, mon colonel. – La sentinelle te criera : Qui va là ? Ne réponds rien. – Oui, mon colonel. – Elle tirera sur toi et te manquera. – Oui, mon colonel. – Tu la tueras. – Oui, mon colonel. – Et je suis là pour te soutenir.

« Le sergent s'avance ; il est manqué par la sentinelle et la tue.

« Chevert arrive aussitôt ; la ville est prise et l'armée française est sauvée. »

Pendant que Colinet récitait, Tiénot Sauze s'était mis debout à côté de son banc, les poings serrés, et jouait le rôle du sergent Pascal, répétant chaque fois à voix basse, en frappant : Oui, mon colonel ! Oui, mon colonel ! Et lorsque Colinet prononça :… et la tue, Tiénot brandit le poing, fit une horrible grimace : Pan !

Que ces enfants aimaient donc la guerre…

Colinet ouvrit la bouche comme un noyé, puis s'effondra sur sa table et lâcha longuement son souffle. Les rires fusèrent, des rires retenus, respectueux qui servaient surtout à évacuer une charge d'émotion trop forte. Certains élèves frissonnaient. Une houle de joie courut à travers la classe, soulevant même les plus petits.

Victor aurait aimé partager ce moment de bonheur, sans arrière-pensée, mais il gardait sur le cœur un poids d'angoisse et d'amertume. Il s'approcha de Colinet, qui se tenait toujours écrasé sur sa table, la tête entre ses bras, comme s'il dormait.

— Il dort, m'sieur.

— Il dort ? C'est ma foi vrai.

— Il lit toute la nuit, expliqua Nicolas Malatray. Ma mère lui donne un peu de chandelle et puis je lui ai prêté la mienne. Je croyais bien faire, m'sieur.

Victor leva la main, se préparant à la poser sur l'épaule du petit berger pour la secouer ; mais il retint son geste.

— Tu as bien fait, dit-il à Nicolas. Et qu'est-ce qu'il lit ?

— Tous ses livres, même l'arithmétique !

Colinet se réveilla à ce moment, s'appuya sur ses coudes, bâilla.

— L'année dernière, j'ai lu toute mon histoire Lavisse, deux fois. Cette année, j'ai lu mon histoire du certificat. Je sais bien les traités. Le traité des Pyrénées, le traité de Vienne, le traité de Bâle, le traité de Campo-Formio… Il y en a beaucoup.

Victor lui serra l'épaule.

— Oui, il y en a beaucoup. Mais tu n'es pas obligé de les connaître tous pour le certificat d'études. Et il faut aussi dormir. Je vais demander à Mme Malatray de te rationner la bougie.

À la récréation, il fit venir Colinet à son bureau.

— Je ne veux plus que tu passes tes nuits à apprendre par cœur tes livres de classe.

— Oh, m'sieur, dit le berger, maintenant j'ai fini les livres de classe, je lis *Sans famille*, c'est un livre de bibliothèque.

Il se mit soudain à sangloter et se frotta les yeux de ses poings fermés. Victor lui prit les poignets et le força à baisser les bras.

— Mais qu'as-tu ? Pourquoi pleures-tu comme un veau ?

— Hier soir, Mme Constance est venue me prendre la bougie. J'ai pas pu continuer de lire, et ils sont à l'abri dans la cabane, c'est la nuit, et Rémi monte la garde, et puis il s'est endormi, et puis les chiens sont partis, et puis il y a les loups, et puis ils cherchent les chiens avec des tisons en guise de torche, et puis…

— Arrête de dire « et puis » à chaque phrase.

— Mais, m'sieur, j'ai pas pu continuer, je sais pas ce qui va se passer, j'ai peur qu'ils retrouvent pas les chiens. J'ai peur qu'ils soient morts et que ce soit ma faute… enfin, la faute de Rémi !

Et Colinet se remit à sangloter plus fort.

— Calme-toi, mon garçon.

Le petit berger avait les nerfs en boule, à cause de l'insomnie, de la fatigue et de sa grande sensibilité. Pleurer lui ferait sans doute le plus grand bien. Enfin, Colinet réussit à étouffer son chagrin ; il hoqueta deux ou trois fois, leva sur Victor un regard suppliant.

— M'sieur, vous savez s'ils sont morts, les chiens, vous ?

Victor lui caressa la tête. Il avait lu *Sans famille* à douze ans, et c'était loin ; de plus, ce roman ne lui avait pas laissé d'impérissables souvenirs. Il préférait Fenimore Cooper, Gustave Aymard, Jules Verne et le capitaine Mayne Reid. « Les chiens ? »

Il pensa à Miraut, le corniaud de La Chaux-de-Grange. Puis à son propre Miraut, que son père avait tué parce qu'il mordait la queue des vaches. Un des drames de son enfance… Il chercha à se souvenir de *Sans famille*. Voyons, la première partie, la période où notre héros suit Vitalis, le saltimbanque, ses chiens et son singe à travers la France… Les chiens de Vitalis avaient-ils été dévorés par les loups ? C'est bien ce qu'il croyait, mais il n'en était pas sûr. Colinet chercha sa main et glissa la sienne dedans. Victor serra la petite pogne rugueuse et gonflée d'engelures.

— Dolce et Zerbino, dit-il. C'est bien leur nom ?

— Oui, m'sieur. J'ai peur qu'ils soient morts…

Miraut, lui, était bien vivant, mais ça n'aurait pas suffi à consoler Colinet. Dolce et Zerbino étaient pour l'enfant plus réels que la réalité même. Il avait donné sa tendresse à ces héros de roman et il était malheureux comme les pierres à l'idée de les perdre. Victor lui pressa l'épaule.

— Mon pauvre Colinet…

— S'il vous plaît, est-ce qu'ils sont morts ?

Victor se souvint. Oui, Dolce et Zerbino avaient été dévorés par une horde de loups. Il se rappela sa propre souffrance. Avant lui, avant Colinet, des milliers d'enfants avaient partagé le chagrin de Rémi et versé des larmes sur la mort des chiens. Pour ceux qui menaient une vie normale, possédaient un vrai foyer et des parents aimants, ce tourment s'apaisait dans le bonheur de la lecture et l'entrain de la vie réelle.

Pour le jeune Victor, qui avait vu son Miraut agoniser sous ses yeux, la mort de Dolce et de Zerbino ravivait une plaie jamais tout à fait refermée. Un pieux mensonge lui vint presque aux lèvres. Rassure-toi, les chiens ne sont pas morts, ils vont les retrouver… Colinet serait heureux toute la journée. Mais, ce soir, il reprendrait sa lecture et découvrirait la vérité. Le coup serait d'autant plus cruel. Victor avait envie de maudire l'auteur de *Sans famille*. Hector Malot avait-il besoin de rajouter ce malheur au malheur de Rémi ? Eh bien, le roman imitait la vie, qui est pleine d'épreuves et de drames. Voilà l'excuse de M. Malot.

Victor ne savait que répondre. Colinet s'inquiéta de son silence.

— Monsieur, dit-il sur un ton grave. Monsieur, les loups ont mangé Dolce et Zerbino, c'est ça ? Oh, mon Dieu !

Victor hocha la tête. Colinet se raidit, serra les poings. Il retenait ses larmes de toutes ses forces. Il baissa la tête, avala sa salive et essaya de parler. Mais les mots ne passèrent pas.

Alors il tourna les talons et s'enfuit.

Le lendemain, en arrivant, Colinet se précipita vers Victor.

— Monsieur, les chiens sont morts !

Victor sourit tristement.

— Dolce et Zerbino ?

Le petit berger leva sur son maître ses yeux chargés de reproche. Et Victor se sentit coupable, au nom de tous les adultes du monde. L'enfant soupira et répondit avec effort :

— Oui, monsieur, les chiens de *Sans famille*.

— Raconte-moi comment, pria Victor. J'ai un peu oublié.

— Ils ont juste trouvé les traces des loups et une traînée de sang, dit l'enfant d'une voix rendue rauque par le chagrin. Les loups les ont tués et les ont emportés pour les manger. Je les aimais bien, Dolce et Zerbino. Et ils sont plus là…

Un sanglot lui secoua les épaules, il le refoula, reprit son souffle, la bouche grande ouverte.

— Joli-Cœur est mort aussi plus tard. Ils n'ont plus que Capi…

— Joli-Cœur ? Ah oui, c'est le singe.

— On l'a bien soigné à l'auberge du village, mais il est mort de maladie parce qu'il avait eu très froid. Puis ils sont partis à Paris…

Colinet se tut un instant, puis serra le poing sur sa poitrine.

— J'ai peur qu'ils soient tous morts ce soir !

— Comment, ce soir ? demanda Victor.

— Je veux dire quand je me remettrai à lire. Quand je me suis arrêté, ils étaient couchés pour dormir sur un tas de fumier, devant la maison d'un jardinier, parce qu'ils n'avaient pas pu trouver la carrière où Vitalis voulait passer la nuit. Vitalis peut presque plus respirer, il fait comme ça : ha-ha, ha-ha ! Capi a l'air de dormir, mais j'ai peur qu'il soit tout froid demain matin, comme Joli-Cœur l'autre jour.

Victor observa les curieux qui guettaient par la fenêtre, Paret, Tiénot Sauze… Le petit berger se mordit la lèvre, ravala un sanglot.

— Et puis je veux pas lire l'histoire sans Dolce et Zerbino, je les aimais trop, encore plus que Capi. La pauvre Dolce, comme elle était jolie quand elle sautait à la corde ! Et Zerbino, je me rappelle une fois qu'il avait volé un morceau de pain à un fermier et que Vitalis l'a envoyé coucher sans souper pour le punir…

Victor songea à l'avenir de Colinet. Ce gosse avait autant de mémoire que de sensibilité, et sûrement de vrais dons pour les études. Mais il avait appris tout ce qu'il savait en quelques mois, cela faisait un drôle de méli-mélo dans sa tête, dans son cœur, et le certificat d'études n'arrangeait rien. Comment l'aider à éclaircir ses idées et à discipliner ses sentiments ?

— Dans le monde où on vit, dit-il, toi, moi, tes camarades, tous les gens de maintenant et d'autrefois, les personnages de l'histoire, on ne peut changer ce qui est arrivé, n'est-ce pas, tu le sais, tu le comprends ?

Colinet renifla et fit « Oui, m'sieur », sur un ton peu convaincu. Victor posa la main sur son épaule.

— Le conte et le roman, qui est un très long conte, ne sont pas la vie réelle, même s'ils lui ressemblent beaucoup, parfois. Capi, Zerbino, Dolce que tu aimes tant, n'existent pas de la même façon que les chiens de Bois-le-Prat ou de La Chaux-de-Grange. L'auteur de *Sans famille*, Hector Malot, a fait mourir Dolce et Zerbino pour appeler la pitié des lecteurs, et aussi parce que les choses terribles qui arrivent dans la vie, il faut qu'elles arrivent pareillement dans les contes. Il faut que les garçons et les filles de ton âge, qui lisent des livres de bibliothèque, reconnaissent la souffrance, le malheur, qu'ils voient vivre les malheureux et souffrent avec eux.

Colinet leva sur son maître un regard brillant de larmes ; et Victor lut dans ses yeux un mélange de doute, de rancune et de supplication. Le petit garçon commença à secouer la tête comme pour dire non, mais il suspendit aussitôt son geste, baissa les paupières et se tut.

Victor reprit sa démonstration, en s'efforçant de mettre dans sa voix toute la pitié qu'il sentait dans son cœur.

— Si Miraut, le chien des demoiselles Valla, que tu aimes bien… Si Miraut était mort, nous ne pourrions pas, ni toi ni moi, le ressusciter. Mais Dolce et Zerbino existent seulement dans le conte et tu peux les faire revivre si tu en as envie, si tu le veux très fort. Tu n'as qu'à relire le chapitre où ils sont morts et, juste avant que Vitalis et Rémi ne retrouvent des traces de sang, tu arrêtes ta lecture. Tu décides alors de changer tout ce qui arrive après : à toi de voir comment les choses auraient pu se passer autrement. Je vais te donner un cahier et tu raconteras la suite à ta façon. Tu peux commencer par le retour d'un des chiens, mettons Zerbino, qui pourrait conduire ses amis près de Dolce, blessée et cachée dans un endroit touffu de la forêt… Mais peut-être ne veux-tu pas que Dolce soit blessée ?

Colinet frappa dans ses mains et s'exclama sur un ton fervent :

— Oh, si ! Oh, si ! Je veux bien qu'elle soit blessée, je la soignerai, je la guérirai et toute la troupe repartira, même Joli-Cœur, qui guérira aussi !

12

M. V. Chambost à Mlle É. Gilbert. 14 décembre 1908.

Chère collègue,

J'aimerais parler avec vous de la classe, du certificat d'études et de quelques autres choses, de vive voix, assez longuement. Puis-je vous rendre visite ? Si oui, dites-moi le jour et l'heure qui vous conviennent.

V. Chambost

P.-S. Je me sers comme vous du syllabaire Régimbeau. J'y ai relevé quelques jolies phrases : *La biche se cache. Ta timidité te nuira. Le mouton sera tondu. Le bouc que voilà a le poil noir. Ce garçon a mangé du saucisson...*

Mlle É. Gilbert à M. V. Chambost. 16 décembre.

Cher collègue,

Oui, poursuivons la discussion, confrontons nos expériences : surtout ne croyez pas que je tiens la vôtre pour inférieure ; elle est seulement différente.

Le mieux est, à mon avis, de continuer cet échange par courrier. Ainsi, nous ne perdrons pas de temps en politesses et banalités, ce qu'on nommait autrefois les « bagatelles de la porte », et nous pourrons appliquer notre réflexion aux choses essentielles.
J'attends votre prochaine lettre avec impatience.

P.-S. J'ai relevé moi aussi quelques jolies phrases dans le syllabaire Régimbeau : *Si je dors bien la nuit, je vais très bien quand je sors du lit. Je ne suis point las. Je me sens plus fort, plus gai, plus en train. Le pinson chante le matin. Les plus beaux jours sont ceux de mai et de juin.*

M. V. Chambost à Mlle É. Gilbert. 18 décembre.

Je pense que la conversation, face à face et à bâtons rompus, est infiniment plus fructueuse que n'importe quel échange de courrier.
J'avoue que je suis souvent assez fatigué quand j'ai fini ma journée de classe, mes corrections, préparations et modèles. Est-ce dû à mon inexpérience, à certaines maladresses d'organisation ? En tout cas, je n'ai guère envie de noircir encore du papier… malgré tout le plaisir que j'ai à vous écrire.
C'est pourquoi je me permets d'insister. Je ne crois pas qu'une visite par semaine de votre collègue de l'école des garçons serait mal jugée par les gens de Saint-Just, les parents d'élèves… ou votre voisine, la Fine Chaize. Tout au contraire, je pense que des rencontres régulières, à but professionnel, point trop fréquentes mais point trop rares, seraient appréciées par le maire, les parents et l'inspecteur primaire.

Veuillez agréer, mademoiselle, mes salutations distinguées.

P.-S. Vu dans le syllabaire Régimbeau : *Le vent du nord est sec et froid. Viens chez moi, il y a un bon feu.*

Mlle É. Gilbert à M. V. Chambost.

Extrait du syllabaire Régimbeau, même page (87) : *Je n'ai plus froid, j'ai les pieds secs. Je me sens très bien. C'est à toi que je le dois. Je t'en sais gré.* Quel excellent petit livre !

M. V. Chambost à Mlle E. Gilbert. 18 décembre.

Je suis heureux que vous ayez les pieds secs. Vous éviterez ainsi le rhume. Je vous souhaite une bonne santé.

13

Mlle Gabrielle avait soixante ans ; on aurait pu lui donner soixante-quinze ans aussi bien qu'une grosse cinquantaine. Elle enveloppait avec soin ses épais cheveux blancs d'un fichu qu'elle nouait sous le menton. Elle s'habillait de laine grise ou bleu marine mais évitait le noir pur. Elle n'avait pas d'âge. Les bijoux, bagues, bracelets, montres en or, étaient son seul luxe.

Elle marchait à petits pas silencieux, sans but et sans hâte, dans les couloirs de La Chaux-de-Grange, dans le jardin ou les sentiers autour de la maison. Elle était mince et encore très droite : on ne la voyait jamais se pencher.

À l'heure des repas, elle approchait un instant le dos du poêle, puis elle s'asseyait à sa place, poussait son assiette et son couvert pour qu'ils fussent en face d'elle, au millimètre près ; enfin, elle joignait les mains, priait et attendait ses nièces.

Parfois, le dimanche ou le jeudi, un étranger, le facteur Déperdussin, Mathieu Rivory, un homme d'affaires de Pélussin, le journalier La Fourche ou Mme Julienne, une laveuse du village, dînait à midi avec les demoiselles et leur pensionnaire. Mlle Gabrielle saluait l'hôte d'un signe de tête bienveillant, tout en dépliant sa serviette, avec une lenteur infinie.

Elle prit l'habitude d'adresser quelques mots à Victor, quand ils se croisaient, au détour d'un corridor ou d'un escalier, dans la cour et, plus rarement, sur le chemin du village. Souvent, elle lui jetait une réflexion qui sonnait comme un message secret ou un avertissement, et qu'il fallait rattacher à la précédente, tombée dans les mêmes circonstances un jour ou une semaine plus tôt, ou à la suivante, qui viendrait à son heure. Et avant qu'il n'eût le temps de répondre, elle était déjà loin.

— Monsieur Chambost, nous ne sommes pas riches…

Il crut qu'elle trouvait sa pension trop bon marché. Une autre fois, au bord de la cour, leurs pas et leurs regards se croisèrent ; elle eut un geste large, qui englobait la maison et les alentours.

— Tout cela fait illusion, mon pauvre monsieur, mais ce n'est plus rien. Enfin, nous vivons au bon air, c'est un don de Dieu.

Et encore :

— Qui croirait que les médecins et les cures ont dévoré ainsi deux fortunes ? Alors que nous avons ici le meilleur air du monde, c'est reconnu !

Victor s'étonna.

— Les médecins ? Les cures ?

— Ma pauvre belle-sœur eût mieux fait de manger tous les jours un peu de lard et de saucisson, pour sa faiblesse nerveuse, au lieu de courir tous les esculapes de France et de Navarre…

Victor hocha la tête, l'air de dire : Sans doute. Mlle Gabrielle s'en alla en maugréant. Une autre fois, elle insista : la mère de Marie-Jeanne et de Julie avait souffert toute sa vie de cette terrible faiblesse nerveuse. Son époux, le notaire Jean Valla, lui avait payé des cures dans toutes les villes d'eaux et des consultations près des plus grands médecins des grandes villes d'Europe, jusqu'à Londres et Amsterdam. En vain.

— Eh oui, mon pauvre ami, ces dépenses ont causé la ruine de mon pauvre frère. Ma belle-sœur était née à Saint-Just, elle n'aurait jamais dû quitter sa montagne. Elle ne supportait ni la poussière de la ville, ni l'humidité des vallées. Mais voilà, elle aimait les aises de la vie, le confort, les toilettes, les bals, les voyages ; elle ne pouvait pas rester plus de quinze jours d'affilée dans sa maison natale !

Mlle Gabrielle continua de dérouler le fil de ses réflexions au hasard de leurs rencontres, le laissant chaque fois perplexe et inquiet.

— Le plus beau lendemain ne nous rend pas la veille. Oh, ce n'est qu'un proverbe...

Un proverbe ? Il sembla à Victor qu'elle venait de l'inventer. Voulait-elle dire que le temps perdu ne se rattrape jamais ? Visait-elle ses nièces ou lui-même ?

— Dites une seule fois à une femme qu'elle est jolie, le diable le lui répétera dix fois par jour. Oh, ce n'est qu'un proverbe.

— L'âge est fait pour les chevaux. Certes, mais les plus beaux lendemains ne nous rendront pas nos vingt ans.

— Quand le malheur entre dans une maison, il faut lui donner une chaise, car il s'installe pour longtemps. Oh, ce n'est qu'un proverbe.

Qu'essaie-t-elle de me dire ? songeait Victor.

La semaine suivante, elle changea de refrain.

— Délibère lentement et exécute lestement. Homme sans femme, cheval sans bride ; femme sans homme, barque sans gouvernail. Amour au cœur, éperon au flanc. Coup de pied d'ânesse ne blesse pas l'âne. Un cheveu de femme tire plus qu'une paire de bœufs...

Elle aurait peut-être vu sans regret l'une ou l'autre de ses nièces, de préférence la plus jeune, tomber dans les bras de leur hôte ou même rouler jusqu'à sa couche.

Julie annonça qu'elle partait passer le jour de l'an chez sa marraine, à Saint-Étienne, et qu'elle ne rentrerait peut-être pas avant l'Épiphanie, ou peut-être un peu plus tard. Victor, qui avait prévu de rendre visite à sa famille pour les vacances de Noël, réflexion faite, décida de rester à La Chaux-de-Grange.

Sa chambre était munie d'un poêle de fortune, dont le tuyau sortait au ras des toits par une lucarne. Malgré cette installation rudimentaire, le poêle tirait, du moins tant que soufflait la sibère, et les bûches rougissaient en ronflant. Ce ronflement était pour le pensionnaire de La Chaux-de-Grange la plus douce musique du monde. Mais il pensait quelquefois : une musique qu'on écoute à deux.

Il s'asseyait tous les soirs à sa table de merisier, étalait son sous-main, ses cahiers, son papier à lettres et réfléchissait longuement, le menton sur les poings. Mademoiselle ? Chère collègue ? Chère mademoiselle Gilbert ? Non ! Il ne poursuivrait pas cette correspondance sans but, qui lui valait chaque fois une réponse pleine de commisération, de dédain ou d'ironie. Et puis quelle bêtise de s'écrire quand on habitait à cinq cents mètres, qu'on aurait pu se voir sans peine tous les jours !

Un matin, Marie-Jeanne, à genoux sur la pierre du foyer, cuisait des tranches de lard au feu. Elle n'avait pas tressé son chignon, mais noué une écharpe bleue autour de sa tête. L'or de sa chevelure débordait sous le bleu de la soie. Elle se retourna pour adresser un signe à Victor ; le visage brûlant, le regard animé, elle était soudain presque jeune et plutôt jolie.

— Coupez-vous une tranche de pain et venez prendre une *portion*, dit-elle.

Victor hésita entre le pain de la maison, que les deux sœurs faisaient elles-mêmes, et une miche de la boulangerie. Marie-Jeanne s'écarta du feu pour échapper à la chaleur de la braise, mais sans se relever ; et sa jupe se retroussa, son jupon glissa, découvrit sa cheville gainée d'un bas fin que Victor n'avait pu soupçonner sous sa robe rustique. Elle surprit son regard, tira sa jupe et allongea la jambe, ce qui eut pour seul effet de dévoiler son bas, jusqu'à mi-mollet, dans un foisonnement de dentelles. Victor s'aperçut qu'elle avait deux jupons, un court et un long, ou peut-être était-ce le même avec un volant ; il détourna les yeux à regret. Elle réussit enfin à rabaisser sa jupe sur ses chaussons. Puis d'un geste à la fois naturel et gracieux, mais pas tout à fait exempt de coquetterie, elle força sous son écharpe une mèche folle qui lui chatouillait l'oreille ; enfin elle sourit avec plus de malice que de confusion.

— Prenez du pain blanc, c'est Noël, on ne vous comptera pas de supplément.

Victor s'approcha, son pain à la main, et respira l'odeur délicieuse du lard frit ; il fit un pas de plus, et le parfum de Marie-Jeanne vint flotter sous ses narines… Elle saisit la tranche, et leurs doigts se touchèrent plus de temps qu'il n'était nécessaire. Sa robe de laine bleue, un peu informe, effaçait les courbes pourtant généreuses de ses hanches et de sa poitrine, sans rien ôter à sa féminité. Quel dommage que cette femme n'ait pu être mère ! On aurait vu des enfants heureux à La Chaux-de-Grange…

Leurs regards se croisèrent une deuxième fois ; elle eut le même sourire, mais plus tendre et plus désenchanté.

— Vous avez pris du pain bis, dit-elle.

— C'est le vôtre. C'est de ce pain-là que j'ai envie.

Elle murmura : « Oui, oui. » Il sentit qu'elle lisait ses pensées comme la chienne Mouette la piste fraîche d'un lièvre. À son tour, il déchiffra au fond de ses yeux ses sentiments : tristesse, regret, crainte de l'avenir…

— Chantez-moi une chanson, dit-elle. Vous en savez tant, et de si jolies… Vous chantiez souvent pour Julie, dans les bois, ajouta-t-elle en mimant une pointe de jalousie. Je vous ai même écouté à l'étable, une fois. Ce n'était pas pour Julie, et vous ne m'aviez pas vue ni entendue, vous vous croyiez tout seul, vous chantiez quand même de tout votre cœur la chanson de Saint-Étienne. *Des bords joyeux, des bords joyeux…* Non, non, ce n'est pas celle-là que je veux. Attendez… Oh, *Le Temps des cerises*, s'il vous plaît.

Elle joignit les mains pour le supplier, il fredonna :

Quand nous chanterons le temps des cerises,
Le gai rossignol, le merle moqueur
Seront tous en fête,
Les filles auront la folie en tête.

Il bissa le dernier couplet : *J'aimerai toujours le temps des cerises*. Elle applaudit et demanda une autre chanson. Il enchaîna avec *L'Africaine*.

Pourquoi changerions-nous
L'ordre de la nature,

Créé par le Très-Haut
Qui fonda l'univers ?
Restez dans vos pays,
Oh, je vous en conjure,
Et laissez vivre en paix
La fille du désert !

Elle réclama :

— Encore une, encore une.

Il se demanda s'il allait perdre son souffle à chanter toute la matinée. Elle voulut *Les Blés d'or.*

Mignonne, quand le soir descendra sur la terre,
Quand le vent soufflera sur la verte bruyère...

Puis ce fut *Suzette, jeune meunière.*

Puis *Le Réveil des moissonneurs*. Elle était insatiable. Elle voulut entendre un chant patriotique. Il refusa *La Fille d'auberge, Le Vin de la Moselle*, en jurant qu'il ne les savait pas. *Le Régiment de Sambre et Meuse, Le Clairon ?* Non, non. Encore une, encore, la dernière, promis, juré. Il choisit *Le Fiacre. Un fiacre allait trottinant*... Elle le supplia de nouveau.

— *Auprès de ma blonde*, si, si, si. Chantez-moi celle-là encore et je vous dirai un gros secret, si, si, si.

Il accepta, car il trouvait ce refrain de circonstance. À la fin, elle leva les bras, étira les jambes et laissa filer le plus long soupir qu'il avait jamais entendu dans la bouche d'une femme.

— Et le secret ? fit-il.

— Monsieur Victor, si j'avais quinze ans de moins, je me jetterais à vos pieds !

14

Journal d'Émilie Gilbert

20 décembre 1908.

Encore un problème du cours supérieur.

Une folle histoire de bétail qui broute…

On sait que 3 bœufs ont mangé en 2 semaines l'herbe contenue dans 2 ares de terrain, plus l'herbe qui a poussé uniformément pendant ces 2 semaines ; 2° que 2 bœufs ont mangé en 4 semaines l'herbe contenue dans 2 ares de terrain, plus l'herbe qui a crû uniformément pendant ces 4 semaines.

D'après ces données, combien faudra-t-il de bœufs pour manger en 6 semaines l'herbe contenue dans 6 ares, plus l'herbe qui a poussé pendant ces 6 semaines ?

Les sales bœufs ! Les sales vilains ruminants !

Mercredi 30 décembre.

J'ai voulu revenir sur cette herbe qui pousse ; mais les gros ruminants affamés faisaient un tel bruit de mâchoires que je n'ai pas pu me concentrer. Je me suis bouché les oreilles, mais le bruit était dans ma tête.

Impossible même de chercher la solution : j'ai la nausée rien qu'à lire les premiers mots.

Une règle à suivre impérativement : ne jamais donner un problème à une élève – surtout à une grande élève – sans l'avoir d'abord résolu. Et maintenant, qu'est-ce que je vais faire ? Jamais je n'avouerai à Marguerite que je « sèche » sur cet exercice ridicule, qui n'est même pas du brevet. Je refuse de perdre la face devant cette adolescente qui m'admire.

Lu dans le *Manuel général* un article qui me touche de près : Les instituteurs peuvent-ils préparer des candidats au brevet et au concours de l'école normale ? La réponse est oui, bien sûr. Fait amusant, le cas des hommes est envisagé seul ; on suppose les femmes trop occupées à la popote pour se mêler de choses qui les dépassent (comme deux bœufs qui broutent, trois bœufs qui broutent, combien de bœufs qui broutent !).

Je souhaiterais conduire Marguerite Dumas au brevet en deux ans, et l'année d'après à l'école normale. Il me reste à convaincre les parents, qui sont encore incrédules, mais pas hostiles. Et, plus tard, je pourrais avoir d'autres élèves à préparer : j'ai remarqué que les enfants de Saint-Just sont d'instinct très bons en calcul (même les filles !). Or, aux examens supérieurs, c'est toujours l'arithmétique qui est l'occasion de faillir, la « pierre d'achoppement », comme on dit.

Noté dans l'article du *Manuel* les chiffres suivants : dans une école normale qui n'est pas désignée, sur cinquante-sept élèves-maîtres de première année, vingt et un élèves viennent des cours complémentaires et huit des écoles primaires élémentaires. D'où viennent les autres ? Et ces réflexions, qui me laissent perplexe :

« Surtout, pas de leçons orales, ne vous croyez pas obligés d'exposer chaque question. Vous avez distingué un garçon intelligent et laborieux (et une fille ?) ; votre rôle est de lui indiquer la voie à suivre. Inutile de faire la route avec lui, en le tenant par la main ; laissez-le se colleter avec ses auteurs et n'intervenez que lorsque l'affaire tourne mal… » Hum, hum, si l'affairc « tourne mal », n'est-il pas déjà trop tard ?

Remarqué encore une citation d'Émile Faguet, qui va dans le même sens. Mais É. Faguet est un critique littéraire, je crois, que sait-il, par exemple, de l'arithmétique ? Enfin, voici : « Le garçon supérieur (et la fille ?), à partir de quatorze ou quinze ans, n'a pas besoin de professeur du tout, et pourrait à grand profit être retiré du collège et confié à une bibliothèque. »

Mardi 5 janvier 1909.

Trois semaines que mon distingué collègue, M. V. Chambost, ne m'a pas honorée de sa prose. Je l'ai découragé de me rendre visite. Je ne pensais pas qu'il se montrerait aussi docile. En fait, je ne sais que décider à son sujet… Il ne me déplaît pas et j'ai tendance à me moquer de lui pour me défendre d'une certaine attirance.

Et si je lui envoyais mon problème de bœufs par la poste ? Voilà une idée. Mais il va exiger de me rencontrer. Comment lui faire comprendre que je n'ai aucune envie – mais alors aucune – de parler à un homme en ce moment ? À part l'inspecteur… Oui, une inspection me serait bien utile, pour m'aider à remettre un peu d'ordre dans mes idées et dans ma classe ; mais, ne rêvons pas, si M. l'inspecteur m'a par hasard inscrite sur ses tablettes, il ne montera pas à Saint-Just avant les beaux jours.

9 janvier 1909.

J'ai croisé Victor Chambost sur la place des Trois-Tilleuls, jeudi après-midi, revenant de la chasse, dans la tenue idoine, choisie à la section « Habillement du sportsman » dans le tarif-album de la Manufacture française d'armes et cycles de Saint-Étienne... Voilà donc à quoi cet imbécile gaspille son maigre salaire – un peu moins maigre que le mien, sans doute, puisque les femmes sont toujours désavantagées, mais pas gras quand même... Il avait fière allure, avec son macfarlane en poil de chameau, passablement pelé il est vrai, son chapeau tyrolien, ses leggings d'officier et, naturellement, son flingot de luxe qui doit valoir le prix d'une très bonne bicyclette. (Enfin, ses vêtements sont peut-être des cadeaux de sa famille...) Et je suppose qu'il a besoin de ça pour charmer les demoiselles de La Chaux-de-Grange. Le fusil, ça vous pose un homme, et plus encore un maître d'école !

Il m'a saluée d'un signe de tête dédaigneux et il a passé son chemin. Je crois que je vais lui envoyer le problème. Qu'il pâture à son tour dans le pré aux bœufs, ça lui fera les incisives !

10 janvier 1909.

L'autre jour, je prête mon mémento du certificat d'études à Marie Pré. Le jour même, je trouve la pauvre fille effondrée sur sa table, la tête entre les bras et secouée de sanglots. Elle se relève en larmes et me tend le mémento, ouvert à la page Chronologie de la rubrique Histoire de France. « Mademoiselle ! Est-ce qu'il faut savoir par cœur, pour le certificat, tous les rois et tous les règnes ? »

Je me penche sur le livret. Les rois, les règnes, les empereurs, les présidents… il doit y en avoir près de quatre-vingts. Charles II le Chauve, 840-877 ; Louis II le Bègue, 877-879… En attendant les deux Gros, le Simple, le Fainéant, le Pieux, le Jeune, le Bel, le Hardi, etc. Et ainsi de Clodion à Armand Fallières, huitième président de la République.

Je tapote gentiment l'épaule de Marie. « Non, non, grâce à Dieu, pas par cœur ! » Elle est soulagée, elle ne remarque rien. Ma main se crispe sur le coin du bureau. C'est au moins la deuxième fois que je dis « grâce à Dieu » en classe, plus une fois « oh, mon Dieu ! ». Est-ce la langue qui m'a fourché ou ma cervelle qui bat la breloque ? Une sottise, une bévue, qui pourrait me coûter gros en inspection.

Qu'est-ce qui m'arrive ?

11 janvier.

Je m'épluche la conscience au coupe-cors. Suis-je agnostique, athée, libre-penseuse (penseuse… ha, ha !) ? Je dois voir clair en moi, une fois pour toutes.

Une chose est sûre : je ne me marierai jamais à l'église, mon père serait trop content. Quelle revanche pour lui, et tellement imméritée ! D'ailleurs, je ne me marierai jamais.

À Dieu vat.

15

À l'école des filles, Alice Malatray, qui venait d'avoir huit ans, lisait pour la première fois dans *Suzette*. C'était un événement, car on ne commençait pas, en général, le livre de lecture des grandes avant l'âge de neuf ans, ou plutôt dix ans.

Mais la fille du maire avait beaucoup d'avance, au moins en français et en lecture, et une très jolie voix ; elle « mettait le ton » presque aussi bien que Marguerite Dumas et mieux que Marie Pré, qui avait appris avec les sœurs et pouvait psalmodier une page entière sans la moindre inflexion.

— Tu peux choisir une lecture qui te paraîtra plus facile, dit Mlle Gilbert.

— Mademoiselle, dit Alice d'une voix douce, j'aurais voulu trouver une lecture pas assez, euh, plausible, comme vous nous l'avez demandé… comme vous l'avez demandé aux grandes.

Cette gamine se montrait tout sucre tout miel depuis quelques jours. Sans doute avait-elle reçu une admonestation de ses parents.

La maîtresse répondit par un sourire encourageant.

— Eh bien, en as-tu trouvé une ?

— Non, mademoiselle. Les lectures sont très plausibles.

Alice répéta le mot qui semblait lui plaire beaucoup. Elle ajouta un commentaire gentil :

— *Suzette* est un joli livre.

L'expérience d'Emilie était un demi-succès. Les grandes filles avaient feuilleté leur livre de lecture, avec plus ou moins d'ardeur et de méthode. Elles avaient vraiment lu ou relu de nombreuses pages, mais aucune n'avait formulé la moindre critique. Marie Pré avait avoué que la scène de la salle d'attente, à la réflexion, était très vraisemblable. Pas question de censurer leur chère *Suzette*. Et Alice Malatray, sitôt admise dans le cénacle des grandes, avait cessé de ricaner.

Tiens, songea Émilie, si je contais l'affaire à Victor Chambost. Il aurait peut-être un avis intéressant à formuler. Distraite un instant, elle ramena son attention à la classe.

— Je t'écoute, Alice.

— Mademoiselle, je voudrais lire…

La petite fille hésita, se tortilla et rougit très fort, sous le regard scrutateur d'Émilie Gilbert. « Je… je… » Le visage tout empourpré, la très distinguée Mlle Malatray baissa la tête et avoua :

— J'aime bien quand la lecture parle du manger… de la nourriture. Je voudrais lire à la page 186, quand Suzette est au marché des Halles, avec Pascal et Mme Richard.

Le silence se fit, même chez les petites, que le mot « manger » remuait jusqu'aux entrailles. Alice commença : « À cent pas de là, on tomba en plein pays de Gargantua, à la veille de quelque gigantesque banquet… » Jeanne Chaize coupa Alice pour demander ce qu'était un banquet. « Un gros mâchon, bougre de bécasse ! » Et Alice continua la description du marché des Halles.

Alice Malatray s'étrangla sur « des millions d'œufs, de monceaux de poulets, de poulardes, d'innombrables quartiers de bœuf, de mouton, de porc… » La voix lui manqua, on aurait juré qu'elle salivait à l'idée de tant de bonnes choses et qu'elle avait envie de se lécher les babines.

Jeanne Chaize poussa un gros soupir, et ce fut un signal d'agitation sur tous les bancs. Émilie frappa dans ses mains.

— Continue ta lecture, Alice.

Et Alice lut, sur un ton gourmand : « … des tas blancs et roses de raies, de maquereaux, de turbots, de soles, de saumons aux écailles d'argent, de congres enroulés comme des serpents énormes avec leurs gros yeux noirs si brillants qu'ils ont l'air d'être en vie ! »

Cette énumération touchait-elle la fibre ménagère des élèves ? Ou seulement des ventres affamés qui ne manquaient pas d'oreille ? On ne mangeait pas toujours à sa faim dans ces montagnes pauvres. Elle savait que beaucoup de petites filles venaient à l'école l'estomac un peu creux. Elle avait supposé longtemps que les grandes se débrouillaient pour se rassasier : avoir leur « benaise », comme on disait dans la langue du pays. Eh bien, non, les grandes se dévouaient, se sacrifiaient quelquefois pour leurs petites sœurs ou leurs petits frères. Quand elles avaient deux « paniers » à préparer, elles s'arrangeaient pour que celui des garçons fût le mieux garni. C'était la coutume, et pas seulement à la campagne : les garçons devaient être bien nourris pour devenir des hommes forts, en bonne santé ; les filles pouvaient toujours danser devant le buffet, ça ne tirait pas à conséquence.

Les élèves parties, grâce faite de deux retenues pour dissipation, Émilie commença les modèles d'écriture du cours préparatoire. Le plaisir que l'on pouvait prendre à calligraphier sur les premiers cahiers dcs petits ces lignes d'écriture, à la fois simples et parfaites, que les enfants s'efforçaient d'imiter en s'appliquant de tout leur cœur – oui, ce plaisir-là lui avait toujours paru la pierre de touche d'une vocation sincère. Elle considéra l'exemple du syllabaire Régimbeau : *La grêle fera périr le blé mûr*. C'était affreux. Ces Parisiens sont fous ! Les parents qui liraient par hasard cette phrase y verraient une méchante malice, un signe de malveillance ou de mépris.

Elle écrivit à la place : *Je prête ma plume à Julie*.

Elle dut soudain lutter contre un début de fringale. Moi aussi ? Une pensée lui mouilla les yeux, entre rire et larmes : on croirait que je suis enceinte ! Grâce à Dieu… enfin, grâce à la République, elle mangeait à sa faim, elle ne se privait même pas des douceurs qui rendent la vie supportable au fond de la campagne. Chaque fois qu'elle descendait à Pélussin, à Saint-Chamond, à Saint-Étienne, elle faisait provision de chocolat, de fruits secs, de confitures… Certes, elle souffrait de ne pas supporter la charcuterie. À Saint-Just, il était beaucoup plus malaisé qu'en ville de remplacer le cochon par une autre viande. Mais elle eût enduré un tourment bien pire, mariée à un paysan, un ouvrier ou n'importe quel amateur de boudin et de jambon.

Elle avait faim. Sa fringale ne voulait pas s'en aller, son estomac criait vengeance. Elle se leva, passa dans la cuisine, tira du garde-manger une assiette de rigotes fraîches, mi-chèvre, mi-vache, très appétissantes. Est-ce qu'il restait un peu de pain blanc ? Et la caillette que lui avaient envoyée les Dumas ? Les caillettes, spécialité du pays, mêlaient la graisse de porc, des résidus de viande et des blettes hachées. Malgré les blettes, c'était de la charcuterie… Elle mourait d'envie d'y planter les dents. Une envie de femme grosse, irrésistible. Elle serra les poings, résista de toutes ses forces. Non, c'était complètement déraisonnable.

Elle dit à haute voix : « Je ne suis pas enceinte. » Puis elle cria, les mains nouées sur le ventre : « Non, ma belle, tu n'es pas enceinte, et tu le regrettes, hein ? C'est le regret, peut-être, qui te donne ces envies ! »

16

À l'école des garçons, quelques minutes avant l'entrée en classe d'après-midi, Colinet s'avança vers Victor, sa casquette à la main.

— M'sieur, j'ai fini mon livre d'arithmétique.

Victor fit « Bon », hocha la tête, respira longuement, un exercice qu'il s'imposait maintenant avant de répondre au petit berger.

— Et qu'est-ce que ça veut dire au juste : j'ai fini mon livre d'arithmétique ? Tu l'as *lu* tout entier ?

— Oui, m'sieur, et même j'ai appris les leçons, et puis j'ai fait les problèmes. Maintenant, j'apprends le commerce.

Il récita sur un ton chantant, fort comique :

— « Dans le commerce, avoir de l'ordre, c'est savoir ce que l'on doit, ce que l'on gagne et connaître les ressources dont on dispose. Euh… bien des gens ne réussissent pas dans leurs affaires, et ils s'en prennent à la dureté des temps, à la concurrence, euh, euh, euh… » Moi, ce que je préfère, ajouta-t-il soudain d'un air triomphant, c'est les mélanges. J'ai trouvé le métier que je veux faire…

— Je suppose que tu seras épicier ?

— Non, m'sieur, je serai mélangeur.

Il se rembrunit, fronça les sourcils : « J'sais pas si c'est du commerce ou de l'industrie… » Le maître s'habituait aux toquades de Colinet, à cet imbroglio de candeur et de rouerie, d'intelligence supérieure et d'ineptie totale, qui le rendait à la fois plus attachant et plus insupportable que n'importe quel autre enfant. Il répéta : « Hem, mélangeur, oui. » Puis il tira sa montre de sa poche de gilet.

— Eh bien, nous allons voir ce que tu sais des fractions.

— M'sieur, je sais tout sur les fractions. Pendant qu'y les feront, est-ce que je pourrai avoir un problème sur les mélanges ? J'ai déjà fait des problèmes de vin, d'huile et de café. Je voudrais…

— Un problème sur le vinaigre ?

La raillerie n'atteignit pas Colinet. Il se frotta les mains, un sourire lui fendit la bouche jusqu'aux oreilles.

— Oui, oui, m'sieur. Sur le vinaigre !

Paret et Camier se poussèrent du coude en rigolant. Aussitôt, les élèves installés, Victor dicta le problème suivant :

On a du vinaigre à 0 fr 72, 0 fr 67, 0 fr 65, 0 fr 50 et 0 fr 45 le litre. On veut faire un mélange de 480 litres, qu'on puisse donner sans gain ni perte (prix coûtant) à 0 fr 60 : combien faut-il prendre de chaque qualité, sachant que 50 litres seulement à 0 fr 72 doivent entrer dans le mélange ?

Colinet blêmissait peu à peu, tandis que le maître cachait sa jubilation sous un air sérieux et un peu accablé.

— C'est un problème difficile, convint-il. Tu dois le faire en plusieurs fois.

Colinet leva un doux regard empli de détresse.

— En deux fois, m'sieur ?

Victor hocha la tête.

— En deux ou trois fois, ou plus, je ne sais pas. Tu verras bien.

Paret leva la main.

— M'sieur, c'est pas possible. On peut pas avoir 480 litres de vinaigre pour mélanger.

— Réfléchissez tous. Un marchand de café peut avoir plusieurs centaines de kilos de café dans son magasin. Un fabricant ou un marchand de vinaigre peut en avoir des barriques et des barriques, plus que vous n'en mettriez dans votre salade pendant mille ans !

Colinet, très pâle, gribouillait à toute vitesse sur son ardoise ; puis il abandonna l'ardoise, prit un vieux cahier du jour en guise de brouillon. Il gratta le fond de son encrier avec sa plume ; Victor se boucha les oreilles. La classe entière se mit à rire. Colinet gémit qu'il n'avait pas assez d'encre pour faire un problème aussi long.

— C'est pas vrai, m'sieur, s'écria Nicolas Malatray. Il est plein, il est presque plein, son encrier.

— M'sieur, demanda le berger, est-ce que je peux faire la croix des mélanges, quand même qu'y en a beaucoup ?

— Débrouille-toi, puisque tu sais tout.

Les plus petits commencèrent les opérations préparées par le maître sur les cahiers ; le cours élémentaire recopia celles qui étaient écrites au tableau. Les élèves des cours moyen et supérieur croisèrent les bras sur leur table. Tous adoraient écouter les leçons, même si quelques-uns, qui étaient réellement très fatigués, en profitaient pour s'endormir dans la tiédeur du poêle.

— Les grandeurs que l'on mesure, dit lentement Victor, ne contiennent pas toujours un nombre juste d'unités. Par exemple…

Tout en parlant, le maître observait Colinet, qui avait cessé de griffonner à toute vitesse et regardait la fumée du poêle s'enrouler sous le plafond.

La deuxième demi-heure d'arithmétique fut consacrée aux exercices de calcul. Malatray et Chanal, leur travail fini, allèrent corriger le devoir du cours élémentaire. Pendant ce temps, Victor s'occupait des petits : lectures d'une historiette et compte rendu, récitation, exercices de mémoire. Suivit la correction des devoirs de grammaire et de vocabulaire, pour les cours moyen et supérieur.

Colinet cherchait toujours son problème avec moins de zèle et d'inspiration. Il restait de longs moments à observer les autres d'un air absent. Au signal de la récréation, qui était à deux heures et demie en hiver, il ne bougea pas de sa place. Victor passa devant lui en évitant de loucher sur son cahier.

— Tu ne sors donc pas, Plasson ?

— Je préfère rester pour travailler quand y a personne, répondit Colinet avec une moue boudeuse.

À la sortie de quatre heures, il ne fit pas mine de se lever. Tout au contraire, il se mit à gribouiller frénétiquement. Quelques-uns de ses camarades se rassemblèrent autour de son banc. Paret lui posa la main sur l'épaule.

— C'est que du vinaigre. On s'en fout !

— Tu viens ? demanda Chanal. Il fait presque nuit.

Colinet secoua son épaule pour chasser la main de Paret.

— Je veux chercher encore le problème.

Victor s'approcha.

— Eh bien, tu n'as pas fini ? Il faut que tu partes comme les autres. Tu continueras demain, et si tu ne trouves pas, nous ferons le problème tous ensemble quand nous arriverons aux mélanges, le mois prochain.

— Je veux travailler encore une heure, dit Colinet en baissant la tête.

— Je te donne un quart d'heure, décida Victor.

Les grands entouraient le berger, la gibecière ou la musette au dos, la casquette à la main ou déjà sur le crâne, en se dandinant avec des airs de connivence et de goguenardise qui seyaient à des candidats au certificat. Nicolas s'avança, en faisant l'important.

— M'sieur ? Il peut rester s'il veut. Je viendrai le chercher avec le cheval dans une heure. On a une grosse lanterne à la voiture, maintenant, et Malgache m'obéit aussi bien qu'à mon père. Ou même Léonore, la jument de ma mère, qui…

— La jument t'écoute pas, trancha Colinet. Je veux que ta mère vienne me chercher dans une heure, avec toi.

Victor croisa les bras et déclama : « Je veux, dit le roi ! » Il avait une envie folle d'expulser le drôle de la classe : oui, c'est ce qu'il aurait dû faire sans hésiter, s'il avait été un maître sévère. Mais l'intuition d'un enjeu essentiel l'inquiétait et l'échauffait à la fois. Peut-être devait-il soutenir Colinet jusque dans sa folle obstination… Il considéra un instant les élèves, les grands qui s'attardaient encore dans la classe, les moyens, les petits mêmes qui guettaient derrière la porte et sous les fenêtres : leurs regards, leurs gestes, leur silence coupé d'exclamations et de rires retenus. Ils semblaient en train de vivre une grande aventure, la suite logique du matin de la rentrée. Le petit berger était devenu le héros de l'école. Tous ses camarades étaient avec lui. Victor devait le traiter en conséquence. Il en éprouvait au fond de lui une grande joie. Sacré Colinet.

Il pensa qu'il était en train de gagner la partie. Il eut envie de prendre le petit berger dans ses bras. Il refréna cette impulsion.

— Va, dit-il à Nicolas. Il y a bien longtemps que je n'ai vu la jument Léonore. Je vous attends, ta mère et toi.

Les deux voitures s'arrêtèrent en même temps devant l'école, à la nuit tombée, une nuit noire d'hiver, sous un ciel brouillé où le vent chassait de lourds nuages par-dessus la montagne. Marie-Jeanne Valla conduisait le mulet Pantaléon, Constance Malatray la jument Léonore. « Bon Dieu ! » Victor se précipita, un bougeoir à la main. Le vent souffla sa bougie ; les deux femmes descendirent, chacune portant une lampe : Mme Malatray une petite lanterne à acétylène, modèle « bijou », à la flamme blanche et vive ; Marie-Jeanne Valla une grosse lanterne « tempête », au globe protégé par une armature de fer. Marie-Jeanne leva la main, la lanterne se balança au bout de son bras.

— Madame Malatray ? Mon Dieu, qu'est-ce qui se passe ici ?

— Rien de grave ! s'écria Victor.

Mme Malatray s'avança sur le seuil de la classe et appela Colinet.

— Es-tu prêt ?

Marie-Jeanne Valla raconta à son pensionnaire l'inquiétude qui l'avait prise en ne le voyant pas arriver à l'heure habituelle.

— Comme vous m'aviez dit que vous ne faisiez pas de retenue de plus d'un quart d'heure, en hiver... Mais je vois qu'il y a une exception aujourd'hui.

— Entrez, mesdames, dit Victor. Notre jeune ami, Colin Plasson, n'est pas en retenue. Il a seulement commencé sa préparation spéciale au certificat d'études.

— Où en es-tu de ton problème ? demanda Mme Malatray.

— Tu le finiras demain, dit Victor.

Colinet se leva, se tint raide, le regard droit, fixant le tableau.

— Je l'ai fini, m'sieur.

— Tu l'as fini ? Mais quand donc ?

— Pendant la correction de la grammaire.

Victor croisa les bras, mi-troublé, mi-incrédule.

— Tu veux me faire croire que tu l'as fini depuis trois heures ?

— Oui, m'sieur. Mais je voulais pas que les autres le sachent, j'avais peur qu'ils m'en veuillent. Je l'ai recopié au propre après la classe. Faudra pas le dire, m'sieur. Faudra dire…

— Et tu as obligé Mme Malatray à venir te chercher !

Colinet baissa la tête, la mairesse éclata de rire.

— Si tu montrais ton travail à M. Chambost ?

Le gamin tendit son cahier ouvert, que Victor saisit d'un geste vif, en essayant de cacher sa mauvaise humeur.

— Hum, hum, voyons. On a du vinaigre à 0 fr 72, 0 fr 67, 0 fr 65…

— J'ai fait deux fois la croix des mélanges, expliqua Colinet. J'ai trouvé qu'on pouvait prendre 12 litres des deux petits prix et…

— Laisse-moi vérifier.

— Il y a plusieurs solutions, insista Colinet. J'en ai juste trouvé une, si vous voulez, je peux en chercher une autre.

— À la soupe et au lit, voilà ce que je veux ! gronda Victor.

De nouveau, il dut se retenir d'embrasser le gosse.

Il écrivit au tableau les chiffres de Colinet, calcula rapidement.

— C'est bon.

Il poussa un énorme soupir, à la fois excédé et admiratif. Colinet lui jeta un regard plein de malice et, mon Dieu, oui, d'affection, puis demanda s'il pouvait partir.

— Présente d'abord tes excuses à Mme Malatray.

Colinet s'excusa sur un ton qui ne marquait pas le moindre regret. Il semblait, au contraire, extrêmement satisfait de sa petite comédie et de sa petite personne. Il regarda tour à tour Mme Malatray et Marie-Jeanne Valla, hocha la tête comme un vieux maître, à demi retombé en enfance.

— Vous savez, qu'on mélange du vin ou du vinaigre, c'est *la même*. Euh, c'est pareil.

— C'est quand même plus piquant avec du vinaigre, dit Constance Malatray.

Vexé de voir le dernier mot lui échapper, le berger bougonna.

— Ah bon, j'savais pas. Quand je serai grand, je ferai peut-être mélangeur de métier.

Eh bien, songea Victor, notre Colinet est sans doute très malin, mais il n'a pas plus d'humour qu'un dindon gras. Dans la voiture, Victor resta longtemps silencieux, puis avoua à Marie-Jeanne :

— Ce gosse passera peut-être le certificat, mais entretemps, il m'aura rendu fou… Oui, fou de rage, fou de joie, fou d'inquiétude, je ne sais plus. Il réussit au-delà de mes espérances. Il sert de locomotive à toute la classe. Je ne désespère pas d'avoir trois ou même quatre succès au certificat d'études. D'un autre côté, je me rends compte que nous dépendons trop de lui, tous, les autres élèves et moi-même. C'est une belle aventure, comme j'en rêvais depuis mes débuts dans le métier, et j'ai peur. Je commence à me demander si j'ai bien fait de lancer cette espèce de machinerie ? Est-ce que je ne me sers pas de Colinet pour ma propre réussite ? Ce gamin n'a pas de père, il semble plus qu'à moitié abandonné par sa mère. Il a une sensibilité à vif. Alors, je me dis que je prends le risque de lui infliger une nouvelle épreuve en ne voulant que son bien.

— Écoutez votre cœur. C'est le meilleur guide, on me l'a toujours dit.

Victor mit la main sur ses yeux.

— De toute façon, l'attelage est emballé. Je ne suis pas sûr de tenir encore les rênes. Et mon cœur galope devant, comme un chien fou !

17

Mlle É. Gilbert à M. V. Chambost.

Monsieur et cher collègue,

Il y a longtemps que nous n'avons échangé de lettres. Vous rappelez-vous, nous étions convenus de « confronter nos expériences professionnelles » ; vous souhaitiez que cela se fit de vive voix ; je préférais le courrier, pour gagner du temps et appliquer notre réflexion à l'essentiel.

Vous vous souvenez que j'essaie de préparer pour le brevet élémentaire Marguerite Dumas, quatorze ans et demi, qui ne fréquente plus l'école que de temps en temps. Marguerite est excellente en composition française et en orthographe. Elle est moins douée en arithmétique (moi aussi !). Nous nous entraînons à résoudre des problèmes du cours supérieur, avec plus ou moins de succès. Je vous joins un énoncé qui me laisse fort perplexe : je n'ai trouvé aucune solution simple et satisfaisante à cette affaire de bœufs gourmands. Peut-être en aurez-vous une à nous proposer : Marguerite et moi vous en remercions d'avance.

Mlle Julie Valla m'a dit qu'elle envisageait de quitter Saint-Just pour se marier aux colonies, peut-être en Afrique-Occidentale française. Elle a ajouté que vous n'aimiez pas la colonisation et que son projet ne vous plaisait guère. Qu'en est-il au juste ? Je ne partage pas non plus l'enthousiasme des auteurs de manuels scolaires pour les colonies et la vie coloniale. Voilà un point qui nous rapproche.
Je vous prie d'agréer, monsieur et cher collègue, mes salutations empressées et respectueuses.

Mlle É. Gilbert

P.-S. Je ne crois pas que ce problème soit si difficile, mais il m'agace tant que je n'ai pas réussi à me concentrer sur cette herbe qui continue de pousser pendant que les bœufs broutent… Pourtant, c'est logique, n'est-ce pas ?

Victor étudia une minute ce que Mlle Gilbert appelait « l'affaire des bœufs gourmands ». Au diable, qu'elle se débrouille avec ses bestiaux ! Le lendemain, il écrivit une réponse en hâte.

Mademoiselle et chère collègue,
Vous le savez mieux que moi : bon nombre de nos élèves – surtout les garçons, il est vrai – ne reviendront plus après Pâques. Pour ma part, j'essaie donc de profiter au mieux de la période actuelle, où l'école est presque pleine. Je suis très occupé par la préparation de ma classe, ainsi que par la correction des exercices du certificat d'études. Je n'ai pas l'esprit assez libre pour correspondre avec vous au sujet de nos expériences professionnelles. Vous m'en voyez navré.

Recevez, mademoiselle et chère collègue, mes bien sincères salutations.

V. Chambost

P.-S. Curieux problème que celui de vos « bœufs gourmands ». J'en ai certes rencontré d'aussi ridicules dans les vieux manuels ; mais celui-ci a un côté attrape-lourdaud qui m'amuse.
Je n'ai pas le temps d'y réfléchir maintenant.

P.-S. 2. Je n'ai pas à juger les projets matrimoniaux de Mlle Julie Valla. De toute façon, par *Le Chasseur français*, une jeune fille ne trouve guère de fiancés qu'aux colonies.

Mlle É. Gilbert à M. V. Chambost.

Monsieur et cher collègue,
Merci de votre aimable réponse. Je suis comme vous très occupée, en ce moment. Permettez-moi cependant de revenir sur l'affaire des bœufs gourmands. Vous avez bien raison : ce problème est ridicule. Je l'ai trouvé dans un vieux numéro du *Manuel général ;* je crois que personne n'oserait, de nos jours, inventer un casse-tête aussi biscornu.

Victor se força à lire le problème comme si ce n'était pas un casse-tête biscornu inventé pour l'ennuyer, mais un vrai problème du cours supérieur ou peut-être du brevet. Eh bien, oui, au fond, ça tenait debout.

Un moyen de voir si l'énoncé était logique serait de chercher une solution algébrique, forcément plus simple que la solution arithmétique : l'algèbre était à l'arithmétique ce que l'aéroplane était à la diligence. Mais Victor n'avait aucune envie de s'envoler dans les cieux.

Il répondit brièvement :

Mademoiselle et chère collègue,

Je reconnais que vos bœufs gourmands ont peut-être bien quatre pattes et deux cornes (chacun). Autrement dit, l'énoncé serait logique, quoique biscornu. Voyez l'algèbre.

Bien sincères salutations.

V. Chambost

Le surlendemain, il comprit que l'obstinée Mlle Gilbert ne lui laisserait jamais le dernier mot. Encore un billet. Bon Dieu, qu'elle était donc énervante !

À propos des colonies, écrivait-elle, peut-être possédez-vous un vieux livre d'arithmétique, intitulé *Cours de mathématiques*, par Eysséric & Gautier, Tandou et Cie, Libraires-Éditeurs. Si oui, veuillez regarder p. 78, exercice 263 : un bel exemple *d'arithmétique coloniale*. Cela donne à réfléchir, n'est-ce pas ?

Qu'en dites-vous ?

Victor jeta sur un bout de papier une réponse qu'il jugea, après l'avoir expédiée, trop tard, inutilement aigre et sottement puérile.

Mademoiselle et chère collègue,

Je regrette, je ne collectionne pas les livres d'arithmétique. Et peut-être suis-je un péquenot, un pedzouille, mais je n'ai jamais entendu parler de votre « arithmétique coloniale » !

Sincères salutations.

Deux jours plus tard, à l'heure de midi, une bande de filles arriva, bras dessus, bras dessous, comme pour un grand jeu, en se serrant les coudes pour affronter les quolibets des garçons. Un paquet pour le monsieur ! chantonna la plus grande, qui était Marie Pré et avait deux frères à l'école des garçons. Un de ses frères se précipita pour prendre le paquet et le porter au maître.

— C'est un livre, m'sieur.

— Un livre ? La demoiselle m'envoie un livre, tiens.

Il avait oublié l'arithmétique coloniale. Il fut tenté de glisser le paquet au fond d'un tiroir sans l'ouvrir. Mais les élèves guettaient et supputaient :

— Un gros livre.

— Non, pas bien gros.

— C'est un livre de bibliothèque.

— Non, un livre de lecture.

— C'est une *rithmétique*.

— Non, un…

La curiosité les *morsillait*. Victor jugea qu'il devait ouvrir le paquet, sous peine de les voir passer l'après-midi en suppositions et affabulations ridicules, au lieu de travailler. Il ôta la ficelle, écarta le papier bulle, montra d'un geste la couverture grise, sur laquelle on lisait en gros caractères *Arithmétique*. Les élèves refluèrent, un peu déçus.

— Mlle Gilbert, expliqua Victor, prétend qu'on trouve dans ce livre des problèmes très intéressants.

Il ouvrit le volume au hasard.

— Qui veut me chercher la racine cubique de 7 812 935 ?

Ce fut l'envolée. À part Colinet, l'insupportable Colinet qui savait tout, les grands n'avaient jamais entendu parler de racines cubiques, mais l'instinct leur dictait une fuite précipitée devant cette menace. Victor jeta le livre sur un coin de son bureau.

Il avait brûlé la dernière lettre de Mlle Gilbert et oublié les numéros de page et d'exercice qu'elle lui avait indiqués. D'ailleurs, il s'en fichait, il ne voulait rien savoir de l'arithmétique coloniale, et sa chère collègue lui cassait la tête avec ses problèmes.

Le soir, dans sa chambre, il ouvrit un livre qu'il comptait lire un moment, à la chandelle, avant de s'endormir. C'était *Jacquou le Croquant*, d'Eugène Le Roy, un roman vieux d'une dizaine d'années, qu'il n'avait jamais pu finir, parce qu'un camarade socialiste le lui avait chipé en criant à la merveille.

Un feuillet s'échappa. *À propos des colonies*... Il grommela :

— C'est un peu fort. J'étais pourtant sûr, absolument sûr, d'avoir brûlé ce fichu billet !

Erreur, oubli, on va réparer tout de suite, décida-t-il. Il déplia la page pour la présenter à la flamme de la bougie et se brûla les doigts pour n'en rien laisser. Bon débarras.

Un démon moqueur lui souffla : Va donc voir page 78, exercice 263 ! Hein, quoi ? Son œil l'avait trahi. Page 78, page 78, page 78… Il comprit vite qu'il ne pourrait s'endormir s'il ne jetait pas un regard à ce fameux exercice 263. Bon, il n'en mourrait pas, et personne ne le saurait jamais, surtout pas Émilie la chipie. Voyons… Trois compagnies de soldats français ont attaqué un camp d'Arabes et ont enlevé 651 moutons, 48 bœufs, 57 mulets, 39 chameaux : quelle est la part de chaque compagnie dans le partage du butin ?

Un souvenir imbécile de la conquête de l'Algérie. Il regarda vite la date du livre : 1865. Il soupira de soulagement. Les choses avaient sans doute changé depuis le Second Empire. Enfin, peut-être… peut-être un peu. On était devenu plus hypocrite, sous la République !

Il pensait grand mal de la colonisation, mais il ne supportait pas que Mlle Gilbert vienne lui remuer le couteau dans la plaie. Il voulait garder cette souffrance au cœur sans la partager avec personne. Elle touchait au plus profond de sa foi et de son espérance dans la République. Il pouvait parler de ses doutes, mais la souffrance était quelque chose de si intime qu'il l'avouerait seulement dans l'abandon le plus total, s'il trouvait un jour quelqu'un près de qui s'abandonner.

Il souffla la bougie, s'allongea sur le côté pour dormir, puis sur l'autre côté, puis sur le dos, mais le sommeil ne vint pas. Il ne put s'empêcher de penser aux bœufs gourmands. Que faisaient donc ces sacrés bestiaux dans leur pré, en deux semaines, en quatre semaines, en six semaines ? Ils broutaient, broutaient…

18

Julie Valla écrivit de Saint-Étienne : « Je rentre d'ici une semaine, je serai à La Chaux-de-Grange pour le cochon. » Elle voulait dire : pour le tuage du deuxième cochon. Mais elle ajoutait aussitôt : « J'ai rencontré le capitaine Roulier, mon correspondant de Madagascar. C'est un bel homme, très instruit, intelligent et doux. Je dois le revoir bientôt… Je repartirai donc quelques jours plus tard. »

Marie-Jeanne descendit la chercher à la gare de la Galoche avec le mulet Pantaléon. Les *cognères* – ainsi nommait-on les congères – rendaient le trajet de Saint-Just au canton difficile.

Julie rapportait de Saint-Étienne plusieurs robes offertes par sa marraine, de nouvelles bottines et une chanson à la mode, *J'ai tant pleuré*, une chanson triste qu'elle fredonnait en riant, et d'autres valses du même genre, qui la faisaient pouffer malgré elle.

— Ah, cher monsieur, ces valses lentes, c'est bien rigolo.

— Tu es de plus en plus folle, soupirait Mlle Gabrielle.

— Mais, ma tante, vous savez bien que je ne changerai jamais.

Or, justement, elle avait beaucoup changé. Elle était plus gaie ou bien sa gaieté semblait moins factice, moins forcée, et naturellement, elle s'habillait mieux, se coiffait avec plus de goût et de plaisir. Victor crut même deviner quelques légères touches de fard sur ses joues et ses yeux, qui ravivaient sa beauté sans vieillir le moins du monde ses traits. Elle était devenue plus douce et plus piquante à la fois : mutine au lieu d'être acide. Il soupçonna sous cette éclosion une espérance de bonheur, le bonheur peut-être.

— Eh bien, elle est revenue, dit Marie-Jeanne avec un clin d'œil à Victor.

Mlle Gabrielle eut son sourire mystérieux.

— Déjà, elle guette le facteur, avez-vous remarqué ?

Mlle Marie-Jeanne poussa un soupir plein d'entrain, de courage, de mélancolie et d'espoir.

— M. Victor va nous quitter aussi, dès que la nouvelle maison d'école sera finie. Alors, nous resterons seules, ma tante et moi, pour empêcher que le vent n'emporte la maison !

Une fois, croisant Victor dans le couloir, elle l'agrippa par l'épaule, approcha tant son visage du sien que leurs cils se touchaient. Et il sentit trembler la main qui le pressait.

— Je crois que Julie va s'échapper, j'en suis heureuse, il est encore temps pour elle.

Un jeudi matin, Victor endossa son macfarlane, coiffa son chapeau à plumes, chaussa ses jambières de chasse, que Marie-Jeanne appelait leggings, et sortit dans la campagne blanche. Les cimes des arbres écrémaient la lumière pâle de l'hiver, qui faisait miroiter les bassins et les flaques d'eau gelés. Une troupe de corbeaux, qui s'affairaient dans les prés enneigés, s'envola silencieusement à son approche.

Sans trop savoir où il allait, il prit la direction du bourg, mais en s'engageant sur un long détour. Son cœur cognait, d'appréhension et d'impatience mêlées. Quand il eut marché un quart d'heure, il se rendit compte qu'il était parti pour rendre visite à Mlle Gilbert. Presque sans y penser, il avait plié avec soin une feuille de cahier et l'avait glissée dans son portefeuille : la solution algébrique du problème des bœufs. Il répétait les équations, $x + 3y = 8$ et $x + y = 6$, ainsi que le résultat final : le nombre de bœufs à mettre dans le pré est de 5.

— Mais en es-tu sûr ? – Ma foi, oui. – As-tu vérifié, plutôt deux fois qu'une ? – Euh, enfin, plutôt une fois que deux. – As-tu pensé que si tu te trompais, tu sombrerais pour toujours dans le ridicule aux yeux de la perfide Mlle Gilbert ? – Est-elle perfide ? – Et s'il y avait un piège que tu n'aies pas vu ? – C'est vrai, j'aurais dû relire l'énoncé à tête reposée et vérifier la solution une seconde fois. – Alors ? – Alors, au diable !

Une minute plus tard, Julie parut dans le chemin, dévalant des bois, jupe noire et corsage à fleurs, la tête encapuchonnée. Sa cape volait sur ses épaules, la neige jaillissait autour d'elle et jusque par-dessus sa tête. Elle lui cria quelque chose qu'il n'entendit pas et courut vers lui, en s'enfonçant jusqu'aux genoux. Il ouvrit les bras pour l'arrêter, mais elle pila à un pas.

Elle haleta un moment, la main posée sur sa poitrine.

— Ouf ! La montagne me manquera…

— Vous manquerez aussi à la montagne.

— Oh, mais je reviendrai de temps en temps. Et il y a des montagnes à Madagascar.

Elle releva le bord de son capuchon, montrant un bout de museau enflammé, rougi par le froid et l'effort de la course, et de très grands yeux brillants.

Il la devinait au bord du rire, au bord des larmes. Elle baissa la tête. Ainsi, l'ombre de sa capuche dissimulait les rides autour de ses yeux : on lui aurait donné vingt-cinq ans à peine. Mais sa bouche petite et dure, qu'elle mordait de temps en temps sur le côté, montrait une longue expérience de la solitude et de la souffrance.

Il la guignait en silence. Il avait les lèvres sèches et la gorge serrée. Elle souriait. Il se força à sourire en retour.

— Je vous souhaite bonne chance, Julie.

— Je ne suis pas encore partie. Mon mariage peut encore échouer.

— Mais il va réussir.

— Oui, je vais sans doute me marier et partir. Un peu grâce à vous…

— Grâce à moi ? Je vous fais fuir ?

Elle eut un rire presque tendre, approcha d'un pas, ôta son gant et joua un instant avec.

— J'étais en cage, dit-elle, mais je ne le savais pas. Vous m'avez montré les barreaux.

— Je ne sais pas comment. Je ne l'ai pas fait exprès.

— Je répondais depuis longtemps aux annonces de mariage, mais je ne pouvais pas me décider. Et puis, en travaillant près de vous, je me suis aperçue que j'avais une assez bonne santé. En bavardant avec vous, j'ai compris que j'avais envie de voir le monde. Sans vous, monsieur Victor, je n'aurais peut-être jamais osé tenter cette expérience.

— Vous me voyez très, très…

Il cherchait ses mots, en la scrutant si fort qu'il lui fit baisser les yeux.

— Je veux voyager, dit-elle. Je veux… vivre.

Le vent, la sibère, s'était mis à souffler. Il lui prit le bras et l'entraîna à l'abri d'un haut talus. Autour d'eux, le gel avait fusillé les hautes herbes et planté ses serres dans la neige durcie. Julie sortit la main de sous sa cape et se mordit le poing. Il lui sourit, elle tourna la tête.

— Je vais partir bientôt, dit-elle, plus tôt que je ne pensais. Demain ou après-demain. Je vous dis adieu, mon ami. Soyez heureux.

Elle s'enfuit en courant par le sentier. Il marcha au hasard, longtemps. À un moment, il s'aperçut qu'il serrait dans sa paume la feuille de cahier où il avait noté la solution du problème des bœufs. Il la froissa et la jeta dans un fourré.

La Saint-Blaise était passée, et la Saint-Isidore, et la Sainte-Agathe. On attendait la Sainte-Eulalie, pour son fameux dicton : « Soleil qui rit à la Sainte-Eulalie promet du cidre à la folie. »

Victor pensait qu'une belle poésie touchait plus les enfants que cinquante maximes. Il avait choisi cette semaine, pour les petits et les grands, la nouvelle de Maupassant, *La Chasse aux canards*, intitulée quelquefois *Amour*. Rares étaient les élèves trop frustes pour n'être pas touchés par la dernière page de ce récit.

« Je tirai. Un d'eux tomba presque à mes pieds. C'était une sarcelle au ventre d'argent. Alors, dans l'espace au-dessus de moi, une voix, une voix d'oiseau cria. Ce fut une plainte courte, répétée, déchirante ; et la bête, la petite bête épargnée se mit à tourner dans le bleu du ciel au-dessus de nous en regardant sa compagne morte que je tenais entre mes mains.

« Karl, à genoux, le fusil à l'épaule, l'œil ardent, la guettait, attendant qu'elle fût assez proche. “Tu as tué la femelle, dit-il, le mâle ne s'en ira pas.”

« Certes, il ne s'en allait point ; il tournoyait toujours, et pleurait autour de nous. Jamais gémissement de souffrance ne me déchira le cœur comme l'appel désolé, comme le reproche lamentable de ce pauvre animal perdu dans l'espace.

« Parfois, il s'enfuyait sous la menace du fusil qui suivait son vol, il semblait prêt à continuer sa route tout seul à travers le ciel, mais ne s'y pouvant décider, il revenait bientôt pour chercher sa femelle. “Laisse-la par terre, me dit Karl, il approchera tout à l'heure.”

« Il approchait en effet, insouciant du danger, affolé par son amour de bête pour l'autre bête que j'avais tuée.

« Karl tira ; ce fut comme si on avait coupé la corde qui tenait suspendu l'oiseau. Je vis une chose noire qui tombait ; j'entendis dans les roseaux le bruit d'une chute. Et Pierrot me le rapporta.

« Je les mis, froids déjà, dans le même carnier… et je repartis ce jour-là pour Paris. »

Colinet déclara qu'il parlerait des canards dans la version de *Sans famille* qu'il était en train de récrire depuis l'épisode de la mort des chiens. Soudain, il se mit à trembler de colère, puis à crier : « Il avait pas le droit, il avait pas le droit de tuer la cane ! » Victor faillit répondre que c'était seulement un conte. Non, Maupassant s'inspirait toujours de la réalité et la plupart de ses récits étaient sans doute vrais, d'une terrible et désespérante vérité.

Toute la classe regardait maintenant Colinet, qui écumait comme un verrat et pleurait comme un veau en même temps. Pas un élève ne s'esclaffait. Victor attendit une minute, puis demanda au berger de sortir dans la cour.

— L'air frais te fera du bien.

Colinet se précipita dehors en trébuchant, secoué par des sanglots énormes. Il n'y eut pas un quolibet pour accompagner sa fuite, ni de brouhaha ensuite. Toute l'école était derrière lui. Quelques élèves fixaient Victor avec inquiétude ; quelques-uns gribouillaient des notes pour le cas où ils devraient tirer une rédaction de la lecture.

Colinet rentra, tête basse, et demanda entre deux hoquets s'il pouvait écrire l'histoire des canards à sa façon.

— Nous allons tous écrire une rédaction sur la chasse, décida Victor. Ceux qui voudront s'inspirer de la lecture le pourront. Ceux qui voudront raconter tout autre chose seront libres.

Nicolas Malatray leva le doigt.

— Une histoire vraie, m'sieur ?

— Une histoire vraie, si tu veux.

— Une histoire triste ?

— Comme il te plaira.

Il y eut un échange de regards éloquents, sur tous les bancs. Victor devina que tous avaient envie d'écrire une histoire triste, sauf Colinet qui s'exclama :

— Je veux pas que les bêtes soient tuées. Est-ce que je peux écrire une histoire qui finit bien ?

— Mais oui. Tu peux écrire une histoire qui finira bien et où personne ne mourra. Ça s'appelle un conte de fées.

La nuit suivante, Victor rêva qu'il était inspecteur primaire et qu'il se présentait dans la classe de Mlle Gilbert. Mais elle lui ferma la porte au nez. « Ça va vous coûter cher ! » cria-t-il.

Les bruits de la ferme, les cris des animaux, qui grognaient, meuglaient, chantaient, caquetaient, réveillèrent Victor à moitié ; il se rendormit aussitôt. Il était si fatigué… Jamais de sa vie il ne s'était tant acharné au travail, même à l'école normale quand il préparait le brevet supérieur.

Il se leva enfin, négligea sa toilette. Julie l'attendait à la cuisine.

— Voyez, je ne suis pas encore partie.

Elle souriait d'un air étrange en boutonnant son manteau.

— Vous semblez fatigué, monsieur Victor. J'ai attelé Pantaléon et je vous emmène à l'école. Vite, nous allons être en retard.

Elle dévala l'escalier, il courut à sa suite. Le mulet attendait devant le portail. On ne voyait pas le soleil, et la lumière, au lieu de tomber du ciel, montait de la nappe blanche qui recouvrait la terre. Une rafale de vent arracha aux branches d'un sapin une poignée de flocons qu'elle leur jeta à la figure. Une pie vint sautiller presque à leurs pieds. « Hé, Totote ! » fit Julie. Puis à Victor :

— C'est Totote, je l'ai presque élevée, elle revient tous les hivers. Elle sait où trouver à manger.

Une couche de neige fraîche formait un matelas scintillant par-dessus la neige durcie. On distinguait à peine les bords du chemin. Une brume dorée éclairait le côté du levant, au-dessus de la forêt. De petits nuages poudreux montaient de la terre, ici et là, trahissant le passage d'une bête. Julie fit mine de prêter l'oreille.

— Écoutez, on dirait un loup.

Elle éclata de rire.

— Hélas, il n'y a plus de loups ni de brigands depuis longtemps. La vie est tellement monotone de nos jours…

Ils montèrent dans la voiture et, à cause de la capote levée, qui rétrécissait un peu l'espace de chaque côté du siège, ils se trouvèrent épaule contre épaule. Julie enroula les rênes autour de son poignet, puis posa sa main libre gantée de laine sur la main nue de Victor.

— Je vous fais mes adieux, dit-elle. Je pars aujourd'hui.

En rentrant, le soir, Victor refit la solution algébrique du problème des bœufs, la vérifia trois fois plutôt que deux, la rédigea de nouveau avec soin, puis écrivit une courte lettre d'accompagnement.

Mademoiselle et chère collègue,
Voici une solution possible à l'énigme des ruminants, mais je n'ai pas tenu compte du temps passé par les bestiaux à ruminer[1]. Est-ce une erreur ?
Je vous retourne le livre d'Eysséric & Gautier. Le livre date de 1865. Supposons que les événements relatés par le problème d'« arithmétique coloniale » se soient passés vers 1830-1840 ; les commandants de compagnie avaient alors au minimum trente ans. Ils avaient en moyenne soixante-dix ans à la chute de l'Empire (en admettant qu'ils n'aient pas été tués entre-temps). Trop vieux pour être fusillés par le gouvernement républicain ! Le problème n'a pas de solution.
Sincères salutations.

La réponse de Mlle Gilbert tarda plus qu'à l'habitude.

Toutes mes excuses, cher collègue, pour n'avoir pas accusé réception tout de suite de votre aimable envoi.

1. Voir solution en annexe.

Comme nous l'avons dit et répété tous les deux dans nos précédents courriers, nous sommes très occupés. Vivement le mois de mai, que nos élèves s'envolent dans les champs !
Le problème des bœufs gourmands : par l'algèbre, bien sûr, c'est mécanique et un peu trop facile.
Le problème d'arithmétique coloniale : j'ai apprécié votre raisonnement. Mais êtes-vous bien sûr qu'il n'y a plus de pillage dans les colonies depuis la République ?

Victor écrivit trois lignes à l'encre rouge, sur toute la hauteur d'une page de cahier : *Non, je n'en suis pas sûr. Mais je suis instituteur de la République. Je dois lui faire confiance. Je ne dois rien faire, rien dire qui puisse lui causer du tort. Et c'est la même chose pour vous !*

Il lut et relut les phrases qu'il venait de calligraphier comme un modèle d'écriture. Puis il froissa la feuille et la jeta dans la caisse à papier.

Hum, hum. Voyons un peu.

Si 3 bœufs mangent l'herbe d'un terrain de 2 ares en 2 semaines, 6 bœufs la mangeraient en une semaine. Si 2 bœufs…

Il griffonna quelques calculs, se réservant d'affiner plus tard le raisonnement, et il parvint sans coup férir au résultat de la solution algébrique : 5 bœufs auront mangé toute l'herbe des 6 ares, au bout de 6 semaines.

J'espère qu'ils sont gras, maintenant. Qu'ils crèvent, la panse pleine, mademoiselle et chère collègue !

19

Après la neige vint le redoux.

La pluie n'en finissait plus d'imbiber l'air, de cingler les corps et les visages, de crépiter sur les toits, de chuinter dans les gouttières, de fouetter les vitres et de gargouiller au sol, le long des murs et des fossés. Là-haut, par-dessus les crêts, des hordes de nuages boursouflaient le ciel et avalaient l'horizon. Le vent peignait les plateaux en sifflant sa plainte mouillée, rageait dans les rues du village, charriait l'averse en vagues blanches, la jetait sur les murs, les portes et fenêtres, les arbres nus, les pèlerines des passants… La rumeur des torrents s'enflait par intermittence.

On se penchait en vain sur les prédictions des almanachs. À La Chaux-de-Grange, Marie-Jeanne Valla avait voulu jeter au feu son « Mathieu (de la Drôme) », qui annonçait justement pour cette période de l'année un temps sec et ensoleillé. Mais Mlle Gabrielle avait repêché le précieux livret au milieu de la braise, alors que la mince couverture verte commençait à griller sur les bords.

Le délégué cantonal arriva un jour de pluie, à l'école des garçons, peu avant midi.

Marius Gerin était un gros homme aux airs de maquignon ; il parlait comme s'il voulait vous endormir pour vous acheter votre bon cheval au prix du pire canasson de la foire. Et on ne pouvait l'arrêter avant d'avoir lâché le licol !

— Mon bon monsieur, dit-il à Victor, je ne suis pas votre inspecteur et je ne vais pas me mêler de juger vos méthodes. Certes bien, j'ai quelques idées sur l'instruction publique, depuis dix ans que je visite les écoles du canton et que je regarde travailler les maîtres et les maîtresses. Surtout les maîtresses, qui écoutent souvent mieux les avis d'un homme d'expérience. Et, hum, je veux bien vous aider à, hum, sortir de l'ornière.

« Vous savez, moi, j'entends causer, j'entends dire, les parents, les anciens élèves, les conseillers municipaux, les maires, les curés. Et puis il y a les commerçants : c'est toujours eux qui me renseignent le mieux sur ce qui se passe dans une commune.

« Et, certes, ma foi, ce qui me revient aux oreilles, de l'école de Saint-Just, c'est du bon et du mauvais. Je veux parler de l'école des garçons, car pour ce qui est de l'école des filles, je n'entends que des éloges. Même les sœurs déshabillées avouent que la demoiselle est une très bonne institutrice, et les élèves l'aiment autant qu'elles la respectent, et les parents sont tous contents, sauf qu'ils disent : C'est quand même dommage que les filles étudient mieux que les garçons, qui ont plus besoin d'instruction. Je vous le répète comme ça se dit, mon bon monsieur. Enfin, j'espère que vous vous rattraperez pour le certificat.

« Ah, on cause, on cause, à la campagne, surtout l'hiver. Et comme ça, on dit : Le maître n'a pas bien d'expérience, il manque d'autorité. Faut excuser, les parents pensent qu'ils paient l'instituteur avec leurs contributions et ils se privent pas de critiquer. Mais faut les écouter aussi, parce que c'est quand même un peu vrai qu'ils paient, et puis ils savent mieux ce qui convient à leurs enfants que *le jon de le charaïre*, comme on dit, les gens de la ville. Ils sont bien étonnés que le maître d'école finisse presque jamais ses leçons, parce que tout le monde dit son mot, pose sa question, et il y en a qui répondent, et il y a même un petit berger qui vient de Saint-Étienne et qui se croit plus malin que ceux de la montagne… Enfin, tout ça fait que le maître n'a pas le temps de donner ses leçons, tant ça discute et ça discute.

« Et il y a des personnes qui demandent : Alors, monsieur Gerin, monsieur le délégué, c'est-y comme ça qu'on leur apprend à faire la classe dans les écoles d'instituteurs ? C'est plus la même que les autrefois, on voit bien.

« Pour ce qui est de compter, ils comptent pas mal, et ils savent bien faire les mélanges et calculer le prix des terres et même acheter à tempérament à la Manufacture d'armes et cycles, mais enfin pour ce qui est de payer à tempérament, on n'aime pas trop qu'ils apprennent. Et les dictées… ah, la dictée, c'est l'école, on n'en fait jamais assez pour le contentement des parents, là il y a rien à dire. Mais c'est l'écriture, mon pauvre monsieur. Du temps du père Salomon… il avait bien des défauts, le père Salomon, mais l'écriture, ah, l'écriture, on venait voir les cahiers de nos garçons des communes à côté et même du canton. Il y a une brave femme qui me disait : Monsieur le délégué, quand mon aîné est arrivé au régiment, il a fait sa page, et le sergent lui a dit : Mon gars, c'est la plus belle page d'écriture que j'aie vue de longtemps, surtout les p, et les d, et les l, et les g. Ah, oui, votre devancier, il veillait aux grandes lettres, celles qui ont des hampes ou des jambes : ce sont celles qui font la belle écriture. Et il y a aussi des parents qui se plaignent : Qu'est-ce que c'est leur certificat d'études, si on peut l'avoir en écrivant des pattes de mouche et en mettant des pâtés partout ?

« La lecture, c'est point trop mauvais, à ce que j'ai entendu, tant pis si les garçons lisent moins bien que les filles, ce n'est pas votre faute. Heureusement, ils ont un bon livre, le meilleur de tous, qu'on appelle *Le Tour de la France*. Il ne faudrait point penser à le changer. Tenez, moi j'ai plus de quarante ans et je peux vous dire par cœur le premier paragraphe : *Par un épais brouillard du mois de septembre deux enfants, deux frères, sortaient de la ville de Phalsbourg en Lorraine. Ils venaient de franchir la grande porte fortifiée qu'on appelle porte de France...* Je ne me suis point trompé ? Et, monsieur l'instituteur, pour voir, est-ce que vous sauriez me dire la dernière phrase qui est bien belle aussi ? Je parie que non, ha, ha, c'est bien dommage, je vais vous la dire encore. *Ils resteront toujours fidèles à ces deux grandes choses qu'ils ont appris si jeunes à aimer : Devoir et Patrie.*

Victor avait écouté en silence, puis à la fin des fins, quand le bonhomme, à bout de souffle, s'était tu, ayant tranché de tout, il avait répété ses derniers mots, qui étaient également les deux derniers du *Tour de la France par deux enfants*, ancienne édition.

— Devoir et patrie, monsieur le délégué.

— Eh oui, monsieur l'instituteur, devoir et patrie.

Le délégué n'attendait pas plus de lui, ni moins. Il s'en était allé, gai et content, le cœur à l'aise, comme disait la chanson. Il n'allait pas voir et complimenter l'armée française, mais sans doute – après un bon déjeuner au restaurant – quelque jolie maîtresse des environs, peut-être Mlle Gilbert.

Il était bien plus de midi, mais Victor n'avait pas faim ; ce jour-là, il ne toucha pas à sa gamelle.

Le poêle de l'école refoulait de lourdes bouffées, et la classe s'emplissait d'une fumée grasse qui voilait le verre des lampes et chargeait l'air de son odeur de sève et de suie.

Victor fit lire aux grands les quatrains sur la pluie d'un célèbre poète, mort en 1907, Sully Prudhomme.

Il pleut. J'entends le bruit égal des eaux ;
Le feuillage humble, et que nul ne berce,
Se penche et brille en pleurant sous l'averse.

Chanal demanda si ce M. Sully était un parent du ministre des Mamelles.

— Le ministre des Mamelles ? Ah oui, labourage et pâturage, le Sully d'Henri IV. Peut-être. Cela fait plus de trois siècles. Qui sait ?

Colinet voulut savoir pourquoi il était mort. Pas *de quoi* mais *pourquoi*... La question embarrassa Victor. Nicolas Malatray répondit pour lui :

— Il est mort parce qu'il était vieux et malade comme mon grand-père.

— Bien fait pour Sully Prudhomme, trancha Colinet. Son poème n'est pas joli !

En fin de matinée, Victor eut un coup de fatigue. Il se traîna à son bureau, les épaules basses. Sully Prudhomme et la pluie, le départ de Julie, la mélancolie de la saison et un chagrin vague, sans vraie raison... Mars, se dit-il, est un mois pourri.

Il s'assit, posa les coudes sur le bureau, son menton sur ses poings, une attitude qu'il prenait souvent pour réfléchir à un problème ou une leçon. Mais il n'avait plus envie de réfléchir aux problèmes et aux leçons.

Sa classe flambait, grâce à Colinet. Ses montagnards s'étaient pris au jeu de l'étude, du plus petit au plus grand. Entre Victor et eux, la passion du calcul, de l'histoire, de la dictée… rebondissait comme une balle. Et pour tenir le rythme effréné que Colinet imposait à tout le monde, lui, le maître, devait aller au bout de ses forces.

La discipline se relâchait, et l'anarchie gagnait les petits du cours élémentaire. Victor éprouvait la même joie à enseigner, une joie plus vive que jamais, presque dévorante. Oui, dévorante. Il se dépensait sans compter, il avait l'impression de brûler la chandelle par les deux bouts. C'était enivrant mais épuisant, sa résistance physique commençait à faiblir, et il devait tenir encore presque quatre mois.

20

Journal d'Émilie Gilbert

Jeudi 14 février 1909.

Quel événement !

Puis-je ajouter : quelle déception ! Les grandes qui forment ce que je n'ose appeler mon « cours supérieur », Denise Flacher, Marie Pré, Joséphine Merle… viennent de commencer *Le Ménage de Mme Sylvain*, livre de lecture du certificat d'études, qui conte la suite des aventures de Suzette. Marguerite possédait déjà ce livre, les autres le réclamaient depuis longtemps.

Eh bien voilà, c'est fait. Pourquoi cette déception ? Le premier chapitre nous présente d'emblée la petite Suzette, que les filles aiment tant, mariée et mère de famille.

« Aujourd'hui, sur ce banc, une jeune femme est assise, entourée de trois enfants. Elle tient sur ses genoux un bébé qui lui sourit.

« À la grâce affable de son visage et quoiqu'elle soit plus grande et plus forte que la svelte jeune fille d'il y a dix ans, on la reconnaît bien encore. Seulement ce n'est plus "Suzette" tout court, c'est maintenant "maman Suzette", Mme Sylvain. »

Les élèves ne reconnaissent plus la petite fille de leur âge, à qui elles supposaient les mêmes désirs, les mêmes espoirs. Voici maintenant, à la place, une dame respectable, qui ne peut même plus être leur grande sœur. Et à quoi s'occupe cette personne ? Elle torche les drôles, fait la cuisine, la poussière, le repassage... Comme tout cela est ennuyeux, terre à terre : de quoi donner la migraine à une tête de bois.

C'est la première déception ; mais il y en a une autre, plus secrète. Toutes aimeraient bien savoir ce qui s'est passé entre les treize ans de Suzette et les vingt-cinq ans de Mme Sylvain, l'âge qu'on peut lui supposer, au minimum, avec une fillette de sept ans. Le récit des fiançailles et du mariage, voilà ce qu'elles espéraient lire dans ce second livre. Quand même pas la nuit de noces, mais je suis sûre que Marie Pré y a pensé. Enfin, c'est vrai, nous retrouvons notre petite Suzette nantie de quatre lardons, on nous dit tout sur sa vie de ménagère, on nous montre son trousseau sur deux pleines pages, mais comment les chers angelots sont-ils tombés dans ses jupons, ni vu ni connu, je t'embrouille !

Je devine la frustration que mes grandes essaient de cacher tant bien que mal.

Nous avons étudié avec Marguerite les deux solutions au problème des bœufs proposées par mon dévoué collègue, M. Chambost, qui semble assez doué en mathématiques.

Marguerite m'a semblé bien rêveuse. Elle a répété : « Ah, M. Chambost. C'est Victor, son prénom, n'est-ce pas, mademoiselle ? » Nos regards se sont croisés, elle a rougi. Aurait-elle le béguin pour le maître des garçons ? À son âge, c'est du joli !

Mercredi 27 février.

Je refuse de rendre grâce à la toute-puissance masculine, je refuse de me mettre à plat ventre devant un monsieur, fût-il admirable. Je refuse d'être assignée à la chambre à coucher et reléguée à la petite classe ! Je pourrais peut-être me donner à un homme qui m'éblouisse, m'enfièvre et m'électrise et qui, pourtant, me traite en égale et reconnaisse ma personnalité et ma valeur. Je pourrais alors être à lui, sans lui appartenir, et qu'il soit à moi de la même façon.

Eh, eh, ma belle, tu n'es pas au bout de tes peines…

Et je sais qui je n'épouserai jamais : premièrement, un jeune homme capricieux et pleurnicheur, qui serait autant mon gosse que mon mari. Cette envie d'être un peu la mère d'un époux que j'aiderais à grandir, à mûrir, m'a plus d'une fois secrètement touchée : eh bien, c'est fini ni-ni.

Deuxièmement, un instituteur, pour cent raisons, ou cent mille. J'en jette sur le papier quelques-unes, au hasard ou presque. Mes collègues hommes ont tous une âme de directeur, leur femme ne peut être, au mieux, qu'une adjointe, vouée à la classe des petits sinon aujourd'hui, du moins à l'avenir, quand toutes les écoles seront mixtes, par la vertu du progrès ; et si, à un moment ou un autre, elle ne suffit plus à la tâche, on lui trouve une remplaçante.

Cela est ma conviction, ma foi, mon espérance, ma charité et ma religion révélée.

En ce moment même, des demoiselles « suffragettes » tiennent le haut du pavé en certaines grandes villes des pays étrangers ; le féminisme prend pied à l'école publique, par l'intermédiaire des amicales et surtout des syndicats ; et l'on voit une revue aussi vieux jeu que *L'École nouvelle* ouvrir ses colonnes à

Pauline Rebour. Mais messieurs les instituteurs ont trouvé la parade : l'école mixte à deux classes, où la femme mouchera les mioches, les torchera si nécessaire, et leur apprendra ri-re ri-ra, jusqu'à tam-tam, Amsterdam inclus, sans aucun espoir de jamais accéder au cours moyen et au certificat, réservés à l'homme, de droit divin.

Bien sûr, ça ne marche pas en ville, où les filles et les garçons resteront séparés encore pour un temps ; mais un jour viendra où, même dans les écoles à cinq ou dix classes, mixtes aussi, les femmes seront totalement exclues des cours moyen et supérieur. Ah, on respirera ! On n'aura plus de mousmés, de mouquères ni de pouffiasses dans les jambes le jour du certificat d'études !

J'ai choisi d'enseigner à la campagne aussi et surtout pour avoir les grandes, et je les garderai. À bon entendeur, salut !

2 mars.

Relu ma petite semonce. Je n'ai rien à retrancher, mais je dois reconnaître que je crie très fort avant d'avoir mal. Il y aura encore longtemps, toujours peut-être, de ces petites écoles de campagne et de montagne que les hommes fuient comme la peste : trop de mômes à mignoter et pas assez de pépées à câliner. Les femmes qui ont vraiment la vocation d'enseigner pourront s'y retrouver.

Quant au cas personnel de Mlle Émilie Gilbert, pourquoi ces cris de Mélusine, ma vieille ? Aucune loi de la République ne t'oblige à convoler toutes affaires cessantes, encore moins à épouser un maître d'école, même doué d'un joli brin de plume et d'une moustache élégamment retroussée.

Le « bon entendeur » que tu saluais avant-hier comme en agitant un chiffon rouge, ne serait-ce pas un certain Victor Chambost ? Eh bien, c'est lui faire trop d'honneur. Il ne t'attire pas... Enfin si, un peu, pour être honnête. Il est plutôt bien bâti et ce n'est pas un mauvais garçon, mais il a tous les défauts du pédagogue, plus quelques autres, visibles comme le nez au milieu de sa (jolie) figure. Persuadé de sa supériorité de mâle, de son bon droit d'électeur et d'étalon, avec des gestes qui ont toujours l'air de trancher le jambon ou de dégrafer une cocotte, etc. Et puis, devant une femme décente, pas trop sotte et décidée à lui tenir tête en égale, le voilà pris d'un émoi d'amoureux transi, qui en dit long sur ses secrètes faiblesses. Le tranchemontagne se change soudain en poule mouillée !

Or notre correspondance ne suffit plus à mon « cher collègue et ami ». Il aimerait venir me voir et, qui sait, me faire la cour. Mais j'ai dit non, et il n'ose pas désobéir. Dommage, peut-être...

3 mars.

S'il osait, je ne sais pas si j'aurais le courage de le renvoyer à la niche !

5 mars.

Il est vexé, il m'en veut. Nous nous sommes frôlés, hier, entre les trois tilleuls et la fontaine. Il m'a saluée en levant son chapeau très en haut, et en s'inclinant bas, comme dans une comédie. Aux regards qui nous espionnaient – il y en a toujours dans un village – il a voulu montrer qu'il se payait ma tête, ce qui ne correspond pas du tout au ton de ses lettres. Serait-il amoureux de moi ? Je devrais peut-être le recevoir, en lui mettant les points sur les i, c'est-à-dire en lui exposant de vive voix ce que j'ai noté dans mon journal, ci-dessus, et en concluant avec fermeté : Voilà pourquoi, monsieur, vous ne serez jamais plus pour moi qu'un aimable collègue. Ou si vous préférez : Oubliez-moi.

Mais je ne suis pas assez sûre de ma détermination. S'il savait !

21

Mlle É. Gilbert à M. V. Chambost. Le 7 mars 1909.

Monsieur et cher collègue,

Les jours grandissent, le ciel nous donne un peu plus de lumière, donc un peu plus de temps – du moins pour moi, qui passe l'hiver terrée dans mon école ténébreuse et le taudis crépusculaire que j'appelle mon logement.

Les minutes ainsi gagnées me permettent de reprendre notre correspondance, à laquelle je tiens beaucoup. Je dois même vous avouer que j'adore écrire des lettres, et pas seulement à vous. Il m'arrive parfois de m'épancher sans retenue, dans un moment de tristesse ou de colère, et de jeter sur le papier des lignes qui ne doivent être lues par personne. Alors, je n'hésite pas à nourrir de ma feuille de papier la pauvre flamme de mon poêle. À d'autres moments, au contraire, je fais un brouillon et le corrige avec soin avant de le recopier, comme une dissertation du brevet supérieur. Mais quand je vous écris, cher collègue, c'est au fil de la plume, en m'abandonnant le plus souvent à ma facilité naturelle, tout en gardant un œil sur la grammaire et l'orthographe. N'êtes-vous pas maître d'école ?

Je viens de feuilleter l'almanach : les dictons du mois de février me semblent bien inquiétants. « Mars, méchant mars, tue l'agneau, le bébé et la vieille au bord du feu… » Mais voici pire : « Mars, avec ses marteaux, dans leur mère tue les veaux. »
Et celui-ci, que je vous dédie : « En mars, vent ou pluie, que chacun veille sur lui. » Je vous prie sincèrement de bien veiller sur vous, cher collègue et ami.
Je suis restée ces dernières semaines dans un état de grande nervosité, je ne sais où j'avais la tête, et sans doute ne vous ai-je pas remercié autant que j'aurais dû pour les solutions du problème des bœufs. Je profite de ce mot pour vous redire ma gratitude. Je vous offre, à titre d'échange, une copie d'un travail de préparation que j'ai fait depuis mon arrivée à Saint-Just. Vous l'avez sûrement remarqué aussi bien que moi, nous sommes moins gênés, dans l'enseignement de la langue, par le vrai patois que par les mots et expressions qui ont l'air français, mais diffèrent par la forme, le sens ou le genre, etc. Exemple, je suis un peu fatiguée de répéter que le nom horloge, masculin ici, est féminin en français.
Voici quelques termes que je relève dans mon carnet : Être « d'un âge » pour « d'un certain âge ». « Les autrefois » pour « autrefois ». « Arrête » pour « arrêté ». « Aviser » pour « regarder ». « Bassouiller » pour « tripoter l'eau ». « Bourouette » pour « brouette ». « Batailler » pour « avoir des difficultés ». « Faire regret » pour « faire pitié », etc.

J'avais pensé vous prêter mon carnet, mais j'ai trouvé mieux : je vais le faire recopier par mes grandes élèves. Ce sera un très bon exercice pour elles.

Comment vont vos candidats au certificat d'études ? Je crains de vous avoir blessé avec mon « arithmétique coloniale ». C'est que j'ai entendu, au sujet des colonies, des bruits extrêmement inquiétants ; une collègue, rencontrée à un congrès des Amicales, à Lyon, m'a même fait lire un article de *L'Humanité*, sans doute fort exagéré… mais peut-il y avoir de la fumée sans feu ?

Je vous souhaite, cher collègue et ami, autant de patience et de courage dans votre travail que je voudrais en avoir moi-même.

É. Gilbert

M. V. Chambost à Mlle É. Gilbert. Le 9 mars 1909.

Mademoiselle et chère collègue,

Je vous remercie de votre lettre et de vos notes. J'ai rencontré aussi, depuis longtemps, les difficultés du « parler régional » (et, malgré mes efforts, je crains bien que la moitié de mes élèves ne mettent encore le nom horloge au masculin !). J'accepte volontiers une copie de votre carnet, qui pourrait m'être fort utile pour le certificat d'études.

Vous me demandez des nouvelles de mes candidats : je vous répondrai en toute franchise qu'elles sont bonnes. Le cours du certificat d'études avance à grands pas vers le niveau de l'examen. Les progrès accomplis en quelques mois m'étonnent moi-même, et je n'ose pas les attribuer à ma science de la pédagogie ni à mon habileté de maître. Il me semble que je dois beaucoup au jeune berger, Colin Plasson, qui entraîne toute la classe par sa fougue. Ce n'est plus Colinet la Fiarde (la toupie), mais Colinet le Tambour, et l'école des garçons est quasiment le pont d'Arcole ! Oh, tout n'est pas parfait. Colinet est, certes, fort intelligent, il a une mémoire extraordinaire, mais c'est une tête folle, un « faiseur d'almanachs », capable de toutes les fantaisies. Et il ne cesse d'occasionner le plus grand désordre dans le cours des grands et même dans toute la classe. Sans doute est-ce le prix à payer pour une réussite inespérée.

Nicolas Malatray est un très bon élève, le plus régulier, le plus sûr, mais il n'a pas l'âge d'être présenté au certificat d'études. Mathieu Chanal et Antoine Paret sont des élèves moyens, qui travaillent avec courage. Au début de l'année scolaire, je n'aurais pas donné cher de leurs chances. En cette fin du deuxième trimestre, j'ai bon espoir pour eux. Ils me réclament sans cesse de nouveaux exercices d'arithmétique, de nouveaux problèmes, grâce à Colinet, qui leur a fait partager sa passion des chiffres. Mon travail de préparation et de correction s'en est beaucoup accru. Mes gaillards progressent en orthographe, en grammaire, en rédaction, en histoire…

Ils recherchent avec un zèle étonnant toutes les occasions d'égaler ou de surclasser Colinet. J'envisage même de présenter Joseph Gerin, le neveu du délégué cantonal, M. Marius Gerin, qui me semblait avoir une année de retard sur les deux autres et se montrait plutôt rétif à l'étude. Il est devenu, comme par miracle, un élève plein de bonne volonté, et il rattrape son retard à pas de géant. (À propos du délégué, il m'a fait sa petite visite de rigueur. J'imagine qu'il ne vous a pas oubliée, lors de son passage ?)

Au sujet des colonies, je suppose que de graves abus ont été commis ; il y a de mauvaises gens partout, et l'aventure coloniale a sans doute appâté quelques coquins et bons à rien. Je crois que la République mettra fin aux abus, peu à peu, et matera la crapule. Tout compte fait, peut-on estimer que la colonisation sera bénéfique à la fois aux peuples indigènes et à nos pays ? Je crains que non. Je me demande même si ce n'est pas une immense faute des pays civilisés…
Recevez, mademoiselle, mes bien sincères salutations.

V. Chambost

Mlle É. Gilbert à M. V. Chambost. Dimanche 21 mars 1909.

Monsieur et cher collègue,
Nous nous sommes croisés l'autre jour au village (il y a déjà longtemps) ; nous nous sommes salués à bonne distance, et il m'a semblé voir dans votre geste une certaine goguenardise, ou peut-être quelque ressentiment. Si j'ai pu vous déplaire, vous blesser, d'une façon ou d'une autre, croyez bien que c'est involontaire. Peut-être avez-vous été affecté par mon souhait d'éviter une rencontre en cette période très chargée pour nous deux ? Ce n'est pas du tout que votre compagnie me gêne, me rebute ou m'ennuie ; mais le courrier permet d'aller droit aux questions essentielles et sans perte de temps, comme nous en sommes déjà convenus.
Enfin, rien n'empêche que vous me fassiez une visite avant ou pendant les vacances. Celles-ci commençant le mercredi 7 avril au soir, je passerai les deux jours suivants à Saint-Just et partirai le samedi matin. Sans doute irez-vous dans votre famille à cette occasion ?

Mais si, par hasard, vous étiez encore ici le jeudi 8 et le vendredi 9, l'une ou l'autre de ces dates me conviendrait très bien. Puis-je vous inviter à déjeuner (au « dîner de midi » selon l'expression du pays) ? Dites-moi, le cas échéant, si vous faites maigre le vendredi saint. Pour moi, cela m'est égal : je crois en Dieu, mais pas en celui des religions. De plus, si vous tenez au poisson, je ne pourrai guère vous proposer que de la morue, des sardines ou des harengs saurs. (La Fine Chaize nous servira, impossible de refuser : elle s'est instituée mon chaperon…)
J'attends votre réponse avec impatience, et je l'espère positive. Dans l'espoir d'une rencontre, si longtemps remise, je vous prie de recevoir, monsieur et cher collègue, mes très cordiales salutations.

M. V. Chambost à Mlle É. Gilbert. Le 25 mars 1909.

Mademoiselle et chère collègue,
Je vous remercie de votre lettre et de votre aimable invitation. Malheureusement, je suis obligé de me rendre près de ma famille, à Saint-Galmier, dès le jeudi 8 avril. J'ai coutume d'aider ma mère, mon frère et ma belle-sœur aux travaux de printemps (et d'été aussi, naturellement). Et cette année, à cause d'une mauvaise bronchite de mon oncle, propriétaire de la ferme familiale, ces travaux ont pris beaucoup de retard.
Je serai donc absent toute la durée des vacances. Je le regrette d'autant plus que j'aime beaucoup la morue. Je peux me passer de charcuterie le vendredi saint, et même tous les vendredis comme mes parents m'y ont habitué.
Bien cordialement.

V. Chambost

* *

22

Le train départemental, la chère brave Galoche, descendait vers La Terrasse-en-Dorlay par une pente assez vive, entre prés et genêts. C'était sur ce tronçon, mais dans l'autre sens, que parfois, lorsque le train bondé peinait à monter, le mécanicien faisait appel aux bras des voyageurs pour pousser le long de la rampe.

Victor avait gagné à ce jeu une tache de cambouis sur sa belle veste à carreaux, on ne l'y reprendrait plus. Assise à sa gauche, une grosse paysanne tâtait après chaque secousse le contenu du panier d'osier qu'elle serrait précieusement sur ses genoux. Ma foi, non, Dieu merci, elle n'avait pas fait d'omelette. À sa droite, un petit homme, déjà *d'un âge*, habillé en dimanche, ne cessait de pester contre ceci ou cela. Contre les cahots, contre les odeurs de fromages sourdant du panier des voyageuses, les courants d'air venus d'une fenêtre ouverte, la fumée du poêle, les escarbilles…

Puis Victor écouta en souriant deux jeunes filles, assises en face de lui, fredonner *Le Train des amours*. Une dame bien mise, avec des cerises à son chapeau, s'exclama qu'on ne chantait pas ces saletés pendant la semaine sainte.

— Ce n'est pas encore la semaine sainte, protesta une jeune fille.

— La semaine de la Passion, rétorqua la dame, c'est tout pareil.

Une des jeunes filles se mit à gazouiller *La Tonkinoise*. La dame au chapeau grommela :

— Oh, s'il vous plaît, pas ces bêtises !

Un jeune homme assis au bout du banc remarqua que *La Tonkinoise* devait être une chanson patriotique, puisque les marsouins, les fantassins de marine, la chantaient à la prise de Casablanca, en 1907.

Il porta la main à son chapeau, comme pour saluer.

— J'y étais.

— Vous y étiez ? À Casablanca !

Le silence se fit dans le wagon.

— Êtes-vous militaire en permission ? demanda enfin le monsieur grincheux. Pourquoi ne portez-vous pas l'uniforme ?

— Je ne suis plus militaire, dit le jeune homme, et voilà pourquoi.

Il leva le bras, fit remonter sa manche de veste et montra un moignon de poignet.

— Souvenir des Arbis. Sont pires que les moricauds, ceux-là.

Le petit monsieur approuva la remarque par de vigoureux hochements de tête. Les yeux baissés, les jeunes filles ne pipaient mot. Tout le wagon partageait l'avis du héros. Oui, les Arbis étaient pires que les moricauds. Le jeune homme balança son bras mutilé.

— J'en ai *piqué* quelques-uns avant de leur laisser ma main !

— Piqué ? demanda Victor que le mot intriguait, mais l'autre répondit à côté de la question.

— Croyez-moi bien, ceux que j'ai piqués s'en prendront plus aux Français, foi de sergent Lebon !

Voilà qu'il faudrait bientôt ajouter dans les livres d'histoire le sergent Lebon au sergent Pascal, au colonel Chevert, au Grand Ferré et au tambour Shtrau.

À Saint-Étienne, Victor se rappela sa rencontre avec les jeunes filles de l'école de commerce, devant la gare ; l'écho de leur chanson bondit dans sa tête, et il fredonna le refrain entraînant : *Salut, salut, / Je viens revoir, je viens revoir, / Ô cité bien-aimée…*

Et une jeune fleuriste, croisée rue Blanqui, termina le couplet avec lui, en tenant son chapeau d'une main, à cause du vent : *Font tressaillir mon cœur / De plaisir, de bonheur, oui, de bonheur !* De l'autre main, elle lui tendit un bouquet de giroflées.

Il se crut heureux pour de bon une minute. Un quart d'heure peut-être… Il marcha à travers la ville noire, sans hâte et sans beaucoup d'espérance. Il chanta à pleine voix pour couvrir le vacarme des machines qui grondaient dans les ateliers et les usines. Il revint sur ses pas, se perdit, s'engueula : Eh, l'instituteur, tu ne sais plus lire une plaque de rue ! Mais il n'avait aucune rue où aller. Il n'avait pas envie de rendre visite à sa petite sœur et de parler encore et encore de son travail, de l'école et de la montagne. Un jour, sans doute, il demanderait un poste à Saint-Étienne, d'ici deux ans, trois ans.

Il ne savait que faire de son bouquet de fleurs. Il revint vers la gare et entra dans un café, non sans un peu de gêne. Il avait mille fois montré à ses élèves la fameuse planche des ravages de l'alcoolisme, le cerveau atteint de ramollissement, le foie pourri par la cirrhose. Il avait tonné, comme c'était son devoir, contre les *boissons spiritueuses*, les piliers de cabaret et les buveurs de goutte. Et pour avoir la conscience tranquille, il n'avait pas mis les pieds dans un café depuis plusieurs années. Il se sentait en faute. Il avait honte d'être là et honte d'être si mal à l'aise.

Il posa son bouquet sur la table, commanda un verre de vin blanc et sortit un cahier et un crayon de son bissac. Tout en écrivant, il vida son verre sans y penser et en demanda un autre.

Il avait décidé de présenter son histoire sous la forme d'un dialogue. Ce serait un modèle de narration pour le certificat d'études, et même pour le brevet. Mais un dialogue avec qui ? Il suça un moment la pointe de son crayon. Julie ou Marie-Jeanne Valla ? Constance Malatray ? Émilie Gilbert ? Appelons-la tout simplement la jeune femme.

— Supposons que ce soit un conte de fées, dit-il.

— Une mauvaise fée ? demanda la jeune femme.

— Oh, peu importe. Il était une fois deux frères qui s'aimaient beaucoup, Marius, l'aîné, et Pierre, le cadet… Cela se passait à la fin du Second Empire, il y a environ quarante ans. Pierre travaillait avec les parents, petits fermiers dans la région de Saint-Galmier.

— Saint-Galmier, entre Saint-Étienne et Feurs ?

— Oui, ne m'interrompez pas tout le temps. Marius aidait son parrain, qui possédait une jolie propriété dans les environs. Il eut la chance de tirer un bon numéro qui l'exempta du service militaire. En 1870, comme tous les exemptés, il fut quand même appelé dans les Mobiles du département. Il se battit à Orléans, Patay, Loigny, dans la IIe armée de la Loire, sous les ordres de Chanzy. Il se souvient encore d'un détail terrible. Aucun officier, même pas le colonel, ne disposait d'une seule carte d'état-major.

— Bravo pour Napoléon et l'Empire !

— Oui, ce régime n'a eu que ce qu'il méritait. Hélas, beaucoup de gens sont morts, il a fallu vingt ans à la France pour se remettre de cette terrible défaite, et l'Alsace-Lorraine est perdue… Un capitaine, un peu plus futé que les autres, se servait d'une carte qu'il avait découpée dans l'almanach du Loiret. Inutile d'ajouter que tout le reste était à l'avenant. Enfin, Marius s'en est sorti sans blessure grave et il a été libéré au cours de l'année 1871. Il a même pu finir les moissons chez son parrain, cette année-là.

— C'était bien l'aîné ?

— Mais oui, je vous l'ai déjà dit. Vous ne m'écoutez pas. Pierre, de quelques années plus jeune que son frère, se trouva sous le régime de la loi de 1872. Il tira un numéro très bas et partit donc pour cinq ans dans l'armée de la République. Il servit en France, puis en Algérie… À son départ, il avait une fiancée, Antonia, qui lui jura d'attendre son retour. Comme elle était orpheline, il la laissa à la garde de ses parents et de son frère. Marius la fit engager comme servante chez son parrain. C'était un homme plus mûr et plus séduisant que son cadet, il avait fait la guerre bravement, il était devenu le bras droit de son parrain, qui n'avait pas d'enfant, et il savait déjà qu'il hériterait de la propriété. Le parrain le pressait de convoler en justes noces, mais il était tombé amoureux d'Antonia… promise à son frère. Elle l'aimait aussi, mais elle voulait rester fidèle à sa promesse. Le parrain est mort, Marius a eu son héritage.

La jeune fille (oui, en fait, c'était une jeune fille) écoutait, le menton dans sa main. Elle fronça les sourcils.

— C'est l'histoire de Victor Chambost que vous me contez ?

— Oui, vous avez deviné, mademoiselle. Pierre est rentré de son service, où il avait pris le goût de la boisson et, il faut l'avouer, un certain penchant à la fainéantise… Tout le monde pressait Antonia de rompre ses fiançailles. Rompre pour épouser le frère de son fiancé ? Ç'aurait été bien cruel. Elle s'obstina. Ou plutôt elle choisit de ne pas choisir entre les deux hommes. Marius, maintenant propriétaire, embaucha son cadet et Antonia l'épousa. Les jeunes mariés partagèrent la maison avec le frère, toujours célibataire. C'était en 1878. Le premier enfant naquit en 1879. Il s'appelle Victor et il a aujourd'hui trente ans. Un bel âge… Il est à peu près sûrement le fils de Pierre. Étienne, né en 1881, est sans aucun doute le fils de Marius. Ça se voit. Ça se voyait dès son plus jeune âge, pour son malheur. Il reste un doute pour Catherine, la petite sœur, née en 1882. Leur mère a beaucoup varié dans ses confidences. On dirait qu'elle-même n'est pas tout à fait sûre et, naturellement, ça n'a plus aucune importance. Les trois enfants sont toujours très unis. Sans doute beaucoup plus unis que la majorité des frères et sœurs. Le service militaire a tenu Victor, puis Étienne, éloignés de Catherine pendant plusieurs années, avec quelques rares permissions. Peut-être Victor serait-il parti en Afrique à son retour, si l'idée d'être à nouveau séparé d'eux pour longtemps ne l'avait rebuté. C'est surtout cela qui l'a retenu. Et aussi le fait que son père avait appris à boire en Algérie… Depuis, il a changé d'idée sur les colonies et il ne s'y risquera pas.

— Je croyais, dit naïvement la jeune fille (ce n'était pas Émilie Gilbert, mais une jolie blonde un peu sotte), je croyais que la colonisation était une belle aventure et que tous les hommes en rêvaient ?

— Eh bien, vous vous trompiez, voilà tout. Revenons à l'enfance de Victor. Pierre, le père, voyait bien ce qui se passait entre sa femme et son frère. Il restait à la propriété par faiblesse et parce qu'il ne se sentait plus capable de gagner sa vie ailleurs. Et comme ça arrive souvent, il noyait son chagrin dans le vin et la gnôle. Victor, l'aîné des enfants, n'a pas tardé à découvrir le secret de sa mère. En grandissant, Étienne devenait tout le portrait de l'oncle Marius. Le père s'est mis à le traiter très durement, malgré les mises en garde de l'oncle. Un jour… Victor aurait pu l'oublier, mais Étienne s'en souvient comme si c'était hier et le lui rappelle souvent. Un jour le père l'a vu chaussé de souliers neufs que l'oncle lui avait payés, alors que Catherinette et Victor marchaient en sabots. Il lui a commandé de les quitter et de les jeter. Il travaillait au chai, la cave n'était pas loin, il avait profité de l'occasion pour siffler quelques verres supplémentaires. Quand il commençait à être gris, sans être tout à fait ivre, il ne se contenait plus. Étienne a refusé d'ôter ses souliers et s'est échappé en courant. Il n'avait que six ans, le père l'a rattrapé sans peine. Il tenait un maillet à la main. Il s'est jeté sur le gosse en le menaçant de son outil et en l'appelant « sale bâtard ». Victor est arrivé à ce moment. Il avait huit ans, il était assez fort pour son âge et il n'avait pas peur des coups. Le père aurait-il frappé Étienne ? On ne le saura jamais. Victor s'est élancé entre eux, mains nues, poings serrés, et il a défié le père. Il a vu le maillet, qui devait peser entre une livre et un kilo, se balancer au-dessus de sa tête. Il a crié à Tiénou de s'en aller. Le petit est parti, mais pas très loin. Il avait peur pour son grand frère. Et Victor n'était pas rassuré. Il connaissait le père, il avait une trouille bleue de se faire assommer.

— Oh, comme ce petit garçon était courageux ! s'écria la jeune fille aux cheveux châtain-roux et aux yeux moqueurs. (Ce n'était plus la blonde un peu sotte…) Il aurait pu devenir en grandissant un bon sergent de la coloniale !

— Taisez-vous, s'il vous plaît, mademoiselle Je-sais-tout. C'est trop facile de railler. Le père a grommelé : Toi aussi, alors, toi aussi… Il voulait sans doute dire qu'il soupçonnait Victor d'être un bâtard comme les autres. Puis il a rengainé sa colère et il est retourné au chai. Victor est resté tout tremblant une heure entière. Étienne a été longtemps persuadé que son frère lui avait sauvé la vie. Maintenant encore, chaque fois qu'ils se retrouvent, il le serre dans ses bras longuement. Le père s'est vengé un peu plus tard en tuant d'un coup de fusil le chien de Victor qui, à ce qu'il disait, mordait la queue des vaches. Et aussi de bien d'autres façons, que Victor préfère oublier. Il était si malheureux…

On arrivait à la fin de la matinée, le café commençait à se remplir. L'accent de Saint-Étienne chantait à vous faire sonner la tête. On voyait même des femmes s'asseoir dans la salle, sans aucune gêne : des ouvrières, des voyageuses qui descendaient du train de Lyon ou bien l'attendaient. Et même, semblait-il, quelques demoiselles de petite vertu !

— Voilà une belle histoire, commenta la jeune fille. Quand allez-vous l'écrire ?

— Eh bien, c'est ce que je suis en train de faire. Mais, franchement, croyez-vous que je pourrais la raconter dans un livre de lecture scolaire ? Non. Et c'est dommage… Peu à peu, Victor a découvert la vérité, cette double vie de sa mère, ce ménage à trois de son oncle et de ses parents. La mère se comportait très différemment, selon qu'elle était avec le père ou avec l'oncle. Victor l'a surprise deux ou trois fois près de l'oncle, sans l'avoir voulu, enfin autant qu'il se souvienne. C'était une autre femme. Il n'en revenait pas, il était effrayé. Il n'avait aucunc envie de voir ce que faisaient les grandes personnes ensemble. Il s'enfuyait à toutes jambes, mais, au fond du cœur, il savait. Cette expérience précoce a influé sur son caractère. Il est resté longtemps sans pouvoir faire confiance totalement à une femme. Même aussi charmante que vous, mademoiselle l'Inconnue. Toutes lui semblaient enclines à la ruse et à la duplicité… et elles le fascinaient en même temps pour ça.

— Continuez, je vous prie, dit la jeune fille blonde (qui était revenue). Votre histoire m'intéresse.

— Le père est mort l'année où Victor a eu onze ans. En rentrant ivre, un soir d'été, il est tombé d'un pont et s'est noyé dans moins de un mètre d'eau. Cette fin misérable a beaucoup peiné Victor, bien qu'elle eût été un soulagement pour tous. À la même époque, le père d'un de ses camarades de classe avait été tué par un taureau, alors qu'il tentait de protéger des enfants. Victor aurait aimé que son père meure ainsi, en se rachetant. Il était très jaloux de son camarade. Après, la vie a été plus calme et sans doute plus heureuse, surtout pour Étienne et Catherine. Veuve et libre, la mère, elle, se sentait plus coupable qu'avant. Coupable de la mort du père, sûrement… Elle a tardé quatre ans avant de se remarier avec l'oncle Marius. Lui, avant comme après le mariage, n'a jamais fait de différence entre les trois enfants. Il a décidé que Victor ferait des études, qu'Étienne recevrait la propriété, que Catherine aurait une dot. En fait, eux aussi ont pu étudier : Étienne à l'école d'agriculture d'Écully, dans le Rhône, et Catherine chez les sœurs, à Saint-Étienne, ce qui lui a permis d'épouser un homme instruit, ingénieur à la mine. Victor les a aidés de son mieux. Il n'y a jamais eu aucune jalousie entre eux, mais la mère a toujours été gênée avec Victor et elle semble croire qu'elle lui a causé un tort irréparable.

— C'est fini ? fit la jeune fille sur un ton déçu.

— Oui, mademoiselle. L'avenir commence aujourd'hui !

Il s'aperçut qu'il avait bu trois verres de vin. Il commanda un café. C'est à ce moment qu'elles entrèrent, comme si elles jaillissaient des pages de son cahier. Une brune et une rousse, la première en cheveux, la seconde coiffée d'un élégant petit chapeau, toutes les deux fardées, un peu dégrafées, et vêtues, hem, comme des demi-mondaines, la brune plus chic, la rousse plus tapageuse. Assez jolies, la brune très fine, la rousse rieuse et charmante.

Elles firent le tour de la salle, comme si elles dansaient, aperçurent Victor et s'approchèrent de sa table. La rousse se pencha.

— Alors, elle n'est pas venue ?

— Elle ? Ah oui…

Elle avait vu le bouquet de giroflées. Il le lui tendit.

— Je vous attendais.

La brune pouffa.

— Toutes les deux ?

— Toutes les deux.

Elles s'assirent près de lui sans façon.

— Galant homme, dit la brune.

— Et beau garçon, ajouta la rousse. Mais on écrit ! C'est un roman ?

— Je viens de le commencer, dit Victor en rougissant.

Il s'imagina le lendemain matin à l'école, pour la leçon de morale du jour. Eh bien, ce ne serait pas facile.

23

Journal d'Émilie Gilbert

17 avril.

Je viens de m'offrir une petite larme avec *Charbonnier et Gentilhomme*, puis *Cruauté de l'esclavage*, un extrait du célèbre roman *La Case de l'oncle Tom*, de Mme Beecher-Stowe, les deux dans le Mironneau dépenaillé que je viens de retirer de la bibliothèque scolaire pour cause d'usure. Oui, je n'hésite pas à l'écrire : même une maîtresse d'école a le droit de pleurer au moins une fois par mois sur les héros de roman ! Et si la question se pose à l'Amicale, je suis prête à militer pour que ce droit soit reconnu aussi à nos mâles valeureux, MM. les Instituteurs de la République !

Les grandes filles qui lisent *Le Ménage de Mme Sylvain* ont d'autres soucis, elles. On en est aux achats des étoffes pour les robes du mariage de François, le père de Suzette.

« Et voilà de la soie ; de la soie verte, rouge, bleue, grise, jaune, noire. Quels tons ! Quel tissu brillant, chaud, léger ! Ah, l'insecte qui le fila, dans son cocon d'or, était un fameux ouvrier !

« — Mais le prix, monsieur ?

« — Huit francs le mètre, madame.

« — Oh, que c'est cher !

« — Voici meilleur marché : cela ne vaut que quatre francs.

« Heu, heu ! C'était beaucoup moins cher et fort cher encore ; car les étoffes de soie n'ont guère, en largeur, que la moitié des étoffes ordinaires de laine, c'est-à-dire quarante-six à cinquante centimètres, au lieu de quatre-vingts à cent vingt.

« Maman Suzette calcula mentalement.

« Largeur, deux fois moindre… longueur, double… il fallait donc pour la robe de soie douze mètres au lieu de six… douze fois quatre francs font quarante-huit francs… »

Eh, merde pour maman Suzette !

Une méchante pensée me traverse l'esprit pendant la lecture, je me retiens de pouffer. Si je me mariais un jour, j'aimerais m'habiller en sauvagesse, un simple pagne autour des reins, ou même pas de pagne du tout, n'en déplaise à Mme Robert Hait, digne auteur de *Suzette* et du *Ménage !*

Oui, je me suis retenue de rire, et Marguerite Dumas, qui est là ce jour, me surprend et rentre aussitôt la tête dans ses épaules, une façon d'enfoncer son ricanement au fond de sa gorge. Je me mords la lèvre pour ne pas me mettre à braire, mais je ne m'explique pas ce drôle de spleen qui me vient comme une rage de dents.

Je me souviens d'un devoir qui m'a valu une admonestation à l'école normale : un sujet sur les *Stances à Du Périer*, de Malherbe, que j'avais pourfendues avec un franc-parler qui n'était pas de mise et faisait mauvais genre. Notre professeur m'avait tancée tout en m'approuvant. « Malherbe a-t-il le cœur sec, mademoiselle ? Nous n'avons pas le droit de l'affirmer. Ce que nous pouvons dire, c'est que ses choix poétiques ne lui permettent pas d'exprimer sa sensibilité... »

Va t'asseoir sur le bouchon, Malherbe ! Non, je ne peux toujours pas pifer ce pion ! Mon indignation n'a pas faibli et j'ai envie de la partager avec une âme sœur : or je n'ai pas beaucoup d'âmes sœurs sous la main, et la corvée échoit à ma pauvre Marguerite. Après la classe, j'apporte mon livre de littérature du brevet, et nous voilà toutes les deux en train de lire les fameuses stances. Malherbe habitait la Provence, quand il adressa ces vers à un gentilhomme d'Aix, qui venait de perdre sa fille. Drôle de consolation ! « Rien ici ne semble sortir du cœur », commente l'auteur du manuel. C'est le moins qu'on puisse dire. Il y a pourtant ces très beaux vers :

Et rose, elle a vécu ce que vivent les roses,
L'espace d'un matin.

Enfin, tout me révulse dans ce poème ; mais je ne dis rien à Marguerite, car je voudrais qu'elle vienne à partager d'elle-même mes sentiments. En réalité, elle est si émue devant un livre du brevet qu'elle est prête à admirer n'importe quoi. Et moi, comme à seize ans, je me mets à la place de ce Du Périer, que je ne connais ni d'Ève ni d'Adam : j'avais une fille que j'aimais, je l'ai perdue, et le plus grand imbécile de la terre m'a écrit une lettre de consolation odieuse.

Je commence à hoqueter, à sangloter, je ne peux pas m'en empêcher, Marguerite a pitié de moi, elle me prend la main, je la serre contre ma poitrine, le front sur son épaule. Elle gémit : « Oh, que c'est beau, mademoiselle, que cette poésie est belle ! » Et nous pleurons ensemble.

Mais qu'est-ce qui m'arrive ? Qu'est-ce qui m'arrive ?!

24

Un matin, la voiture du maire s'arrêta devant la cour de l'école des garçons. Nicolas Malatray sauta à terre le premier et courut rejoindre ses camarades en criant :

— Colinet s'en va voir sa mère à Saint-Étienne, mon père l'emmène !

Le jeune berger se tenait endimanché, tout raide, à côté de M. Malatray qui dut le tirer par le bras pour qu'il consentît à descendre de la carriole.

— Ma mère est malade, dit-il à Victor qui s'était avancé. Je vais la voir, je peux pas aller à l'école aujourd'hui.

Le maire fouilla ses poches, en sortit une lettre froissée qu'il tendit à Victor.

— Justement, j'avais affaire au chef-lieu, je l'emmène donc.

La lettre, un simple billet, était signée d'un M. Bonnefoy, conseiller municipal à Saint-Étienne. « Madame Vve Plasson, écrivait-il, étant gravement malade, son fils doit se rendre auprès d'elle sans délai. »

— Je reviendrai peut-être demain, dit Colinet.

— Ou après-demain, ajouta le maire. En tout cas, tu vas prendre tes livres et tes cahiers. Si tu dois rester quelques jours, tu sauras bien travailler tout seul.

Colinet approuva d'un signe de tête, fit trois ou quatre tours de toupie, puis se tourna vers le maître.

— S'il vous plaît, m'sieur, donnez-moi un problème sur les mélanges de vinaigre.

— Mais pourquoi ? demanda M. Malatray. Il n'y a pas de problèmes sur les mélanges dans ton livre d'arithmétique ?

Colinet secoua la tête, la lèvre tombante, l'air buté.

— Y en a pas beaucoup sur le vinaigre.

Le maire insista, en souriant.

— Et les mélanges de vinaigre sont différents des autres mélanges ?

— C'est plus amusant.

Colinet expliqua qu'il ferait beaucoup de mélanges plus tard.

— Des mélanges de vinaigre ?

— De tout ce qu'il y a dans les problèmes.

— Eh bien, on ne dira pas que l'arithmétique ne sert à rien.

Victor chercha en hâte le chapitre des mélanges dans un vieux livre catholique, Mame et Fils, toutes ses réserves de problèmes laïques étant épuisées. Par bonheur, la règle était la même. Il se contenta de changer le vin et l'huile en vinaigre dans les énoncés, tout en s'interrogeant sur cette préférence du petit berger.

Le gosse prit la feuille avec un sourire de gratitude.

— Oh, y en a trois, merci, m'sieur. Quand je serai grand…

— Tu seras mélangeur, tu l'as déjà dit.

— Ou alors ingénieur, m'sieur.

— Eh bien, toi, dit le maire, tu ne te mouches pas du coude !

Victor posa la main sur la tête de Colinet, puis sur son épaule. Il commença : « Plasson… » Puis il se reprit.

— Colinet, dit-il à voix basse, je souhaite de tout mon cœur que ta maman guérisse vite. Nous le souhaitons tous. Nous penserons beaucoup à toi. Et nous t'attendrons avec impatience.

Colinet baissa la tête.

— Merci, m'sieur. Vous oublierez pas Miraut ?

— Je n'oublierai pas Miraut. Ne te fais aucun souci.

— Joseph Gerin aime bien les mélanges, mais il n'a pas compris la croix. Est-ce que vous pourriez refaire la leçon ?

— Oui, mon colonel !

— Paret a pris de l'avance sur Chanal. Est-ce que vous pourriez l'aider un peu… je veux dire Chanal ?

— Oui, mon co…

— M'sieur, vous vous moquez de moi !

— Non, Colinet. Je suis fier de toi et je t'aime bien. Maintenant, va, le cœur en paix.

La classe commença avec un quart d'heure de retard, comme le fit remarquer Joseph Gerin. Antoine Paret demanda si on pouvait en tirer une leçon de morale.

— Comme ça, on n'aurait pas perdu son temps.

Victor hocha la tête et marcha vers son bureau, où un malaise l'obligea à s'asseoir. Il souffrait de brûlures d'estomac persistantes et il n'avait mangé depuis la veille au matin que deux ou trois cuillerées de tomme fraîche et une demi-pomme de terre bouillie. Il avait envie de chaleur et il s'approcha du poêle, oubliant qu'on ne l'avait pas allumé, car le printemps amenait enfin les premiers beaux jours. Mais Victor avait froid, et des visions d'Afrique dansaient devant ses yeux.

Tout de suite, l'absence de Colinet avait creusé un vide dans la classe et éveillé une gêne, une tristesse.

— Nous sauterons la leçon de morale, aujourd'hui, décida Victor.

Quelques élèves réclamèrent des problèmes de mélange. Victor trouva l'idée bonne et se remit à fouiller dans le vieux Mame. Mais les lignes dansaient toujours devant ses yeux ; il dut renoncer et tendit le livre à Paret.

— Cherche toi-même. Mais surtout pas de vinaigre. Je ne veux plus entendre parler de vinaigre !

Les élèves ne rirent pas. Victor s'assit sur le coin d'une table et resta dans cette position un moment, le front contre sa main. Il avait acheté une boîte de quinine ; c'était un spécifique du paludisme, mais on pouvait l'utiliser aussi contre la fièvre et la migraine. Il en prendrait ce soir, à tout hasard.

L'après-midi se passa en lectures tirées de *L'Histoire naturelle des animaux*, par Paul Bert ; les grands élèves choisissaient chacun son passage, les petits se contentaient de prêter l'oreille. Les histoires de chasse constituaient l'essentiel du livre : un véritable catalogue de massacres. L'estomac de Victor, quoique vide, en fut soulevé. Joseph Gerin lut un récit de battue à l'éléphant, qui se terminait par des remarques culinaires écœurantes : « La chair de l'éléphant est dure ; les seules parties qu'on puisse manger avec plaisir sont la langue, qui est un mets assez délicat, et les pieds qui servent à faire un bon potage. » Pris d'un soudain mal de tête, Victor dut sortir dans la cour pour se rafraîchir les mains et le visage à la fontaine. L'eau glacée le calma en un instant.

Chanal infligea à ses camarades et au maître une abominable scène de dépeçage : le héros de la fête était un hippopotame abattu par un chasseur anglais au bord du Nil. Un Anglais, pensa Victor, on sait bien que ces gens-là sont des barbares sans humanité sous leurs dehors civilisés… Mais les élèves semblaient se délecter du récit. « Les indigènes, plongés dans les entrailles fumantes, se disputaient la graisse ; d'autres se ruaient sur la viande et se tailladaient réciproquement les mains pour faire lâcher prise à qui tenait un bon morceau… » Les mal nourris, qui venaient chaque matin à l'école le ventre creux, étaient aussi affamés que les Nègres ; l'idée d'un *bon morceau*, même d'hippopotame, les faisait saliver et remuer les mâchoires. C'est tout juste s'ils ne se léchaient pas les babines !

« On a fini ? » Victor reprit le livre de Paul Bert et le ferma d'un claquement.

Le soir, Gabrielle et Marie-Jeanne Valla firent un délicieux bouillon avec une poule qu'elles avaient tuée pour lui. Il le but en essayant d'oublier les pieds d'éléphant et la graisse d'hippopotame. En allant se coucher, il se déclara guéri. Guéri de quoi, il ne savait au juste, mais il était sûr qu'une bonne nuit de sommeil effacerait, comme toujours, les bosses de l'âme et les plaies du corps.

Le lendemain matin, il s'assura que Miraut allait bien. Il le caressa longuement, et le chien gémit, comme s'il devinait l'inquiétude de l'homme.

— Tu as de la chance d'avoir Colinet, sacré bon à rien, dit Victor.

Miraut s'aplatit, le museau posé entre les pattes de devant et les oreilles baissées.

— Ce n'est pas de ma faute si je suis un bon à rien. Je n'ai jamais eu de maître, j'ai toujours cherché ma pitance comme j'ai pu, on ne m'a pas appris à chasser ni à garder les vaches…

— Colinet m'a déjà raconté tout ça à ton sujet. L'an prochain, j'essaierai de t'emmener à la chasse. À moins que je n'aie vendu mon fusil pour acheter une bicyclette !

— Vous savez, pour Colinet, j'ai du chagrin.

— Moi aussi.

Le chien se frotta la truffe avec la patte et renifla.

— Je me tracasse un peu. J'ai un mauvais pressentiment.

— Je ne crois pas aux pressentiments.

— Parce que vous êtes un maître d'école.

— Et depuis quand les chiens ont-ils des pressentiments ?

Miraut se releva avec effort, comme s'il était très vieux, et regarda humblement Victor, de ses gros yeux ronds et mouillés. Victor lui donna une dernière petite tape sur le museau.

— Ne t'en fais pas, va, la mère de Colinet guérira et tout s'arrangera.

Le lendemain, Victor entama gaiement la classe du matin.

— Morale et instruction civique. Nous allons commencer aujourd'hui l'étude du mariage.

Il promena un regard pensif sur la classe où les rangs des moyens se creusaient avec le printemps. Les petits étaient encore là, mais pour combien de temps ? À la Saint-Robert, un quart des élèves ne viendrait plus que les jours de mauvais temps, et un autre quart partirait avant l'Ascension. Les parents faisaient un effort pour envoyer à peu près régulièrement les grands du certificat ; mais certains arrivaient en courant, avec dix ou vingt minutes de retard, et déjà fatigués par une heure de travail à l'étable ou à la grange. Il leur fallait un bon quart d'heure pour reprendre leur souffle.

D'après ce que Victor avait entendu, c'était pire à l'école des filles ; les grandes remplaçaient la mère aux tâches du matin, s'occupaient des petits, préparaient les « paniers » et raccommodaient en hâte les vêtements percés la veille ; elles avaient presque une demi-journée dans les bras et les jambes quand elles rentraient en classe. Quelques-unes tombaient de sommeil sitôt assises…

Victor se frotta les mains en souriant, pour cacher son souci.

— Le mariage est un événement heureux, une joie, un des plus beaux moments de la vie pour les hommes et les femmes. Et c'est une promesse…

De bonheur ? Il s'arrêta, surpris et agacé de s'être laissé emporter ainsi. Qu'est-ce qui t'arrive, mon vieux ? Il ne finit pas sa phrase.

— Mais vous, m'sieur, demanda Nicolas Malatray, est-ce que vous allez bientôt vous marier avec une maîtresse d'école ?

La cloche de l'église n'avait pas fini de sonner midi que les élèves se précipitaient aux quatre coins de la cour, en se disputant les meilleures places au soleil. Certains étalaient déjà les maigres provisions sorties des musettes ; et les fioles de piquette s'alignaient çà et là comme des quilles roses.

Malgache, le cheval de M. Malatray, se mit à hennir de façon bizarre en s'arrêtant devant l'école. Victor avait déjà remarqué que l'animal hennissait souvent quand son maître était énervé ou en colère, comme pour traduire son humeur. Il s'avança à la rencontre du maire ; cette visite imprévue, au milieu de la journée, ne lui disait rien de bon. M. Malatray lui fit signe d'approcher et s'éloigna d'une douzaine de pas, le long du mur de l'école. Il noua les mains dans son dos et se retourna vers Victor.

— Mauvaise nouvelle, dit-il. Notre Colinet est orphelin : il n'avait plus son père, et sa mère vient de mourir. J'ai assisté à l'enterrement et j'ai remis le gosse à son oncle qui le réclamait. Cet oncle, un nommé Bongros, meunier à Saint-Michel, du côté de Condrieu, est maintenant le tuteur de Colinet. Bongros est un demi-frère de la mère de Colinet, aussi riche que la défunte était pauvre. Il a décidé de retirer le gamin de l'école pour le prendre comme apprenti à son moulin. Pas besoin du certificat pour ça !

Victor se sentit pâlir. La terre se creusait sous ses pieds.

— Mais le certificat, monsieur ?

— Colinet va avoir treize ans dans quelques semaines, n'est-ce pas ? Son oncle a parfaitement le droit de l'emmener chez lui, et nous n'y pouvons rien. Je le regrette autant que vous, j'ai plaidé notre cause, sans succès. Le certificat, notre meunier s'en bat la paupière et s'en fout comme de l'an quarante.

— Avez-vous insisté ? Lui avez-vous dit que son neveu avait de l'esprit à revendre, qu'il était…

— En fait, je connaissais ce bonhomme, sous le surnom de Sigrole. Sans doute parce qu'il n'arrête pas de s'agiter, de gesticuler, de rouler les épaules, de se *sigroler*, comme on dit en patois. Il n'a pas bonne réputation, il est violent, et si j'avais insisté, il m'aurait frappé.

Victor se mit à tourner, les épaules basses, les yeux fixés sur ses souliers.

— Mais ce n'est pas possible, monsieur le maire.

— C'est ainsi, mon vieux. Il faut vous faire une raison.

Victor serra les poings et regarda le maire dans les yeux.

— J'irai chercher Colinet à Saint-Michel.

— Je vous l'interdis.

Victor ne fit aucun cas de la remarque ; il calculait déjà.

— Je prendrai la Galoche à Pélussin, j'irai jusqu'à Pavezin, puis je descendrai à pied vers le Rhône…

— Est-ce que vous m'avez entendu ?

Pour la première fois depuis que Victor était arrivé à Saint-Just, M. Malatray prenait un ton menaçant. Il croisa les bras, leva la tête vivement, sourcils froncés, et répéta l'avertissement.

— Pardon ? fit Victor. Qu'est-ce que vous m'interdisez ?

— Vous avez très bien compris. Je vous interdis d'aller à Saint-Michel, pour discuter avec le meunier. Je suis votre aîné, je connais la situation et le bonhomme. Et je vois que vous prenez cette affaire trop à cœur.

— C'est l'avenir du gosse qui est en jeu. Il me semble que vous en faites bon marché.

— La mère du jeune Colin Plasson m'avait confié son fils : c'est moi qui en étais responsable, pas vous. Je vous permets d'écrire une lettre, si vous voulez.

— Vous l'avez abandonné à ce type. On dirait que vous en êtes fier.

Le ton montait peu à peu. Les deux hommes se mesuraient du regard, affichant un mélange d'estime déçue et de rancune.

Louis Malatray se rapprocha d'un pas.

— Je représente l'État, que cela vous plaise ou pas.

— Oui, vous êtes chargé de la police municipale…

— Et les démêlés avec les instituteurs énervés sont, hélas, mon lot.

— Arrêtez-moi donc pour trouble à l'ordre public.

— Vous n'êtes pas dans votre assiette. Vous devriez demander quelques jours de congé, vous en profiteriez pour vous installer à l'école, d'ailleurs vous pourriez y être depuis quinze jours. Les travaux sont à peu près finis, et vous n'avez pas besoin d'attendre qu'ils le soient complètement pour emménager. Ce que je vous dis est pour votre bien et le bien de l'école publique. Calmez-vous, reposez-vous, préparez tranquillement votre installation… et oubliez ce pauvre Colinet.

Victor regarda la montagne, superbe d'harmonie et de paix, puis se retourna vers le maire avec un soupir.

— Excusez-moi, dit-il. Je sais que vous avez fait ce que vous avez pu, reconnut-il. Non seulement vous avez accueilli Colinet, vous l'avez nourri et habillé, mais vous l'avez accompagné chez sa mère et au cimetière. Je suis sûr que vous avez fait tout votre possible pour le soutenir et le consoler. Je vous en remercie, au nom de l'instruction publique. Je voudrais que vous compreniez mon amertume. Ce malheureux gosse a perdu en quelques jours tout ce qui lui tenait à cœur, sa mère, l'école de Saint-Just, ses camarades, votre famille où il avait trouvé sa place… Sa mère l'avait presque oublié, il la voyait très peu, je ne suis pas sûr qu'elle comptait beaucoup pour lui. Le pire serait que son oncle l'oblige à quitter l'école et à renoncer au certificat d'études !

Victor aperçut quelques grands élèves qui les guettaient, juchés sur le mur de la cour et tâchaient d'entendre la discussion. Il se félicita d'avoir baissé le ton. Il n'avait pas le droit d'être injuste avec le maire qui était un homme de cœur et d'honneur.

Il chassa les gamins d'un geste, puis marcha vers l'entrée de l'école. Après trois pas, il se retourna et revint vers M. Malatray qui n'avait pas bougé et se tenait très droit, le regard perdu vers la montagne.

— Monsieur le maire, dit-il sur un ton solennel. Je note votre recommandation. Je n'irai pas chez le meunier Bongros pour plaider la cause de Colinet. Vous avez raison : cette démarche aggraverait sans doute la situation. Je vais écrire une lettre à l'inspecteur primaire et une autre au maire de Saint-Michel. Voyez-vous encore quelque chose que nous puissions faire ?

Le maire ne répondit pas tout de suite. Quand il parla, ce fut d'une voix changée, douce, grave, un peu étouffée par l'émotion.

— Il faut éviter tout ce qui pourrait se retourner contre le gamin. Écrivez à l'inspecteur, j'écrirai moi-même à mon collègue de Saint-Michel. Ce sera mieux, d'autant que je le connais un peu… Et puis je verrai quelqu'un à la préfecture, qui pourrait nous aider. Courage, mon vieux. Rien n'est perdu !

Victor prit une plume neuve et une feuille de papier ministre. Il commença à rédiger sa lettre à l'inspecteur, sans beaucoup d'espoir. M. Reyrieux, responsable de la circonscription, était un homme bienveillant et dévoué à l'école ; mais il se préparait à prendre sa retraite à la fin de l'année scolaire. Victor doutait qu'il eût assez de verdeur et d'alacrité pour s'engager dans une affaire délicate, aux derniers mois de sa carrière.

Tant pis. On va lui écrire comme s'il était un jeune homme plein d'allant et de foi en la République et l'école, décida Victor. Même s'il n'y avait qu'une chance sur dix, elle méritait d'être courue.

Il se piqua au jeu, céda à sa fougue et, à côté de son rapport, sur une feuille de brouillon, il dressa un réquisitoire contre la faiblesse de l'Administration et semonça rudement le législateur trop timoré. Après une demi-heure, il était si énervé qu'il se leva et fit le tour de la classe, les poings serrés.

— Ah, l'inspecteur, dit-il à haute voix. Si j'étais à sa place !

Il s'assit sur un bureau d'élève, prit sa tête dans ses mains. Victor Chambost, qu'est-ce qui t'empêcherait d'être un jour à cette place, si tu le voulais vraiment ?

Le lendemain, il parla aux élèves longuement de la mort et du deuil.

— Nous allons écrire ensemble une lettre à Colinet pour lui dire que nous partageons sa peine de tout notre cœur. Chacun la signera, même les plus petits qui n'auront qu'à dessiner une fleur.

25

Victor se mettait à désespérer de l'école et de la République. Le meunier Sigrole avait pour lui la loi et l'approbation du commun. Mais la loi et le commun se moquaient de la justice.

Il fit un examen de conscience aussi honnête que possible. Certes, il avait pensé un instant au certificat, à sa classe qui perdait non seulement son meilleur candidat, mais son petit tambour, son boute-en-train, son cheval de tête. À présent, il songeait surtout à l'avenir brisé de Colinet. On avait ri quand le gosse, avec son culot de naïf, s'était vanté de devenir ingénieur ; cependant il pourrait sans doute accéder un jour aux études et aux métiers supérieurs. Victor n'avait jamais rencontré un élève aussi doué en arithmétique, en géométrie, en sciences, capable de lire un gros livre en deux jours et quelques bouts de nuit. Et Colinet aimait aussi gribouiller page après page pour son seul plaisir ; la discipline des études secondaires aurait pu changer cette facilité de plume en véritable aptitude.

Oui, le jeune Colin Plasson, aidé, soutenu par le gouvernement, à la place de la famille qu'il n'avait plus, aurait décroché ses brevets en quelques années puis, tout en gagnant sa vie, il serait entré dans une grande école de mécanique ou d'électricité. Or, par la faute d'un imbécile de meunier, ces belles capacités étaient gaspillées à jamais ! Le pays perdrait un sujet d'élite pareil à tant d'autres que les livres d'école célébraient à travers cent anecdotes. Et la République laissait faire !

Victor, tout tremblant de colère, raconta l'histoire à Marie-Jeanne, qui l'écouta, les mains jointes sous le menton.

— Monsieur Victor, je comprends bien votre emportement, mais vous vous faites mal et vous ne changerez pas la loi.

— La loi est mauvaise, la coutume surannée, la République une vaine majuscule sur une figure de carton-pâte !

Il ne put s'empêcher de frapper la table du poing, en visant le coin pour se blesser. La douleur lui coupa le souffle. Il dit en haletant :

— J'applaudirai la République quand elle osera, dans un cas pareil, enlever un enfant à sa famille indigne pour se charger de l'instruire, jusqu'à Polytechnique ou l'école de médecine !

Marie-Jeanne l'écoutait bouche bée, un voile de tristesse dans le regard. Elle posa la main sur son bras.

— Non, monsieur Victor, vous demandez trop au gouvernement. Si on pouvait enlever un enfant à sa famille pour l'instruire, croyez-vous que ce serait encore la République ?

Victor respira longuement, les mâchoires serrées et le nez pincé de colère.

— Et qu'est-ce que ce serait ? Qu'on ne s'étonne pas si le Kaiser gagne la prochaine guerre, avec ses ingénieurs et ses savants !

Victor passa la main sur son front, sourit.

— Excusez-moi, mademoiselle Marie-Jeanne, la colère m'emporte. J'aurais dû aller voir le meunier…

— Croyez-vous qu'il vous aurait écouté ?

— Tant pis s'il avait refusé de m'écouter, j'aurais… Eh bien, j'aurais trouvé quelque chose. Seulement, j'ai promis à M. Malatray de ne pas y aller et je ne peux pas revenir sur ma promesse.

Il réfléchit, les mains nouées derrière le dos.

— Si j'étais allé chez le meunier, je n'aurais peut-être pas vu Colinet, mais lui aurait su que j'étais venu, que je pensais à lui. Et maintenant, il croit peut-être que je l'ai abandonné. C'est encore un nouveau coup pour lui. Imaginez son chagrin…

— Oui, c'est affreux.

Victor s'assit et resta prostré un moment. Marie-Jeanne lui proposa un grog. Il demanda un verre de rhum qu'elle lui apporta tout de suite. Il but une longue gorgée.

— Il faut que j'aille voir le meunier. Je vais parler au maire. Il ne peut pas m'interdire de rendre visite à un ancien élève. Je m'engagerai à être poli et même accommodant avec ce type. Ce serait bien le diable si je n'arrivais pas à rencontrer Colinet cinq minutes, ou même une seule. Si je n'essayais pas, je me sentirais indigne de mon métier, je n'oserais plus jamais parler de morale en classe, ni prononcer le mot « république » !

— J'ai peur que cette visite n'ait de mauvaises suites pour vous. J'aimerais vous persuader d'y renoncer.

— Vous aussi !

— Vous ne mangez rien depuis quelques jours. Vous êtes trop fatigué pour tenter ce déplacement. Ou alors, je vous conduirai avec le mulet…

Victor esquissa une grimace. Ces derniers temps la nourriture le dégoûtait. Marie-Jeanne parla sur un ton suppliant.

— Dites-moi ce qui vous ferait plaisir. Je me sens en faute.

— Non, non, vous n'êtes pas en faute. Si quelqu'un est en faute, c'est moi !

Il réfléchit, s'amusa à passer en revue mets, plats et recettes, comme s'il avait sous les yeux une carte de restaurant illustrée et garnie à foison. Il eut une moue enfantine.

— Je ne vois rien. Oh, vous avez des poires confites ?

Elle rit et hocha la tête.

— Oui, nous avons des poires et des cerises confites, mais ce n'est guère un plat de résistance. Enfin, je crois que vous avez besoin de sucre pour vous soutenir.

Le lendemain, il parla aux élèves en toute franchise : ce fut la leçon du jour.

— Croyez-vous que Colinet fera un bon apprenti meunier ?

Puisqu'il a été un bon berger, dirent les uns, il sera un bon apprenti au moulin. Nicolas Malatray se leva.

— Non, m'sieur. Colinet aimait bien garder les bêtes, parce qu'il pouvait emporter des livres et même un cahier. Mais pendant qu'il lisait ou qu'il cherchait des exercices d'arithmétique, il oubliait le troupeau. Les vaches bougeaient pas trop, mais il était tout le temps obligé de courir après les chèvres.

Chanal et Gerin approuvèrent.

— Il aimait que l'école. Il va bien s'ennuyer au moulin.

— Et puis il est pas assez fort pour être meunier, dit Paret. Tout maigre comme il est, il pourra jamais porter les sacs et les balles.

— Peut-être que son oncle le renverra à l'école.

— Je vais aller voir le meunier, dans quelques jours, dit Victor. Je lui demanderai de permettre au moins à son neveu de passer le certificat d'études.

Paret leva la main. « M'sieur ? » Victor fit signe qu'il écoutait.

— On a discuté entre nous. On se demandait ce qu'on pourrait faire pour Colinet. Malheureusement, on peut rien…

Il baissa la tête, puis la releva d'un coup et regarda Victor dans les yeux.

— … mais on sait ce qui lui ferait plaisir. Ça serait qu'on travaille tant qu'on peut pour que la classe roule comme avant. Pas que ceux du certificat, tout le monde, même les petits !

Victor observa les cours élémentaire et préparatoire à sa droite. Il vit quinze paires d'yeux innocents et graves levés vers lui. Paret continua :

— Il faut que personne dételle, quoi. C'est ça qu'il voudrait, Colinet, qu'on ait le certificat ou qu'on passe dans le cours au-dessus, tous.

Un silence farouche accueillit la conclusion. On aurait entendu une abeille butiner, dans cette ruche qui s'enivrait si volontiers de cris et de boucan. Ce n'était pas un silence de mort, mais un silence de vie, un silence de respiration retenue, de force amassée.

Suivirent des heures d'activité intense, grave, presque fervente. Mais si Colinet ne revenait pas, la classe tiendrait-elle jusqu'au certificat ?

À la sortie, Constance Malatray arrêta son cabriolet devant l'école, attacha la jument Léonore à l'anneau tout neuf, scellé depuis peu au coin du mur. Les travaux touchaient à leur fin, mais la nouvelle mairie ne serait pas prête avant deux ou trois semaines. Elle marcha vers la porte de la cour, en tenant sa jupe pour éviter les flaques d'une récente pluie. Sa robe verte, soutachée de rose et de blanc, semblait ainsi une prairie semée de pâquerettes. Victor, qui avait vu arriver le cabriolet, s'avança à sa rencontre, s'inclina et récita, avec un peu d'emphase, les deux derniers vers du fameux poème de Théophile Gautier :

Au seuil d'avril tournant la tête,
Il dit : Printemps, tu peux venir !

La reine Constance sourit, mais se dérida à peine. Elle montra, de la pointe de son ombrelle en-tout-cas, le ciel où couraient de gros nuages blancs, frangés de bleu.

— Une hirondelle ne fait pas le printemps, monsieur Chambost, bien que nous soyons plutôt au seuil de mai.

Son chapeau de ville, au bord très relevé, découvrait son front et quelques boucles blondes sur ses tempes ; une voilette si transparente qu'elle était presque invisible abritait son regard sans le cacher. Elle portait, pour conduire sa voiture, des mitaines blanches, qui faisaient paraître ses doigts plus longs et plus fins.

Il la pria d'entrer, mais elle déclina l'invitation en plissant le nez ; elle n'aimait pas les odeurs de la classe, surtout au moment des premières chaleurs du printemps.

— Je vais à Saint-Étienne en automobile, dit-elle, mon père me conduit dans sa Clément-Bayard. C'est mon premier grand voyage en auto, mais je dois descendre à Pélussin avec la jument, et je suis pressée. Mon mari m'a chargée de remettre à un de nos bons amis de la préfecture une lettre sur le cas de notre petit Colinet.

— Et que raconte cette lettre, si je peux le savoir ? demanda sèchement Victor.

— Rien qui puisse vous déplaire. Nous pensons comme vous, et mon mari demande qu'on intervienne auprès du conseiller général pour persuader l'oncle du garçon.

Victor réprima un geste d'agacement.

— Le persuader de quoi ?

— Eh bien, de laisser Colinet passer son certificat d'études.

— Oui, ce serait mieux que rien. Et après ?

— Mon mari propose l'école d'agriculture, pour laquelle il serait possible d'obtenir une bourse.

— L'école primaire supérieure conviendrait mieux…

— Vous avez peut-être raison ; mais le meunier se laissera plus facilement convaincre pour l'école d'agriculture, et ce sera plus facile aussi pour la bourse.

— Oui, l'école d'agriculture serait bien, quand même.

— Mon mari vous prie instamment de ne rien tenter qui puisse gêner sa démarche.

Victor respira longuement pour cacher sa mauvaise humeur. Il voulut se montrer galant et maître de lui devant cette femme qu'il admirait et craignait un peu. Il s'inclina, avec un rien de gouaillerie.

— Je sais gré à votre mari de vous avoir déléguée, dit-il. Je suis bien décidé à rendre visite au meunier. Mais puisque vous me le demandez, je vous promets d'attendre une semaine.

Elle sourit, balança son en-tout-cas, fit un joli geste de sa main libre.

— Non, monsieur Chambost, il vous faudra un peu plus de patience. L'Administration n'a pas l'habitude de se presser tant.

— Mettons dix jours.

— Quinze jours.

— Je vous l'accorde. À vous. Si l'on attend trop, des habitudes auront été prises et des paroles définitives prononcées. Et puis songez au chagrin de Colinet. À son désespoir, peut-être.

— Nous y pensons, Louis et moi. Et les enfants aussi. Mais, s'il vous plaît, laissez faire mon mari.

— Vous avez été très généreux pour ce garçon, et j'ai toute confiance en votre mari. *S'il vous plaît*, essayez de presser l'Administration.

— Avez-vous écrit à l'inspecteur d'académie ?

— À l'inspecteur primaire seulement. Je ne mise guère sur cette lettre.

— Elle peut nous aider.

— M. Reyrieux a soixante ans passés et il va partir à la retraite. C'est dommage. Je crois qu'un inspecteur jeune, républicain, décidé, aurait pu agir efficacement. Et vite…

— Et vous aimeriez être cet homme influent et énergique ? demanda Mme Malatray en souriant.

Victor haussa les épaules. Il luttait pour ne pas se laisser emporter par la révolte qui grondait en lui. Et malgré toute l'estime et la reconnaissance qu'il avait pour les Malatray, il craignait que les démarches du maire ne soient trop lentes. On perdait un temps précieux. Colinet vivait à coup sûr son éloignement de la classe comme une punition qui se prolongeait et devait être de plus en plus cruelle. Et chaque jour qui passait rendait plus difficile et improbable un renversement de situation. Même avec l'appui du conseiller général ou du préfet… Victor luttait pour ne pas perdre sa foi dans la République.

Mme Malatray lui décocha son plus beau sourire, doux et grave, plein d'égards et de promesses, puis elle tourna les talons, déploya son en-tout-cas, pivota à demi et, avant de s'éloigner, le gratifia par-dessus l'épaule d'un regard étrange, presque suppliant. Enfin, elle s'en alla. Victor réfléchit longuement au regard qui, d'une certaine façon, semblait désavouer son sourire…

Léonore hennit joyeusement quand sa maîtresse s'approcha du cabriolet. Victor se précipita vers l'anneau pour détacher la jument.

26

Boutons-d'or que j'ai vus jadis aux Feuillantines,
Renaissez ! Fourmillez ! liserons, églantines,
Pâquerettes, iris, muguets, lilas, jasmins !
Le petit enfant Mai frappe dans ses deux mains.

VICTOR HUGO

La classe des garçons continuait d'aller sur sa lancée. Personne n'avait encore dételé, et les grands travaillaient avec plus d'acharnement même qu'au temps de Colinet. Bien sûr, les effectifs diminuaient au fil des semaines, mais pas tant qu'on aurait pu le craindre. Le maire avait fait une tournée dans les familles républicaines pour les prier d'envoyer les enfants jusqu'à la Saint-Médard ou la Saint-Antoine, au moins. Il avait su se montrer persuasif. On était à la petite Saint-Jean, et Victor n'avait jamais vu une école de campagne aussi pleine à cette date. Il avait encore, certains jours, plus de trente élèves en classe.

Les trois candidats au certificat savaient leurs conjugaisons, leurs dates et leurs départements. Ils réclamaient sans cesse dictées et problèmes supplémentaires. Et Victor passait tous les jours quatre ou cinq heures, quelquefois six, en préparation et en corrections, avant ou après la classe.

Il s'épuisait de semaine en semaine ; il n'avait pas retrouvé l'appétit et continuait de maigrir. Quand il se regardait dans la glace, il se disait, en guise de consolation : Le teint hâve et les joues creuses te vont bien ; avec un gilet rouge sur le dos, tu aurais fait merveille à la bataille d'Hernani, en 1830. Dommage qu'on soit en 1909 !...

Quand même, il se trouvait beau. Mais à quoi bon, sans femme à l'horizon des amours ? Joli garçon, romantique comme Théophile soi-même, la belle jambe.

Parfois, certains élèves le guettaient d'un regard anxieux, comme s'ils craignaient qu'il ne soit pas à la hauteur, lui, le maître qui semblait de plus en plus fatigué. Il s'effondrait sur sa chaise avant la fin de l'après-midi ; et quand les élèves s'en allaient, un peu plus tard, il n'avait pas la force de se lever pour les accompagner.

La tête lui tournait. Ses maux d'estomac non seulement le tourmentaient une bonne partie de la journée, mais l'affligeaient en plus d'une haleine de bête à charognes.

Et les cauchemars gâchaient ses nuits. D'abord, ce rêve qui revenait régulièrement, où il se trouvait au milieu d'une foule et ne voyait que des dos. Dans une variante, il se trouvait en compagnie de quatre ou cinq jeunes et jolies femmes. Jeunes et jolies, ma foi, il le savait, il en était sûr, mais il ne voyait que des chignons, des épaules, des échines, tournures, paniers et faux culs, qu'on lui dandinait quasiment sous le nez.

Il rêvait aussi du certificat d'études. Une fois, il débarquait au canton, avec ses élèves, le jour fixé pour l'examen, et trouvait la cour de l'école déserte. Il avait dû se tromper de jour ou de lieu. Les gamins le regardaient d'un air de reproche, et la honte le submergeait. Puis le directeur de l'école du canton ouvrait une porte dérobée et lui faisait signe d'avancer, vite. « Vous êtes fou, mon vieux ? Vous ne savez pas que le certificat d'études est supprimé et que tous ses partisans sont considérés comme des agents alboches ? »

Une autre nuit, dans un autre rêve, il arriva chez le meunier Sigrole qui l'attendait sur le perron de son moulin, en costume de cérémonie. Il venait de se marier, et sa jeune épouse était près de lui, en falbalas blancs. Victor ne fut pas trop surpris de reconnaître Mlle Gilbert. Elle l'a donc épousé, pensa-t-il, pour me chiper Colinet ! Il annonça qu'il venait chercher le garçon car le jour du certificat était arrivé. Les deux époux éclatèrent de rire, puis se mirent à danser ; on était maintenant sur le plancher du moulin, qui bougeait comme le pont d'un bateau. Puis Mme Sigrole jeta une poignée de farine sur Victor, et une autre, et une autre…

Hippolyte Salomon venait de temps en temps prendre des nouvelles de son successeur, ou plutôt s'enquérir de ses malheurs.

« Mon pauvre ami, disait-il, j'ai connu des cas bien pires que le vôtre. Tenez… » Et chaque fois, le père Pochon administrait à Victor, en guise de remède, l'histoire d'une collègue morte de froid à la fleur de l'âge, ou devenue folle et encore enfermée au jour d'aujourd'hui dans un asile secret de l'Instruction publique ; ou bien la mésaventure d'un vieux maître dont le chagrin et l'humiliation se changeaient en pus : ainsi, au fil d'un quart de siècle de carrière, il était devenu une montagne de furoncles.

Le brave homme jubilait et se pourléchait en débitant ses contes qui avaient sûrement un fond de vérité, Victor n'en doutait pas.

— Mon cher ami, ce métier a plusieurs façons de vous tuer. À petit feu, la plus courante ; quand vous vous rendez compte que vous êtes en train de périr de misère, vous êtes trop vieux, il est trop tard. L'autre façon, c'est la maladie brutale, sans rémission, qui vous mène au cimetière en moins d'une semaine…

Victor approuvait d'un signe de tête pour encourager l'autre à continuer, car il avait soudain peur du silence et de la solitude.

— Il vous faut manger beaucoup de fromage, de la tomme et des rigotes, et un peu de charcuterie, mais pas trop : des caillettes et du boudin. Tout bien salé. Je ne vous parle pas des femmes, vous en avez une sous la main, une ronde, pas trop jeune et bonne cuisinière, c'est parfait, vous pouvez tenir dix ans !

Un autre soir, Hippolyte Salomon arriva en se frottant les mains.

— Mon ami, j'ai écrit à M. Reyrieux, notre inspecteur primaire, pour lui exposer votre cas. J'attends la réponse incessamment. Il faut que vous preniez du repos, plusieurs semaines de repos, jusqu'au certificat, jusqu'aux vacances. Mais oui ! Le métier a maintenant une nouvelle façon de vous tuer ou au moins de vous rendre fou à lier : le certificat d'études primaires élémentaires. Plus on est jeune, plus le mal va vite… Je suis prêt à assurer votre remplacement pour la fin de l'année scolaire et à conduire vos candidats à l'examen. À mon âge, on ne risque plus rien.

Le temps passait et Victor n'avait aucune nouvelle de Colinet ni du meunier Sigrole. De toute évidence, la démarche du maire relayée par son « ami de la préfecture » avait échoué.

Victor n'avait jamais cru qu'elle pût réussir : ce n'était peut-être qu'une invention pour l'inciter à se tenir tranquille ! Il était plus que jamais décidé à tenter son expédition à Saint-Michel.

Tout ce qu'il avait appris, du cours préparatoire à l'école normale, et tout ce qu'il avait enseigné sur le bien, la vertu, la volonté, le courage, le menait à cette détermination. Il sentait au fond de lui que se dérober maintenant serait renoncer au peu de bon et de fort qu'il avait dans le cœur, renoncer à être lui-même.

S'il abandonnait Colinet sans un geste, il serait prêt à tous les renoncements que l'Administration de la République et l'avancement de sa carrière lui inspireraient au fil des ans. Il finirait directeur d'école à cinq classes ou peut-être inspecteur primaire, avec un caillot de dégoût dans la poitrine et l'âme en eau de boudin. Il serait considéré, décoré peut-être, mais il aurait fait de sa vie un mensonge et une trahison.

Il se sentait encore trop faible, tant pour se rendre à Saint-Michel que pour affronter le meunier Sigrole. Mais il allait mieux, il reprenait chaque jour du poil de la bête. D'ici une semaine au plus, il comptait avoir retrouvé toutes ses forces pour l'expédition. Il songea à emprunter l'âne Pantaléon aux demoiselles Valla. Mais, d'une part, ce bourricot était cabochard et difficile à mener, la route de Saint-Michel semblait bien longue pour une première sortie avec lui. Et, d'autre part, il ne voulait pas mêler Marie-Jeanne à une aventure qui serait sûrement mal jugée par les gens de la commune. Et la bicyclette ? Il ne s'était pas risqué sur ce genre de machine depuis l'école normale. Il lui faudrait un certain temps pour s'aguerrir.

Il emprunta un vélo au maire, pour s'exercer. Il eut beaucoup de peine à tenir dessus. Il avait souvent entendu dire : une fois qu'on sait monter sur une bicyclette, c'est pour la vie. Eh bien, non, lui avait appris et il ne savait plus, il avait oublié. Il réussit enfin à rouler deux cents mètres, puis un vertige le jeta sur le chemin. Il souilla sa veste dans le fumier et déchira son pantalon sur une pierre pointue. Sans parler d'une pédale tordue qu'il redressa tant bien que mal pour rendre la machine.

Il abandonna. Il irait à pied prendre la Galoche. Quelques kilomètres en chemin de fer, et de nouveau une joyeuse marche, en tapant du talon et en serrant les poings pour se préparer à tenir la dragée haute au meunier.

Sa chute l'avait quand même alarmé. Il lui fallait attendre d'être un peu plus solide sur ses jambes pour partir. Et puis il allait apporter de bonnes nouvelles à Colinet, il ne voulait pas paraître devant le garçon avec une mine de papier mâché et l'air sur les genoux. La bonne Marie-Jeanne le suppliait chaque jour.

— Mangez, monsieur Victor, je vous en prie.

Il se forçait, pour lui faire plaisir, et parce qu'il avait besoin de reprendre un peu de sève. Il réussit enfin à avaler un verre de lait, une assiette de potage et quelques cuillerées de fromage blanc.

Marie-Jeanne fut ravie.

— Je crois que vous remontez la pente. Dites-moi ce qui vous fait envie. S'il vous plaît, monsieur Victor, dites-moi…

— Oh, n'importe quoi pourvu qu'il n'y ait pas de farine dedans !

Lui qui avait toujours été un gros mangeur de pain picorait tout juste quelques bouts de mie, rongeait lentement une croûte qu'il ne finissait pas. Mais il allait vers la guérison. Il serait sur pied d'ici une semaine ou deux, à temps pour les dernières semaines de préparation au certificat d'études.

Un soir, à l'école, il essayait de se concentrer sur la rédaction qu'il était en train de corriger. Le gros des élèves avait quitté la classe depuis un moment. Il leva les yeux et observa Paret, Chanal et Gerin, éparpillés au fond de la salle. Les trois candidats au certificat restaient maintenant le soir pour s'entraîner à l'examen. Deux des garçons s'aperçurent qu'il les regardait et sourirent gravement. Il pensa à Colinet. Eux aussi, sans aucun doute. Les élèves espéraient encore le retour du berger. Ou peut-être faisaient-ils semblant… Chanal et Gerin baissèrent vite la tête, mais il avait eu le temps de voir les larmes briller dans les yeux du second. Non, Gerin n'y croyait plus. Et moi, qu'est-ce que j'espère ? Un miracle ?

Il appela Paret à son bureau.

— Paret, géographie. Qu'est-ce qu'une île ?

— Une île est une terre entourée d'eau de tous côtés.

— Bien. Un archipel ?

— Un archipel est un groupe d'îles.

— Bien. Un isthme ?

— Un isthme est une bande de terre qui relie deux autres terres.

— Bien, bien. Un cap ?

— Un cap est une pointe de terre qui s'avance dans la mer. On l'appelle répertoire quand il est élevé.

— Promontoire. Enfin, ce n'est pas mal. Parle-moi du Morvan.

— Le Morvan est situé au nord-est de la Loire. Il comprend les monts de la Côte-d'Or, le plateau de Langres et le corsage vendéen…

— Le corsage ? Le *bocage* vendéen ! Et puis, non, enfin, le bocage vendéen est en Vendée, entre Nantes et La Rochelle. Parle-moi des céréales en France.

— Le blé ou froment croît surtout dans les plaines du Nord, de la Beauce et de la Brie. L'avoine… L'orge…

Victor approuva d'un signe. Paret savait tout des céréales, sans erreur. C'était le meilleur des trois, malgré ses distractions et, en l'absence de Colinet, le seul qui décrocherait peut-être sa peau d'âne.

— Que sais-tu des prairies et des pâturages ?

— Les prairies et pâturages sont les deux mamelles de la France, avec la Bretagne et la Normandie…

Paret était aussi le plus vieux et le plus grand de la classe, et il commençait à courir les filles. Le corsage et les mamelles étaient aussi des indices qui tombaient sous le sens. Victor avait surpris dans la cour des plaisanteries qui ne lui avaient laissé aucun doute.

Le bougre ne pensait qu'aux filles. Mais il était excellent. À condition de faire un peu plus attention à ce qu'il disait, il pouvait réussir, facilement même.

— Y a M'ame Malatray qui veut vous voir…

Victor se leva si brusquement pour recevoir la mairesse que la tête lui tourna. Il s'appuya sur un coin du bureau pour ne pas risquer de piquer du nez vers le plancher. Constance Malatray lui fit signe qu'elle voulait lui parler seule à seul.

— Vous pouvez partir, dit-il aux trois élèves. Tâchez de relire vos dates avant d'aller dormir. À demain.

La reine Constance s'avança, la tête haute, les mains serrées sur son réticule.

— Monsieur Chambost, dit-elle d'une voix un peu sourde, je suis venue m'excuser.

Il lui sourit, croisa son regard. Elle était belle, douce, ou plutôt gracieuse, infiniment courtoise. De quoi voulait-elle donc s'excuser ? Il écouta distraitement ses explications, pleines d'embarras. Il aurait aimé la consoler.

— Je craignais que vous ne fassiez échouer les efforts de mon mari pour convaincre le meunier, dit-elle. Je pensais qu'il réussirait si vous ne le gêniez pas : je l'ai toujours vu réussir ce qu'il entreprend, aussi bien dans ses affaires qu'à la mairie et pour la propriété. Et avec moi aussi… je n'étais pas trop disposée à l'épouser quand je l'ai connu, et il a su me convaincre. La lettre que j'ai portée à la préfecture, il l'avait cachetée et n'avait pas voulu que je la lise, mais j'étais sûre qu'il s'y montrait très persuasif, une fois de plus. J'avais confiance, tout se passerait bien, et Colinet retournerait à l'école et passerait le certificat.

« Puis notre ami de la préfecture a lu la lettre devant moi et il a fait quelques commentaires, sans aucune allusion au cas de Colinet. J'ai demandé : “Et pour l'enfant ?” Notre ami a paru très étonné. “L'enfant ?” Je n'ai pas osé questionner mon mari en rentrant. Oui, j'ai été un peu lâche. J'ai attendu, attendu, et enfin je me suis décidée. Mon mari m'a avoué qu'il n'avait pas mentionné Colinet dans la lettre. Je me suis sentie trahie, mais il m'a dit qu'il ne pouvait pas gaspiller son crédit à la préfecture pour une affaire aussi mineure. N'empêche qu'il m'avait menée en bateau et que j'étais furieuse. Mais j'ai réfléchi et je pense qu'il avait raison. Seulement, vous aviez raison aussi, et c'est pour cela que je suis venue… avec son accord.

— Avec son accord ?

— Je n'ai pas l'habitude d'agir derrière son dos. Je vous présente donc nos excuses à tous les deux.

Elle pleurait pour de bon, maintenant, les larmes tombaient de ses yeux rougis comme des perles de source. Victor en essuya deux du bout des doigts, entre son nez et sa joue.

— Votre mari a eu raison.

Elle le regarda avec reconnaissance.

— Oh, n'est-ce pas ? Je suis si contente de vous l'entendre dire.

Il ajouta : « Comme toujours », en souriant, et elle sourit. Mais il serrait les dents et sa cervelle en plein tohu-bohu tramait des complots ignominieux.

— Eh bien, je vais aller à Saint-Michel cette semaine. Je ne convaincrai sans doute pas le meunier Sigrole d'envoyer son neveu au certificat, mais je tâcherai de rassurer Colinet. J'y ai beaucoup réfléchi. Il n'est pas absolument nécessaire que le gamin retourne à l'école. Il suffirait que le meunier consente à lui donner un jour de liberté pour le certificat. Je ne crois pas qu'il ait oublié tout ce qu'il savait en quelques semaines, et ce qu'il savait dans presque toutes les matières est au-dessus du niveau de l'examen, sauf peut-être en orthographe. Après, il pourrait continuer de travailler seul, sans même que son oncle s'en aperçoive. Il est malin. Naturellement, il aura besoin de livres. Nous pourrons nous organiser, vous et moi, pour lui en procurer. Si toutefois votre mari est d'accord, puisque…

Constance mit un doigt sur la bouche de Victor.

— Chut. Pour une fois, nous n'en parlerons pas à mon mari.

— Ça me convient.

— Ce sera notre secret…

— Notre secret, répéta-t-il tout bas.

— Et Colinet sera un peu notre pupille.

— Vous serez la République, madame. J'aimerais qu'elle vous ressemble !

— Vous choisirez les livres. Je les achèterai. Nous verrons ensemble comment les lui remettre.

Il osa lui prendre la main, la serra entre les siennes.

— Merci. Pour Colinet, pour moi, pour l'école.

27

Il essuya le sable sur ses lèvres ; ce n'était pas du sable, mais des espèces de cristaux qui accompagnaient l'enflure des muqueuses. Il voulut chasser un insecte qui tournait autour de sa tête ; mais le bourdonnement était au fond de son oreille.

— Bon voyage, se dit-il.

Marie-Jeanne le tira par le bras.

— Monsieur Victor, vous êtes trop fatigué pour partir ce matin.

— C'est l'insomnie qui me donne cet air. Il est vrai que j'ai mal dormi cette nuit. Mais je me sens frais comme la rose et le lilas !

— Laissez-moi atteler Pantaléon pour vous emmener au train.

— Mais non, mademoiselle Marie-Jeanne. La descente à la gare me réveillera, et j'ai tout le temps.

Il sourit. Elle le regarda en silence. Les premiers rayons du soleil perçaient la brume ; une belle matinée de printemps s'annonçait. Une alouette chanta, lulutilululu. Victor ajusta à son épaule la musette dans laquelle il avait fourré ses provisions de route.

— En avant, dit-il, ce n'est pas le bout du monde.

Marie-Jeanne essaya encore de le retenir.

— Venez boire quelque chose de chaud. Ça vous donnera…

— Du cœur au ventre. Mais j'en ai à revendre. À revendre !

— Bonne chance. Suivez bien le chemin, évitez les bois et les chirats, ne prenez pas de raccourci.

Il rit encore, de loin, car il avait l'intention de couper court. Il marcha à travers prés et bois, par les sentiers de renards, les landes sauvages, les éboulis de roches appelés chirats, les landes de bruyères ou de buissons, les champs de genêts en fleur.

Il chercha dans son répertoire une rengaine de circonstance. Voyons. *Malbrough s'en va-t-en guerre, mironton, mironton, mirontaine*… Il pensa au pauvre Colinet. Cette chanson-là était un peu trop gaie. *Nous étions vingt ou trente brigands dans une bande*… Mais il se sentait bien seul.

— Heureusement que vous savez chanter, monsieur Victor, et danser aussi, je suppose. – Vous voulez dire que je ne sais rien faire d'autre, n'est-ce pas ? – Eh bien, vous donnez de belles leçons de morale. – Ah, vous trouvez ? Ça me fait plaisir.

Une odeur d'herbe folle flottait sur les prairies épanouies, dans une vapeur légère comme une haleine d'enfant. Le rose des œillets sauvages, l'or doux des fleurs d'arnica, le mauve des scabieuses mouchetaient la nappe blanche des marguerites. L'eau vive chantait dans les fossés et les ruisseaux. Les oiseaux jetaient leurs trilles, de plus en plus vifs à mesure que le soleil montait dans le ciel. Cette allégresse de la nature en fête ne trouvait guère d'écho dans le cœur de Victor, serré par la mélancolie.

Les genêts en fleur couvraient les pentes. Suivant un sentier étroit, Victor entra dans une mer jaune vif, au parfum amer et entêtant. Les branches fleuries passaient au-dessus de sa tête, l'odeur le fit suffoquer.

Il débita, comme s'il parlait dans sa classe :

— Genêt à balai : *Cytisus scoparius*. Eh oui, le genêt est un cytise… Qui l'eût cru ? Toi, Paret ? Toi, Gerin ? Toi, Malatray ?

Il perdit le sentier et traversa un champ de fougères.

— Ah, les fougères du Pilat… ce sont des fougères aigles *(Pteridium aquilinum)* et des fougères mâles *(Polystichum filix)*... mais vous n'êtes pas obligés d'apprendre les noms latins des plantes.

Il se mit à chanter :

Du Pilat, j'aime les fougères
Et ses cascades et ses ravins...

Vint une cascade, puis un ravin.

Victor s'assit sur un tronc couché et but deux ou trois gorgées à la chopine que Marie-Jeanne lui avait préparée. Puis, les coudes sur les genoux, la tête dans les mains, il attendit que le sang cessât de battre à ses tempes, et il respira les parfums de la montagne. Après la pluie, une odeur d'humus mouillé flottait dans le sous-bois, le terrain semblait propice aux champignons…

Il fit glisser sa musette de son épaule. Il emportait pour Colinet une demi-douzaine de livres qu'il avait choisis parmi les siens. D'abord, la grosse arithmétique du cours supérieur de É. Martin, inspecteur primaire, d'autant plus épaisse que c'était un livre du maître, avec les solutions des problèmes. Solutions qui seraient bien utiles à Colinet, s'il était obligé de travailler seul. Victor feuilleta le livre et tomba par hasard sur les mélanges, page 725. Il eut un pincement au cœur.

L'Histoire de l'Europe, 395-1270 comportait autant de pages : pas loin de huit cents. C'était un ouvrage destiné au brevet élémentaire. Victor l'avait choisi parce que Colinet aimait beaucoup cette période, de la Gaule aux croisades. Il avait ajouté, pour le français, les *Lectures courantes* de Jost et Cahen, les *Lectures sur l'histoire naturelle des animaux* de Paul Bert. Et pour les sciences : *Les Éléments de sciences naturelles*, des écoles primaires supérieures, de G. Van Gelder. Il avait joint aux livres de classe deux romans de Jules Verne, *LÉtoile du Sud* et *Un capitaine de quinze ans*. Il voyait bien Colinet lui-même dans le rôle du jeune capitaine…

Manquaient la grammaire et la géographie. D'ailleurs, Colinet savait par cœur ses livres du certificat, en particulier les conjugaisons de tous les verbes de tous les groupes. Un viatique suffisant pour les deux années suivantes. Une révision en grammaire lui suffirait au moment du brevet. Pour la géographie, Victor aviserait, après avoir consulté Mme Malatray.

Il attendit un moment et repartit, s'interdisant de chanter ou de parler tout haut, pour ménager ses forces.

Le sentier descendait assez vivement, entre les sapins et les hêtres mêlés. Il traversa une lande pierreuse, semée de bruyères et de genêts, s'engagea sur un plateau coupé de crevasses, hérissé de rochers ronds ou pointus, et parcouru de broussailles. Après avoir piétiné et trébuché presque un quart d'heure et manqué quatre ou cinq fois se tordre la cheville ou se fouler le genou, il aborda un chirat et le contourna par le bord, avec précaution. Il déboucha sur un terrain encore plus inégal, avec des creux profonds entre les rocs, de petits ravins et quelques arbres ou arbustes, pins rabougris, sorbiers, genévriers, épineux... Il mit encore presque un quart d'heure pour rejoindre le sentier, beaucoup plus bas, puis tourna en rond un moment, à la recherche d'une source. Quelques gorgées d'eau et une compresse fraîche, voilà qui lui ferait du bien.

Il s'aperçut qu'il avait gagné une bonne demi-heure sur son tableau de marche. Heureux présage, se dit-il. Cette avance lui serait bien utile.

Il arriva en vue du moulin Bongros au début de l'après-midi. Il avait mangé, tout en marchant, les provisions de Marie-Jeanne : une épaisse portion de lard entre deux morceaux de pain, et une poire confite. Un bourgeois l'avait pris dans sa voiture, un cabriolet tiré par un cheval au pas vif, et lui avait épargné beaucoup de fatigue. Il avait gagné ainsi une demi-heure de plus. Il pourrait facilement reprendre le train du soir et coucher au canton. Il monterait à Saint-Just de bon matin et arriverait assez tôt pour sa leçon de morale.

Il se sentait de bonne humeur et plutôt confiant.

En fait, deux moulins occupaient le vallon, entre les frênes et les noyers : une grande vieille bâtisse, qui ressemblait à une forteresse, et une autre plus neuve et coquette en aval. Ils étaient situés au bord d'un ruisseau minuscule, mais bien aménagé en biefs et bassins. Un pont enjambait le ruisseau et conduisait à une maison d'habitation, à façade blanche et couverte en ardoise, comme un château. Une même clôture entourait les trois bâtiments. Victor avait questionné une bergère sur son chemin : la maison appartenait bien au meunier Sigrole, propriétaire aussi des deux moulins. Un personnage considérable dans sa commune…

Victor aperçut un commis en train de décharger une charrette dans la cour du grand moulin. Il s'avança de ce côté et demanda M. Bongros.

— N'est pas là, répondit le jeune homme. Vous voulez du son ou du froment ? ajouta-t-il avec un petit rire.

— Je veux lui parler, répondit Victor.

— Vous pouvez peut-être voir sa dame.

Il montra deux femmes occupées à étendre du linge dans un pré, en direction du petit moulin.

— Celle qui pousse la brouette, c'est la servante, ma fiancée. Celle qui a un cotillon rouge à faire enrager tous les taureaux de la commune, c'est la patronne !

Victor remercia pour le renseignement, s'éloigna de quelques pas, puis se retourna.

— Est-ce que vous connaissez Colin Plasson, l'apprenti ?

— Ah, voilà, c'est pour le gosse que vous venez. Vous savez qu'il est le neveu de M. Bongros ? Mais ça l'empêche pas d'être un peu *benayon*. Il arrête pas de faire la *pantomine*, il se tord comme un *veson*, un ver, quoi !

— Oui, il est très souple. Et il se plaît au moulin ?

Le commis haussa les épaules.

— Il est point très volonteux, et ça lui arrive de recevoir une bonne *trivaste* de son oncle.

Une *trivaste* était une correction. Le dressage avait commencé. Victor s'y attendait. Il marcha vers le pré où se tenaient les femmes. Mme Bongros s'avança à sa rencontre. C'était une belle femme blonde, d'une trentaine d'années, grande et bien en chair, les joues roses et du monde au balcon. Elle avança à la rencontre de Victor, un sourire aimable sur sa grande bouche.

— Vous êtes l'instituteur de Saint-Just ? On vous attendait. Le maire nous a dit que vous alliez venir. Je suis Denise Bongros.

Fort avenante, cette dame avait, de plus, l'air d'une personne compréhensive. L'affaire ne s'annonçait pas aussi mal que Victor le craignait.

— Savez-vous que votre neveu était mon meilleur élève ? dit-il. Je comptais le présenter au certificat d'études et peut-être est-ce encore possible, même s'il ne fréquente plus l'école.

— Ah non, il ne fréquente plus l'école, dit la belle meunière. Mon mari n'y tient pas du tout. Nous avons deux garçons et une fille. Si ce n'est pas un fils qui lui succédera, c'est un gendre, et le Colin en saura bien assez pour être ouvrier.

— Mais il aime étudier et je suis sûr que vous ne voudrez pas l'en empêcher. Je lui ai apporté des livres.

Victor montra son bissac, gonflé par les bouquins.

— Venez à la maison, dit-elle. Vous boirez bien quelque chose ? Et vous avez peut-être faim ? Vous êtes venu à pied de Pélussin ? Vous devez être fatigué !

Victor répondit qu'il n'avait pas faim, mais qu'il boirait volontiers un verre.

Par un escalier d'assez belle allure, elle le conduisit au perron, qui dominait le val, puis dans une grande salle, garnie de meubles en merisier et en noyer, avec une pendule comtoise marquée « Pélussin », qui sonna deux coups à son entrée. Le calorifère et la machine à coudre venaient de la Manufacture de Saint-Étienne, ainsi que les deux fusils accrochés à un râtelier, dans le couloir. C'était un intérieur cossu. Trois fenêtres à petits carreaux éclairaient la pièce d'où on apercevait d'un côté la cuisine, de l'autre une petite pièce qui devait être un salon. La fortune des Bongros semblait pouvoir se comparer à celle des Malatray. Sans doute possédaient-ils aussi quelques propriétés agricoles. Dans un sens, Colinet aurait pu tomber plus mal. Il ne mourrait pas de faim dans cette famille, même s'il devait s'y ennuyer à mourir.

Victor disposa les livres en les étalant sur le bord d'une grande table, et la meunière s'approcha pour les examiner.

— Ah, une arithmétique ! Ah, une histoire ! Ah, une science ! Mais je ne sais pas si le Colin pourra étudier tout ça. Il est bien fatigué quand il rentre à la maison et mon mari l'envoie se coucher tout de suite après le repas.

Victor se fit souriant et aimable autant qu'il le put.

— Vous, madame, vous pourriez peut-être convaincre votre mari de lui faire passer son certificat d'études ? Il n'aurait pas besoin d'étudier beaucoup. Une révision lui suffirait... et puis il devrait se rendre à l'examen, bien sûr.

La meunière lui prit son chapeau, lui donna une jolie chaise cannée, lui servit un verre de cidre et s'assit près de lui.

— Mon mari ne va pas tarder à rentrer. Vous lui parlerez et je dirai comme vous... enfin, s'il ne se fâche pas.

— Et s'il se fâche ?

— Oh, quand il est fâché, on n'a plus qu'à se taire !

Victor demanda s'il pouvait voir Colinet en attendant. « Mais oui », dit-elle, et elle envoya sa servante chercher le garçon, qui se montra à la porte cinq minutes plus tard, couvert de farine de la tête aux pieds, les yeux baissés et les mains enfoncées dans les poches d'un pantalon trop long et trop large.

— Mais comment fais-tu pour être aussi sale ! s'exclama la meunière. – Puis elle sourit à Victor. – Remarquez, ce n'est pas sale, c'est de la farine, il n'y a rien de plus propre. Allez, viens dire bonjour à M. le maître.

Colinet s'avança d'un pas. Deux chiens efflanqués se pressaient contre ses jambes pour lui faire fête, une chienne épagneule, jaune et blanc, avec beaucoup de blanc boueux, et un corniaud grisâtre aux yeux brillants sous des poils ébouriffés. La meunière les chassa de la salle en criant leur nom, Tite et Gone.

Colinet leva la tête et fixa longuement Victor.

— Bonjour, m'sieur. Qu'est-ce que... vous êtes venu me...

Il guettait sa patronne. Peut-être n'osait-il pas parler devant elle. Et il se raidissait pour ne montrer aucune émotion.

— Qu'est-ce que vous voulez ? demanda-t-il d'une voix étranglée.

Victor lisait dans ses yeux sa vraie question : Êtes-vous venu me chercher ? Il devait répondre avec la plus grande prudence.

— Je suis venu te dire bonjour et t'apporter des livres...

— Ah ?

Ah, seulement ça !

— Et puis je voulais te dire : pour la mort de ta pauvre maman, nous avons beaucoup pensé à toi. Toute l'école partage ta peine.

Après un nouveau regard à la meunière, l'enfant se décida.

— Vous allez m'emmener, m'sieur ?

Mme Bongros gronda Colinet sur un ton bon enfant.

— Mais, Colin, tu n'y penses pas. Ton oncle a trop besoin de toi au moulin. Et puis tu auras tes livres… Remercie le maître, s'il te plaît.

Colinet commença à se dandiner et la patronne, soudain alarmée, s'écria :

— Ah non, je te prie, ne te mets pas à faire la toupie !

Colinet s'approcha de la table, posa la main sur la grosse arithmétique.

— Je peux les emporter ?

— Certes pas au moulin, mon garçon. Pour les couvrir de farine… Tu les trouveras ici et tu demanderas à ton oncle la permission de monter dans ta chambre ceux que tu voudras étudier.

Mais la permission sera-t-elle accordée ? pensa Victor. Colinet le fixa d'un air de reproche.

— Vous m'avez pas apporté mon cahier de brouillon ?

— Non. Je ne l'ai pas vu dans ton pupitre.

— Je l'avais prêté à Paret. Peut-être qu'il a oublié de le remettre.

— Veux-tu que je te l'envoie si je le retrouve ?

— Non, c'est pas la peine. J'en ai un autre…

Il tourna les talons, jeta un « Merci m'sieur », assez brusque, où Victor soupçonna une pointe de rancune. Sur le pas de la porte, il marmonna « Au revoir », sans ajouter « monsieur ». Peut-être s'adressait-il en même temps à la meunière. Puis il s'arrêta une seconde, et Victor crut qu'il allait revenir ; mais sa tante le poussa dehors gentiment. Victor eut envie de rattraper le gamin pour le consoler et l'encourager de quelques mots. Il s'interdit ce geste pour ne pas montrer un attachement personnel à Colinet, qui aurait pu choquer la meunière et, la mort dans l'âme, il laissa partir l'enfant. Mme Bongros revint s'asseoir près de Victor. « Beauseigne ! » dit-elle. Victor hocha la tête. Cette exclamation exprime un mélange de tendresse et de pitié bien difficile à traduire en français. Elle devait aimer son neveu, à sa façon un peu molle ; elle s'attendrissait sans doute sur son malheur. Ses sentiments lui donneraient-ils la force de tenir tête à son mari ? Victor ne le croyait pas. Mais il espérait qu'elle saurait aider Colinet par une de ces ruses du cœur que les femmes pratiquent aisément. Pouvait-il encore compter sur une décision favorable du meunier au sujet du certificat ? Il n'espérait plus guère. Après tout, tant pis pour le certificat. L'essentiel, c'étaient les livres. Que le meunier ne les confisque pas !

Victor sourit à la belle Denise et lui demanda un peu plus de cidre. Leurs regards se croisèrent ; elle baissa les yeux sur sa main et lui sourit.

— Vous n'êtes pas marié ?

— Non, pas encore. J'y pense.

Il était presque sûr de l'avoir amadouée, mais il ne comptait pas trop sur son soutien, et ce serait plus difficile pour le meunier… Elle le lorgnait avec un mélange d'innocence et d'impudence, qui n'avait pas de nom en français ni en patois. Pouvait-il exploiter de quelque façon l'attirance qu'elle montrait pour lui ? Il se sentit rougir et regretta un instant de ne pas habiter le voisinage. Il aurait pu la séduire, pour le salut de Colinet. Mais c'eût été bien imprudent, et la morale qu'il enseignait le lui interdisait formellement. Elle interdisait tout, d'ailleurs, ou presque. Il était obligé d'en convenir.

Il voulait au mieux persuader ces gens de laisser leur neveu et apprenti retourner à l'école jusqu'au certificat. Mais s'ils lui permettaient de se présenter à l'examen sans être retourné à l'école, ce serait déjà bien. Alors, il aurait besoin des livres de classe que Victor lui apportait. Et encore plus dans le pire des cas, s'ils lui refusaient le certificat et qu'il dût continuer d'étudier seul !

Oui, persuader les Bongros… Mais comment ? Que répondraient les maîtres à penser de l'école, les Payot, Pécaut, Lavisse, etc., s'il pouvait leur demander conseil ? « Mon ami, vous n'avez qu'à démontrer à votre meunier la nécessité et la grandeur de l'instruction, comme on le fait très bien avec les indigènes d'Afrique. » Certes, mais en Afrique, les agents de la République ont aussi le bâton, et ils n'hésitent pas à s'en servir !

S'imposer au meunier par son autorité personnelle, il ne le pouvait pas, car sa fonction ne lui donnait aucun pouvoir, aucun prestige, du moins en France. Il essaierait donc de le convaincre à sa façon, par la raison et la passion, par la flatterie si nécessaire. Et de tout son cœur.

Un bruit de roues sur le pavé de la cour, un hennissement et des cris annoncèrent l'arrivée d'une voiture. Le maître rentrait au logis, à grand fracas. La meunière pâlit, se leva brusquement avec un sourire d'excuse pour Victor et se précipita à la rencontre de son mari. Victor s'approcha de la machine à coudre à pédale, de marque « Omnia », installée devant une fenêtre, l'étudia et en évalua le prix. Entre cent cinquante et deux cents francs… bien trop cher pour une institutrice.

Le moment qu'il attendait et redoutait depuis longtemps était arrivé. Il respira longuement et se concentra sur une seule idée : Reste calme et digne, maîtrise-toi.

Le meunier entra, suivi de sa femme. C'était un grand et fort bonhomme, en bras de chemise, large d'épaules, mais un peu court sur jambes, et son ventre poussiéreux débordait de sa ceinture de flanelle et de son gilet. Ses petits yeux très vifs roulaient au milieu d'une face ronde, légèrement congestionnée. Il souleva discrètement sa casquette, sans l'ôter, pour saluer Victor, et s'approcha en se dandinant.

— Ah, c'est vous, le maître d'école ? Bon, je ne vous chasse pas, mais j'ai rien à vous dire, au sujet de mon neveu. Il est au moulin et content de son sort. Un peu *tétariot* et *tâteminette*, mais il va tâcher moyen de s'y mettre, ou gare à lui !

Victor traduisit : tétariot, têtu ; tâteminette, hésitant et maladroit. Le meunier lui serra la main en lui secouant le bras comme pour l'arracher. Victor se raidit et tint bon. Il n'avait sûrement pas la force du meunier Sigrole, mais il n'était pas non plus un freluquet. L'autre n'insista pas.

Il se versa un verre de cidre, sans voir celui de Victor. Il but d'un trait et grommela :

— Ma femme a dû vous dire que le Colin n'a pas besoin de son certificat. Voilà ce qu'on pense. La peau d'âne ça rend les gosses fainéants et bons à rien. Ils se croient et ils veulent plus rien foutre de leurs mains. Et puis ça sert à quoi ? Même s'il pouvait être instituteur avec son certificat, mais c'est pas le cas, hein ?

Le meunier se planta devant Victor, roula les épaules, gonfla le torse, fit un moulinet du bras. C'était cette façon de se *sigroler* qui lui avait valu son surnom.

— Dites-moi, qu'est-ce que vous gagnez, vous, avec vos diplômes, le brevet ou je sais pas quoi ? Les instituteurs sont tous des marquis de la bourse plate !

La petite voix pointue et plaintive qui sortait de ce grand corps était assez comique.

— Douze cents, quinze cents francs ? La misère dorée, quoi…

Victor se sentit pris en traître. Il serra les dents, se força au silence. Si je réponds, ce type serait capable de se venger sur le gosse… ou sur les livres. Le meunier insista.

— Vous êtes venu à pied, hein ? Vous n'avez même pas de bicyclette !

Blessé, Victor voulut se défendre.

— Je suis chasseur, dit-il. Si je n'ai pas de bicyclette, c'est que j'ai choisi d'acheter un fusil !

— Un bon point pour vous.

Il jubilait. Un bon point au maître d'école, ha, ha ! Il en devenait presque aimable.

— Je vais vous dire, monsieur. Si vous pouviez me promettre que le Colin, en allant aux écoles, il pourrait devenir maître et gagner dans les quatre mille francs par an, un salaire honnête, alors peut-être ben que je vous dirais : Emmenez-le, monsieur, emmenez-le !

— Mais je vous le promets, s'écria Victor. En allant aux écoles, votre neveu pourrait devenir ingénieur et gagner vos quatre mille francs…

Le meunier fit mine de rire très fort et se plia, la main sur le cœur.

— Ha, ha, ha, ingénieur, le Colin, ce grand couillon ! Il ferait casser toutes les machines du département ! Et moi, il faudrait que je l'entretienne jusqu'à des vingt ans ? Y comptez pas !

— On ne vous en demande pas tant. Il pourrait avoir une bourse.

— Ha, ha, une bourse. Ferait beau qu'on mendie au gouvernement, pas de bourse…

Ils s'observèrent, encore adversaires, mais plus tout à fait ennemis. Du moins, c'était l'impression de Victor. Le meunier soufflait, les larmes aux yeux à force d'avoir ri, et Victor souriait, un peu raide, les mains derrière le dos. Le meunier lui donna une tape sur l'épaule.

— Ah, je suis content que vous soyez venu, quand même.

— Je vous confie les livres, dit Victor Faites pour le mieux. Réfléchissez…

— Ah, pour sûr, qu'on va réfléchir !

La meunière servit du cidre et se débrouilla pour envoyer un signe à Victor, l'air de dire : Vous voyez, ça s'arrange. Ils prirent place chacun d'un côté de la table. Bongros leva son verre.

— Je peux pas lui donner plus d'une demi-heure de bougie pour étudier, le soir. Enfin, les jours grandissent. Bientôt, il y verra sans lumière. Mais pour le certificat, je me demande. Vous croyez vraiment que ça en vaut la peine ?

Trop beau pour être vrai ! pensa Victor. Allons doucement. Il ne répondit pas tout de suite. Le meunier regarda sa femme.

— Et toi, Nisou, qu'est-ce que tu en dis ?

— J'en dis qu'on peut bien l'y envoyer. C'est pas ce que ça va coûter.

— Mais après ? S'il l'a pas, on sera la risée de la commune. Et s'il l'a, il voudra plus être apprenti au moulin…

Victor sortit de sa poche de veste une feuille de cahier sur laquelle il avait inscrit son nom et son adresse.

— Vous déciderez à tête reposée. Mme Bongros pourra m'écrire.

Victor se crut à ce moment très près de la victoire. Mais le meunier secoua la tête et rendit la feuille.

— Je garde les livres, mais pour le certificat, c'est non. Si jamais il l'avait, je pourrais plus rien en faire. Et puis votre certificat, c'est une imbécillité. Rien que de la poudre aux yeux. On devrait le supprimer, sûr qu'on y viendra. Vous rendez pas service aux élèves que vous présentez…

Il se leva.

— Allez, sans rancune. Le gamin vous écrira, si ça lui chante.

Il tendit la main à Victor comme s'il lui donnait un bon de soupe. Victor s'en alla tête haute, d'un bon pas, pour sauver l'honneur ; mais il se sentait épuisé par l'intensité de la discussion. Après deux ou trois cents mètres, il s'arrêta et s'assit au pied d'un arbre. Il ne savait pas s'il avait subi un revers provisoire ou une défaite sans appel, bien qu'honorable. Il décida qu'on pouvait encore espérer. Pardonne-moi, Colinet, si je n'ai pu faire mieux. Ces livres t'aideront en attendant. Rien n'est perdu.

28

Le facteur Déperdussin secoua l'enveloppe d'un geste de dégoût.

— C'est pas une bien propre lettre pour un instituteur. Peut-être un ancien élève qui vous écrit, il a dû la tomber dans la confiture. Enfin, je vous la donne comme elle est. Seulement, voilà, faut me payer le timbre, vu qu'y manque. Ça fait vingt centimes !

Victor prit l'enveloppe découpée dans un morceau de papier d'emballage et collée à l'œuf. Le nom et l'adresse, à l'encre bleue, occupaient toute la surface et un jambage débordait sur la droite.

Meussieu Chambeau
mètre décole Sint Jus Larohe Loire

— Ils ont bien besoin d'être malins pour deviner, à la poste, dit le facteur, la main tendue.

Victor versa les pièces dans sa paume et s'en alla poser le courrier sur son bureau : le numéro de *L'École nouvelle* de la semaine, une lettre de la Manufacture de Saint-Étienne, un courrier de l'Administration, une carte postale de sa belle-sœur, Justine, qui avait fait un voyage à Lyon. Et l'enveloppe en papier d'emballage, adressée au « mètre décole »… Il attendait toujours midi pour ouvrir son courrier, mais il eut envie de faire une exception. Cette lettre le mettait mal à l'aise ; elle ne pouvait rien apporter de bon.

Il chercha son coupe-papier, puis renonça. Quel que fût le contenu de l'enveloppe, il préférait être seul pour en prendre connaissance. Midi venu, il posa la lettre devant lui et essaya de déchiffrer le cachet de la poste ; l'encre avait bavé sur ce mauvais papier, et le nom du bureau d'expédition restait illisible. Son coupe-papier n'était pas assez tranchant ; il sortit son couteau de chasse.

Enfin, il déplia une demi-page de cahier, déchirée sans soin, barrée par trois lignes d'une écriture si malhabile qu'on pouvait la soupçonner d'être contrefaite. Il lut :

Meussieu Chambeau insititeur a lécole dé garsson
LÉ CHIIN SON MORRE sé bien fé recevé mes
ressepétueuse vottre éléve Coliné

Victor tint longtemps la misérable feuille dans ses mains qui tremblaient. Il se souvint du chagrin de Colinet à la lecture de *Sans famille*. Le gamin se retenait de sangloter. « C'était Dolce et Zerbino. Ils ont juste trouvé les traces des loups et une traînée de sang, les loups les ont tués et les ont emportés pour les manger ! »

Lé chiin son morre… Que voulait-il dire ? Il avait écrit comme un cochon et fait une faute à chaque mot, de rage, par vengeance ou comme appel au secours. Ce message était peut-être un appel au secours.

Pour savoir la vérité, Victor devrait retourner à Saint-Michel.

On était lundi. Il irait jeudi prochain, dans trois jours.

Il s'approcha distraitement du banc de Colinet, glissa la main sous son pupitre. Le cahier de brouillon y était bien. Il avait perdu sa couverture et beaucoup de pages étaient cornées. Ou Victor avait mal cherché, ou Paret avait remis plus tard le cahier prêté par Colinet. « Je le lui porterai jeudi, en m'excusant », dit-il à mi-voix.

Il le feuilleta d'un doigt léger. Il vit soudain, vers la fin, deux pages d'une écriture serrée : quelque chose qui ressemblait à une rédaction. C'en était une. Victor lut le sujet et fronça les sourcils. Un sujet qu'il n'avait pas donné : *La vie d'un Âne racontée par Lui-Même*. Il ne s'étonna pas trop. Colinet avait l'habitude de rédiger, plus ou moins secrètement, des compositions de son cru.

Il lut, sourire aux lèvres, mais le cœur un peu lourd.

« J'aime tous les animaux, des vaches aux oiseaux, même les oiseaux de basse-cour, et les chevaux et les chiens. Mes préférés sont les ânes. Pauvres ânes, on les fait travailler plus que leurs forces et après on les frappe. Ils sont souvent couverts de plaies, et les mouches viennent les tourmenter. On dit qu'ils sont bêtes, c'est même une façon de parler : bête comme un âne. En classe, il y a aussi le bonnet d'âne. On oblige les mauvais élèves à le porter. Je l'ai eu du temps de l'ancien maître.

« Alors, supposons que je sois un âne et que je sache écrire (un âne ne pourrait pas écrire ni parler, mais tant pis). Je raconte ma vie, c'est très intéressant.

« Il faut dire que je suis maintenant très vieux, infirme et pelé. J'en ai vu des choses !

« Je suis né dans une riche propriété de la plaine du Forez. On m'a baptisé Nestor. Les patrons avaient beaucoup d'argent, des chevaux, des vaches, des bœufs, et ma mère, l'ânesse Mimi, n'était pas obligée de travailler. Quand j'étais un petit ânon, elle m'a nourri de son lait. C'est fameux, le lait d'ânesse ! Bientôt, le printemps est arrivé, je courais et sautais dans un joli pré, émaillé de fleurs. Quelquefois, la maîtresse m'attelait à une petite charrette pour se promener, c'était un plaisir, pas un travail. Les enfants me caressaient, jouaient avec moi, je m'amusais beaucoup. Ils m'ont appris à crier hi-han à leur signal. Tout le monde m'aimait bien. J'ai grandi, j'étais très fort, mais je ne travaillais pas.

« Quand j'ai eu trois ans, mes maîtres m'ont vendu à un châtelain. J'étais un peu triste de quitter ma maman, mais elle m'a dit en langage âne : "Tu es maintenant un grand garçon, tu n'as plus besoin de ta mère. Je te souhaite d'être très heureux dans ta nouvelle vie." Chez mon nouveau maître, je m'occupais des enfants qui étaient très nombreux et très gentils. Ce n'était pas du travail, je ne faisais que jouer. J'étais logé près des chevaux, qui ne me méprisaient pas et me parlaient de temps en temps. (Les ânes comprennent bien la langue des chevaux, les chevaux moins bien celle des ânes…) J'étais nourri comme un roi, et j'avais même un champ de chardon pour moi tout seul. Et puis les enfants ont grandi, ils n'avaient plus besoin de moi, et on m'a vendu à des paysans qui m'ont appris le travail à coup de trique. Ç'a été dur, j'ai cru que ma peau ne résisterait pas au fouet et au bâton. À l'âge de cent ans que j'ai maintenant, je porte encore de vilaines traces de leurs coups. C'est surtout la femme qui me faisait porter des charges trop lourdes et me battait parce que je n'avançais pas assez vite…

« Mais les coups, ce n'était pas grand-chose. Je souffrais bien plus de mon chagrin et de tous les regrets qui m'emplissaient le cœur. Je songeais à ma mère, qui devait être vieille maintenant. Je me demandais si elle ne m'avait pas oublié. Et je me rappelais les jours heureux passés au château avec les enfants qui m'aimaient. Quelqu'un m'aimait-il encore ? Personne ne me parlait plus, sauf mes maîtres pour me crier dessus. J'étais très malheureux, mais je gardais espoir… »

La rédaction s'arrêtait là. Inachevée, peut-être à jamais. On n'avait pas souvent lu au certificat d'études une composition aussi vivante, joliment écrite et presque sans fautes. Mais Colinet n'aurait pas eu le temps de finir ; peut-être n'aurait-il pas su. Et les correcteurs auraient sans doute jugé sa narration trop légère, pas assez académique !

C'est quand même bien, songea Victor, plus touché qu'il ne voulait en convenir. Si ce gamin pouvait aller au brevet élémentaire, il nous écrirait sûrement des choses étonnantes !

L'après-midi fut très morose. Victor ne parla aux élèves ni de la lettre mystérieuse ni du cahier de brouillon retrouvé, avec les Mémoires d'un âne, version Colinet.

Il rentra à La Chaux-de-Grange aussitôt après la sortie, remettant au soir la préparation de la classe du lendemain. Il pensa qu'une marche de une heure ou deux dans la campagne lui rendrait un peu de courage. Il songea un moment à se mettre en congé le mercredi pour aller à Saint-Michel un jour plus tôt. Mais ce serait très mal jugé par le maire et les parents, et à quoi servirait de gagner un jour ?

Miraut le suivit dans les bois, toujours content et joyeux, et sur le sentier qui grimpait entre les bois, au couvert frais et ombreux. Les fleurs de châtaignier hérissaient leurs bouquets chevelus, petites pieuvres aux doigts d'or qui éclairaient la forêt, déjà en livrée d'été. Mais Victor ne trouva guère de consolation dans la splendeur de la nature.

Et puis ce chien qui courait en tous sens, sautait après les papillons, jappait aux oiseaux, était décidément trop sot !

— Mon pauvre Miraut, dit-il à voix haute, il en faudrait cent ou mille comme toi pour faire la cervelle d'un âne !

Et le cabot, tout heureux d'entendre sa voix, lui lécha les mains et lui fit fête à sa façon. Victor s'assit sur le bord d'un talus pour examiner une fois de plus la lettre de Coli-net. Miraut crut que c'était un jeu et faillit lui arracher la feuille de papier. Il dut le repousser d'un coup de coude dans les côtes.

... recevé mes ressepétueuse vottre éléve Coliné

Il se fiche complètement de moi ou il avait la fièvre. Ou il avait reçu un coup sur la tête !

Non, aucun doute : c'est une façon de se venger, de me dire qu'il ne me pardonne pas de l'avoir abandonné au meunier. Victor replia la lettre et la fourra dans sa poche. Quand il voulut se relever, il accrocha de la pointe du pied une racine de bruyère et s'étala de tout son long, si complètement qu'il ne put s'empêcher de rire. Et Miraut, à l'unisson, jappa gaiement.

— Ah, ça t'amuse, toi ? Moi aussi, vois-tu !

Il croyait avoir surmonté sa fatigue depuis son retour de Saint-Michel. Mais non, il avait encore des moments de faiblesse pendant lesquels ses jambes ne le portaient plus et des éblouissements qui lui faisaient tourner la tête. Il se releva sans précipitation, en contrôlant la sûreté de ses gestes. Tout allait bien.

— Et ce n'est pas ça qui t'empêchera de descendre chez le meunier jeudi avant l'aube ! dit-il à haute voix.

Pourtant, il n'avait plus le cœur à la promenade. En rentrant à La Chaux-de-Grange, il aperçut Marie-Jeanne qui revenait de faner, son râteau sur l'épaule. La sueur collait des brindilles de foin à ses cheveux qui sortaient de sous son foulard. Des gouttes brillantes glissaient le long de son nez et sur ses joues rougies. Elle fredonnait un air qu'il ne reconnut pas. Elle était de bonne humeur et charmante, ainsi. Elle lui fit signe de la rejoindre.

— Je meurs de faim. Pas vous ?

Il faillit répondre non. Mais l'appétit lui tira soudain l'estomac.

— Moi aussi.

Deux fois, ce soir-là, il porta la main à sa poche de veste, prêt à tirer la lettre de Colinet pour la montrer à Marie-Jeanne : d'abord en arrivant à la maison, puis à table, à la fin du repas. Il avait une envie presque irrésistible de partager son inquiétude. Mais il résista. Il savait que Marie-Jeanne n'aimait pas Colinet. Il craignait une réaction moqueuse. Et puis son anxiété était trop intime. Il souhaitait la partager, mais pas avec elle, ni – il y songea soudain – avec le maire et sa femme.

Deux fois, il suspendit son geste et renonça.

Il se referma sur son secret et se réfugia dans sa chambre. La fatigue lui tomba de nouveau sur les épaules, il eut beaucoup de peine à se concentrer sur son travail.

Enfin, las d'osciller entre l'espoir et la crainte, il s'abandonna à la fatalité et s'endormit.

29

Victor s'avança à la rencontre de la visiteuse.

— Mademoiselle Gilbert, quelle surprise !

On était mardi, à la fin de l'après-midi. Elle posa son ombrelle, lui tendit une main gantée qu'il manqua. Elle insista, refit le geste, chercha ses doigts.

— Bonjour, monsieur…

Elle ajouta avec un rire malicieux : « … et cher collègue. »

Il l'admira, dans sa robe gris souris, presque printanière, la nuance la plus vive que pût se permettre une institutrice au mois de mai. Elle portait un chapeau plat, d'un gris plus foncé, orné d'un simple ruban et d'une fleur bleue, unique, qui ressemblait à une anémone. En retour, elle le scruta deux secondes, de ses yeux dorés, étirés et à peine plissés par un sourire moqueur. Elle se déganta. Il baissa les yeux sur ses doigts. Elle parut gênée, soudain, elle eut un geste pour cacher ses mains. Son chapeau dégageait son chignon, qui laissait libres quelques boucles, d'une couleur indécise, entre brun clair et châtain-roux. Elle n'était ni tout à fait brune, ni tout à fait rousse, et bien plus que châtain. Acajou peut-être.

Il admira, presque malgré lui, son visage long, aux angles vifs mais d'une harmonie sans égale, son front bombé, sa bouche large, ses pommettes hautes sur les joues plutôt creuses, son petit nez retroussé d'un millimètre, comme il fallait pour exprimer une câline impertinence… Il huma son parfum, rose, menthe, et quelque chose de secret, presque animal. Le décor se mit à danser une sarabande de fête foraine. La classe se balança en tous sens, comme une cage d'oiseau dans le vent fou, emportant Mlle Gilbert à travers cieux. Il vacilla et dut s'appuyer à une table. Elle le regarda s'asseoir sur un banc d'élève et sortit de la poche de sa robe un mouchoir parfumé qu'elle lui tendit.

— Vous avez l'air fatigué, mon ami.

Il porta la main à sa tête, leurs doigts se touchèrent.

— Pardonnez-moi, dit-il, je suis un peu surmené en ce moment.

— Le certificat, bien sûr ? Je sais. Je suis venue voir si…

Elle n'acheva pas sa phrase ou bien il n'entendit pas la fin. Il se laissa aller, le corps amolli et le cœur défaillant. D'un effort extrême, il échappa à la fascination et retomba dans son assiette comme un chat retombe sur ses quatre pattes, mais un peu plus lourdement. La visiteuse du soir, aux grands yeux et aux cheveux acajou, n'était que sa collègue, cette pimbêche qui se poussait du col. Ses grands yeux ? Si elle écarquillait à ce point les quinquets, c'est qu'elle était myope et trop prétentieuse pour porter des lunettes !

Il répéta, sur un ton d'ironie, les mots que Mlle Gilbert avait prononcés un moment plus tôt.

— Le certificat, bien sûr. Mes candidats ne sont pas aussi prêts que je le souhaiterais, mais nous avançons à pas de géant.

Il s'esclaffa, elle l'imita, avec un grand rire généreux.

— Nous aussi, nous avançons à pas de géant, ha, ha !

Son rire semblait une musique de vogue, de fête au village, au son des vielles et des tambourins. Comme beaucoup d'institutrices, elle avait pris dès l'école normale l'habitude de cacher ses vrais sentiments sous un masque d'insolence, d'étaler la supériorité attachée à sa fonction. Mais là, elle laissait soudain s'exhaler un bonheur de vivre longtemps refréné ; elle s'abandonnait à sa nature, pleine de chaleur et d'impétuosité.

Elle eût été bonne fille, sans ce métier qui la tenait comme un corset trop serré, étouffait en elle l'abandon, la pétulance, la féminité ! songea Victor avec amertume. Mlle Gilbert reprit son sérieux en une seconde ; mais une lumière resta dans ses yeux, un regret peut-être. Elle enfila un gant, comme si elle se préparait à partir. Il eut un pincement au cœur, il chercha vite un moyen de la retenir.

— J'ai des cerises à l'eau-de-vie. Puis-je vous en offrir ?

À sa grande surprise, elle accepta, avec une moue de gourmandise.

— Une ou deux, et même trois, si votre bonté est grande.

Il la fit entrer dans la pièce principale de son logement, expliqua qu'il n'avait pas eu encore le temps d'emménager. Elle acquiesça d'un signe de tête.

— À cause du certificat, je comprends.

Une table, une chaise, un banc et le placard mural qu'il ouvrit pour prendre le bocal de cerises et deux verres. L'odeur du bois neuf et de la peinture n'était pas encore tout à fait dissipée ; la lumière entrait à la brassée par les deux fenêtres grandes ouvertes. Mlle Gilbert huma l'air, observa le plafond, l'escalier, le couloir.

— Vous allez passer des heures bien agréables à consulter le catalogue de la Manufacture, pour garnir votre logement. Que d'espace, que de lumière !

Victor offrit l'unique chaise à sa visiteuse, s'assit à califourchon sur le banc.

— Mon traitement, pas plus que le vôtre, ne me permettra de faire des folies. Il me faudrait dix ans pour meubler la maison d'école… si je restais ici.

— J'ai remarqué que vous n'aviez pas de bicyclette. Je suppose que vous avez des économies.

Tu es bien indiscrète, songea Victor. Mais il lui sembla qu'ils avaient échangé par lettres beaucoup de confidences et qu'il n'avait plus rien à lui cacher. Il répondit en toute franchise, non sans plaisir.

— J'ai mis un peu d'argent de côté à l'époque où je pensais partir aux colonies. J'ai renoncé à cette aventure, qui me paraît trop incertaine. Je compte aussi vendre mon fusil. J'achèterai une bicyclette cette année même.

— Vous avez raison au sujet des colonies. Je crois que la France a libéré les indigènes de l'esclavage, elle tâche de les instruire, de les soigner, d'éliminer les épidémies, de leur apprendre l'agriculture… Mais ceux qui représentent notre pays, ou du moins certains d'entre eux, font aussi beaucoup de mal. Au mieux, ils traitent les indigènes comme des enfants privés de raison. Au pis, comme des bêtes de somme ou comme des animaux nuisibles, que l'on tue pour un rien.

Il lui servit les cerises à l'eau-de-vie, deux, trois, quatre.

— Un peu de goutte ?

Elle accepta une bonne rasade d'eau-de-vie à l'odeur forte.

— Je pense comme vous, dit-il.

— Je suppose que beaucoup de collègues partagent cette opinion.

— Non, pas beaucoup. Les anarchistes, quelques syndicalistes…

— Eh bien, soyons anarchistes.

— Non, s'écria Victor, c'est impossible !

Il rougit de s'être laissé emporter.

— Je crains que les anarchistes ne soient des ennemis de la République.

Elle changea de sujet brusquement, et de ton en même temps.

— Le maire a construit cette nouvelle maison d'école pour un couple d'instituteurs, et je suis sûre qu'il a prévu des chambres d'enfant. Dommage que vous soyez célibataire. Tut, tut, ne voyez là aucune intention !

— Mais je n'en vois pas, dit Victor sur un ton suave. Oui, M. Malatray ne se cache pas de vouloir réunir l'école des garçons et l'école des filles. Après mon départ, sans doute.

— Et le mien. Et il rêve d'avoir deux classes mixtes. Le progrès l'exige, à ce qu'on prétend.

— M. Malatray est bien trop raisonnable pour heurter de front ses administrés. Il se contentera des deux écoles séparées, chacune d'un côté de la mairie. Je ne crois pas que les écoles mixtes se généralisent avant dix ans, ou peut-être vingt.

Elle se dressa soudain, entre passion et indignation.

— Tant mieux. Je n'accepterai jamais d'être déléguée aux bambins dans une école mixte. Pas plus que d'être confinée aux casseroles, en épousant un monsieur qui se voudra mon directeur et empochera les succès au certificat !

Elle goba une cerise, il en suça une qui lui piqua la gorge ; il se retint de tousser. Il ressentait une vraie joie de ce bavardage à bâtons rompus. Il n'apprenait rien des sentiments et opinions de sa collègue, mais il aimait entendre sa voix chaude, mêlant espièglerie, connivence et entêtement.

Pourtant, il se doutait bien qu'il avait en face de lui deux Émilie Gilbert : celle-ci jouait la pantomime, semblait faussement s'abandonner ; celle-là faisait la part du feu mais gardait son secret. La vraie, si elle existait, il ne la connaîtrait jamais ; il le regretta une seconde. Il avoua qu'il se sentait partagé, à propos des écoles mixtes. Il croyait que la présence de filles dans une classe eût assagi les garçons et, peut-être, leur eût mis du plomb dans la tête.

— Et vous êtes-vous demandé ce que la compagnie des garçons ferait aux filles ?

Il secoua la tête, mal à l'aise ; il se serait amusé bien plus s'il avait eu des filles dans sa classe, mais il n'osait le reconnaître. Il n'était pas là pour s'amuser.

— Je suis très maladroit avec les bambins, or ce sont eux qui ont le plus besoin du maître, dit-il.

— Apprenez à vous occuper des petits.

Elle se radoucit aussitôt.

— Excusez-moi…

Elle fit mine de se lever, puis joua un instant avec son verre vide. Victor puisa trois cerises dans son bocal. Elle le regarda d'un air rêveur.

— Je suppose que vous avez demandé votre changement et qu'on ne vous reverra pas à la rentrée ?

— Je reste au moins une année de plus. Je verrai l'an prochain. Je crois que je fais du bon travail ici…

Mais la montagne, ce n'est pas très drôle quand on est célibataire. N'est-ce pas ?

Elle approuva d'un signe. « N'est-ce pas ? » Il se leva.

— Je voudrais vous montrer quelque chose.

Il fit quelques pas vers le couloir de la classe, puis s'arrêta et se mit à fouiller ses poches avec des gestes fébriles.

— Je dois avoir cette lettre sur moi…

Elle l'observait d'un air inquiet.

— Une lettre ?

— La voilà. Elle est de Colinet, le petit berger que j'espérais conduire au certificat. Vous avez peut-être entendu son histoire ?

— Oui, mes élèves m'ont raconté. Après la mort de sa mère, le petit Colin s'est retrouvé sous la tutelle d'un oncle meunier…

Elle prit la lettre qu'elle essaya d'abord de lire à distance normale, puis qu'elle dut rapprocher de ses yeux. Il eut une seconde de jubilation fielleuse. Oui, elle était myope, comme il l'avait supposé. Puis il s'en voulut de cet enfantillage.

Elle suivit les lignes du bout de l'index.

— Naturellement, il a fait exprès d'accumuler les fautes d'orthographe. Mais il s'est dénoncé en traçant les capitales avec une certaine habileté. Et pour les fautes mêmes, il s'est montré assez ingénieux. Les chiens sont morts… Que veut-il dire ?

— Il a lu *Sans famille*. Vous vous souvenez peut-être, vers la moitié du premier volume, Zerbino et Dolce, les chiens de Vitalis, sont dévorés par les loups. Colinet a été très frappé par cet épisode. Il a même commencé d'écrire une histoire où Zerbino et Dolce échappaient aux loups…

Victor entreprit de raconter la passion de Colinet pour le roman d'Hector Malot, l'aventure des saltimbanques et comment le petit berger s'identifiait aux héros de toutes les histoires qu'il lisait, à l'école ou chez ses maîtres, la nuit à la chandelle, ne sachant plus, à la fin, la différence entre la réalité et les contes.

— Je l'ai vu chez son oncle. Les chiens de la maison étaient déjà ses amis. Laissez-moi me rappeler leur nom… Gone et Tite, je crois.

Il essuya d'un revers de main la sueur sur son front. Mlle Gilbert demanda des explications, exigea plus de détails, regarda de nouveau la lettre mystérieuse. Puis elle tourna les yeux vers Victor. Il la sentit soudain très proche, perplexe, pensive, et il se demanda si elle ne jouait pas trop bien la comédie.

Le soir était venu. Le soleil qui se couchait entre deux crêts pointa ses rayons sur son visage. L'émotion pinça la gorge de Victor, comme une pointe d'angine. Il se houspilla. Tu ne vas pas t'embéguiner de cette fille qui a vécu, qui te méprise, cette maîtresse d'école que tu n'épouserais pour rien au monde !

Elle posa d'autres questions sur Colinet. Il fut tenté de lui montrer le cahier de brouillon de l'enfant et la rédaction sur les ânes ; mais il estima qu'il n'en avait pas le droit. Il répéta, assez précisément, une réflexion de Colinet, qui l'avait amusé sur le moment et qui, à présent, le mettait très mal à l'aise : « J'ai *beau de faire*, c'est toujours triste et ça finit mal. Les chiens de *Sans famille*, j'ai beau de faire, ils sont morts quand même ! » Il se demanda comment aurait fini l'histoire de l'âne Nestor si Colinet avait eu le temps de l'écrire jusqu'au bout.

Mlle Gilbert eut alors un très joli geste : elle toucha le coin de son œil, tapota ses lèvres, pinça le lobe de son oreille, comme si elle tentait de réveiller, l'un après l'autre, ses sens assoupis.

— Et vous croyez qu'il veut dire la même chose dans sa lettre : J'ai *beau de faire*, ça finit toujours mal ?

Victor sentit un poids tomber de sa poitrine. Oui, sans doute, ce n'était que cela, rien de plus grave…

— Je vais retourner à Saint-Michel voir ce qui se passe.

— Oui, je crois que vous devez y aller.

— J'espérais que Colinet pourrait étudier seul, avec les livres que je lui ai apportés. Je me rends compte que j'ai commis une erreur, lors de ma visite. Je me suis occupé d'amadouer le meunier et sa femme. Je n'ai pas donné assez d'attention à Colinet, pour ne pas les fâcher. Il m'a demandé si j'étais venu le chercher. J'aurais dû lui expliquer longuement que ce n'était pas possible, mais que je ferais tout ce qui est en mon pouvoir pour l'aider.

Il prit sa tête dans ses mains.

— Je crois que j'ai commis une grosse bêtise.

— Vous avez fait ce que vous avez pu. Vous avez été courageux.

Victor sourit, chercha les mots pour la remercier de si bien le comprendre, mais n'en trouva pas.

— J'irai à Saint-Michel après-demain, jeudi.

Elle approuva d'un air distrait, reprit la feuille sur laquelle s'étalait le sibyllin message et l'approcha encore de ses yeux. On eût dit qu'elle cherchait à déchiffrer au-delà des mots, à travers l'encre et le parchemin, un manuscrit prophétique.

Elle releva la tête, cligna les paupières, fit la grimace.

— Il y a trois mots qui m'inquiètent : *c'est bien-fait...*

Victor dissimula derrière son dos ses mains qui tremblaient. Il retint tant qu'il put l'aveu noué dans sa gorge et prononça enfin, d'une voix sans timbre : « Moi aussi. » Depuis qu'il avait reçu le billet, il n'avait cessé de craindre un malheur, sans vouloir en convenir. Mlle Gilbert avait formulé l'appréhension qui le hantait. Oui, il était sûr, au fond de lui, que cette histoire de chiens morts cachait plus qu'un simple chagrin : un drame, un désastre.

Mlle Gilbert lut sur son visage et dans ses gestes une nervosité qui tournait à l'angoisse. Elle se leva, enfila ses gants, ajusta son chapeau qui n'en avait nul besoin, sourit.

— J'ai beaucoup apprécié les cerises, dit-elle.

Elle le regarda brièvement dans les yeux, avec gravité, et ajouta :

— Merci de m'avoir parlé en toute franchise. Je souhaite que vous puissiez voir ce pauvre gosse à Saint-Michel et que vous lui rendiez la confiance et l'espoir...

Elle baissa la tête, fit un pas vers la porte, se retourna et ajouta, plus bas, en rosissant :

— Je le souhaite de tout mon cœur.

Elle sortit d'un pas vif. Il la regarda s'éloigner, la démarche aérienne, la tête haute, l'air de courir au bal, de danser déjà.

Il se précipita à la bibliothèque scolaire pour chercher un livre, mais ne trouva rien qui fût en harmonie avec sa terrible tristesse. Où était son Baudelaire ? Sans doute à La Chaux... Il feuilleta le Mironneau, un beau recueil de morceaux choisis. Il reconnut l'image des adieux d'Hector à Andromaque, d'après Homère.

Il lut quelques lignes des lamentations d'Andromaque après la mort de son époux. « Ah, pourquoi suis-je née ? »

Lentement, son chagrin s'apaisa.

30

— S'il vous plaît, monsieur, ne restez pas là. Il ne faut pas que mon mari vous voie ici. Il est déjà furieux contre vous !

Mme Bongros entraîna Victor dans le jardin, à l'abri d'une haie de troènes, d'où montait une odeur douceâtre, un peu écœurante.

— Allons dans le chemin, nous serons plus tranquilles pour parler.

— Allez-vous me dire ce qui se passe ?

Victor avait presque crié. Il s'excusa.

— Pourquoi votre mari est-il furieux ?

Elle répondit à sa question par une autre.

— Colin Plasson est-il chez vous ?

— Mais non. Pourquoi ?

Elle marchait très vite, vers le chemin. Il fut obligé de la suivre.

— Vous ne savez pas qu'il est parti ? Vous me dites vrai ? Vous ne saviez pas… Il a empoisonné les chiens, Gone et Tite, avec de la mort-aux-rats, et il s'est enfui. Mon mari a prévenu les gendarmes. Il leur a dit qu'il le croyait chez vous. Ils ne sont pas venus ?

— Je les ai vus dans le village, hier. Je pense qu'ils sont allés chez le maire, mais ils ne m'ont rien dit. Ils ont pu voir que Colinet n'était pas à Saint-Just.

— Mon Dieu, où est-il, alors ?

— Où est-il ? répéta Victor.

Elle lui serra le bras.

— Mon mari dit que tout est de votre faute. Que si vous n'étiez pas venu… Colinet commençait à s'habituer et qu'il était même content de son sort. Et puis il a cru que vous alliez l'emmener…

— Et il a été tellement déçu, dit Victor. J'aurais dû y penser. Êtes-vous sûre qu'il a empoisonné les chiens ?

— Qui l'aurait fait ? Oui, j'en suis sûre, hélas. Je suis comme vous, je ne comprends pas. Il les aimait tant et, en quelques jours, ces deux bêtes lui étaient devenues plus fidèles qu'à nous-mêmes. Il leur parlait à haute voix, pour qu'on entende. Il leur disait : « Je vous promets que je ne partirai jamais, parce que vous êtes les meilleurs amis que j'aie jamais eus ! » Et c'étaient des jeux, des embrassades à n'en plus finir. Non, c'est incompréhensible.

— Comme il a dû souffrir quand il a vu mourir les chiens ! dit Victor. Je n'arrive même pas à l'imaginer.

Elle lui résuma les faits qui dataient maintenant de cinq ou six jours.

— Les gendarmes vont bien nous le ramener. Mais mon mari ne voudra pas le garder. Il le mettra sûrement dans une maison de correction ! Savez-vous qu'il a jeté vos livres dans le bief du moulin ? On n'a pas pu en repêcher un seul !

— Les livres n'ont aucune importance, dit Victor. Les chiens, c'est plus grave. Et sa fugue… Où est-il ? Comment se nourrit-il ?

— En volant chez les gens, sans doute.

— Il aurait pu se réfugier à Saint-Just, mais on ne l'a pas vu.

— Et s'il vient maintenant, que ferez-vous ?

— Le maire décidera, mais… Eh bien, je vous le ramènerai pour demander son pardon à votre mari.

— Il vous échappera.

— C'est un risque. Mais je ne voudrais pas qu'il revienne entre deux gendarmes.

— Mais s'il revient avec vous, ça sera encore pire. Mon mari est assez violent, c'est sûr qu'il s'en prendra à vous.

Ils marchèrent quelques pas et s'arrêtèrent à l'abri d'un bosquet de sureaux en fleur.

— Ce qui vient d'arriver est en partie de ma faute, dit Victor. Je reconnais ma responsabilité. Si je ne faisais pas face au malheur, je ne serais pas digne de mon métier.

Elle lui reprit le poignet.

— J'ai de l'amitié pour vous, dit-elle plus bas. Je voudrais vous aider, mais je suis mal placée. Mon mari m'en veut beaucoup aussi, de vous avoir reçu et surtout d'avoir envoyé chercher Colinet au moulin. Si vous voyez le gosse… Je ne sais pas, c'est peut-être pas bien raisonnable ce que je vais vous dire. Mais ça serait mieux qu'il s'échappe et qu'il ne revienne jamais ici !

Victor s'appuya contre un arbre, prit sa tête dans ses mains et répéta :

— Qu'il s'échappe et qu'il ne revienne jamais ici ? Vous voulez dire qu'il faudrait aider ce pauvre enfant à devenir un fugitif ? On risque d'en faire un chenapan qui ne pourra subsister que par la rapine ! Ce serait en outre violer la loi de la République… Il est vrai que la

République n'a pas fait grand-chose pour lui. Ah, si j'étais sûr qu'il puisse échapper aux gendarmes !

— Il est malin.

— Mais il n'a que treize ans. S'il vient à Saint-Just, la meilleure solution serait que je le persuade de rentrer chez vous… chez lui. Et je l'accompagnerai pour parler à votre mari.

Elle se tut et le regarda.

— J'ai peur pour vous et pour lui.

— Tant pis pour moi. Mais pour lui, je pense que vous pouvez quelque chose. Vous avez sûrement de l'influence sur votre mari ?

Elle lui prit les mains, les lâcha aussitôt.

— Écoutez. Il m'appelle. Partez, je vous en supplie.

Elle courut vers le moulin, se retourna, cria :

— Au revoir, au revoir !

Elle pleurait. Victor s'en alla en ruminant son cas de conscience. Aider Colinet à fuir, c'était une folie pure et simple. Il ne pouvait pas. Mais il pensa : Si c'était possible, bon Dieu, je le ferais !

Dans la Galoche, au retour, il se laissa aller à la colère, puis au chagrin, avant de retrouver un semblant de calme. Non, sa visite n'avait pas provoqué la fugue de Colinet. Peut-être l'avait-elle précipitée. Il sortit le cahier de sa musette, relut *La vie d'un Âne racontée par Lui-Même*. S'il l'avait rapporté à sa première visite, Colinet aurait eu envie de finir sa rédaction et aurait peut-être oublié son idée de fugue… Victor haussa les épaules. Non, le garçon serait parti, de toute façon, quand il aurait compris qu'il n'avait aucune chance de retourner à l'école et de passer le certificat… La réflexion de la meunière tournait dans sa tête. « Ça serait mieux qu'il s'échappe et qu'il ne revienne jamais ici ! » Il se disait : Peut-être. Peut-être serait-ce mieux… Et aussitôt après : Non, c'est ce qui pourrait arriver de pire. Il finirait forcément par être pris et se retrouverait dans une maison de correction pour qui sait combien d'années !

Mais comment l'aider ? Victor se posait encore la question en remontant à Saint-Just. En tout cas, il ne pourrait rien sans l'approbation du maire et de la reine Constance. Et jamais les Malatray ne voudraient aider le pauvre gosse à échapper aux gendarmes.

Tu as commis des erreurs, se dit-il, mais tu as agi de ton mieux, avec ton cœur.

Maigre consolation.

L'impatience le gagnait, dans le soir qui tombait. Pourvu que Colinet ne soit pas passé pendant que je n'étais pas là ! Et s'il est venu, pourvu qu'il ne soit pas reparti… Victor se mit à courir. Ses pieds échauffés commençaient à devenir douloureux ; puis le souffle lui manqua. Il dut se remettre au pas. La nuit était noire quand il arriva à Saint-Just. Il fit le tour du village avant d'entrer chez lui et ne vit que des chats et des chiens. Il réussit à dormir quelques heures.

Le lendemain, il rendit visite au maire. Il trouva les Malatray défaits et amers. Ils n'avaient pas vu Colinet et ne s'attendaient pas à le revoir jamais.

31

Journal d'Émilie Gilbert

Dimanche 6 juin.

Je suis bouleversée par l'histoire du berger Colinet que Victor Chambost m'a racontée. Ce pauvre gosse est en train de ruiner sa vie. Et on ne peut rien pour lui…

Que dire du beau Victor ? C'est vrai qu'il est très joli garçon depuis qu'il a maigri et qu'il a pris un regard brillant et fiévreux. Il ressemble à Alphonse Daudet jeune, tel qu'on le voit sur certaines photos datant de son voyage en Algérie : les cheveux mi-longs, un peu broussailleux (j'ai rarement vu un instituteur aussi mal peigné que V. Chambost !), la moustache taillée au-dessus de la lèvre, une simple mouche en guise de barbe, les joues creuses et le regard langoureux. V. Chambost est maître d'école jusqu'au fond du cœur, mais il n'a pas le physique de l'emploi.

Daudet avait environ vingt-deux ans quand il est parti chasser le lion et soigner ses poumons. V. Chambost n'en paraît guère plus, alors qu'il doit avoir, selon mes renseignements, pas loin de trente ans. Mais on dirait que l'histoire de Colin Plasson le mûrit un peu. Il était temps. Les hommes, on le sait bien, découvrent toujours en retard la réalité de la vie.

Est-il malade ? Il paraît fatigué, abattu, sans doute un peu découragé. Il a perdu son meilleur candidat, il a vu ruiner en un jour son projet de pousser à une haute instruction un gueux quasi inculte. C'était déraisonnable, mais c'était beau, je le reconnais. Nous avons tous caressé ce genre de rêve ; V. Chambost y a peut-être cru un peu trop fort…

Aux temps romantiques, les jeunes gens mouraient quelquefois de leurs déceptions amoureuses ou littéraires, de spleen, de mélancolie, de neurasthénie, mais plus encore de tuberculose. On ne pouvait pas toujours distinguer avec certitude quelle maladie, celle du corps ou celle de l'âme, les avait emportés. De nos jours, on est moins névrosé et plus fort contre l'adversité. Mais il y a le surmenage, qui est un fléau de notre époque, surtout dans nos métiers, et qui se traduit souvent par cette maladie touchant à la fois le corps et l'âme, qu'on appelle « fièvre cérébrale ».

Il reste un mystère plus profond. Ce jeune homme ne vous est rien, mademoiselle Émilie Gilbert, grâce à Dieu : seulement un collègue qui voici peu vous fâchait, vous importunait, vous tapait sur les nerfs, comme tous les maîtres d'école, d'ailleurs, et vous répugnait presque. Pourquoi donc vous souciez-vous tant de sa santé ?

Noté un poème, paru dans un recueil récent :

Mon Dieu, je ne sais rien, je sais que c'est l'été
Sur ma province coutumière,
Je sais que je revois, ô jardin de clarté,
Vos beaux matins pleins de lumière !

Comtesse de Noailles (*Les Éblouissements*, 1907).

Les gendarmes sont venus plusieurs fois à Saint-Just. Ils cherchent Colinet. Après la première visite de

Victor, le petit berger a refusé d'obéir à son oncle le meunier. Puni sévèrement, menacé de la maison de correction, il s'est vengé en empoisonnant les chiens de la maison. Victor serre les poings et rage. « Comment a-t-il pu se décider à ce geste affreux ? Ces bêtes l'aimaient et il les aimait… Il a dû souffrir à crier. » Pauvre Colinet. Pauvre Victor. Lui aussi vit de mauvais moments. Je lui ai soufflé de prendre cette histoire avec distance et qu'elle mériterait un poème tragique. « Et vous croyez que je pourrais l'écrire ? – Qui sait ? »

La poésie est le meilleur moyen qu'on ait trouvé de sublimer la souffrance comme la joie. Je n'ai pas ajouté qu'on doit s'endurcir dans notre métier, où on voit tant de misères et d'injustice. Il le sait aussi bien que moi.

J'avoue que le désespoir de cet enfant qui a empoisonné ses chiens chéris, ses seuls amis, me serre le cœur. Quel poète faudrait-il être pour chanter un si grand malheur ? Hugo, peut-être.

Colinet est donc parti. Il a disparu. Les gendarmes ont l'air de penser qu'il va venir se cacher à Saint-Just un jour ou l'autre. Ils ont questionné le maire et presque tout le monde dans le village et la commune. Je n'ai pas échappé à l'interrogatoire. J'ai joué les ignorantes. Je ne sais pas si Victor a parlé de la lettre de Colinet. Non, sans doute. Sauf erreur, je suis la seule en dehors de lui à connaître l'existence de ce message. Les gendarmes finiront par se lasser et iront chercher ailleurs.

8 juin.

Victor est malade, mais ce n'est pas, grâce à Dieu, le mal de Daudet ! Broncho-pneumonie : tel est le diagnostic du Dr Forest. Les demoiselles de La Chaux-de-Grange, la tante Gabrielle et Marie-Jeanne, le soignent avec dévouement.

Pour lui rendre visite, j'ai dû affronter ces deux cerbères en jupon. Marie-Jeanne m'a finalement laissée entrer dans la chambre du malade en me jetant un regard noir, sous ses cils blonds.

Il va mieux. Il a flanché un moment, mais il se reprend déjà. La broncho-pneumonie n'est, à mon idée, qu'une complication du choc moral qu'il a reçu. En descendant à La Chaux-de-Grange, je me disais : Inutile de lui répéter qu'il a tort de prendre tellement à cœur la détresse de Colinet. Il est ainsi. Un drôle de type. Mais sa naïveté me console du cynisme de beaucoup de collègues que j'ai connus. Et la gent masculine, du coup, remonte un peu dans mon estime !

La fièvre le rendait bavard. Il m'a raconté l'histoire de deux frères amoureux de la même jeune fille : l'un des deux l'a épousée. L'autre a hérité de son parrain ; devenu riche, il était toujours amoureux de sa belle-sœur… C'est l'histoire de sa famille et la sienne. Il a beaucoup d'affection pour ses frère et sœur.

Et, bien sûr, il m'a parlé de Colinet. Je suis sans doute la seule personne à qui il puisse se confier. À moi seule, il ose avouer qu'il est prêt à trahir, pour Colinet, son idéal de maître d'école républicain.

« Je crois qu'il reviendra à Saint-Just. Un jour ou une nuit, peut-être demain ou dans un mois. Je suis sûr qu'il voudra m'expliquer ce qui s'est vraiment passé. » Cet espoir l'exalte et le torture en même temps. Il s'est mis à rire, tout à coup. « Colinet est malin, assez malin pour ne pas se laisser prendre… » Il a hésité, joint les mains comme pour prier, fermé puis rouvert les yeux. « Je suis sans doute un mauvais citoyen et un maître indigne… » J'avais envie de lui crier au visage : Oui, vous l'êtes, imbécile, et moi, je ne vaux pas mieux ! J'ai pincé mes lèvres entre mes incisives : cela fait une grimace que j'ai étudiée devant le miroir et que j'aime bien, et qui m'aide à me taire.

Il a continué, à voix basse : « Je vous le dis à vous, mademoiselle Gilbert, je me confie à votre discrétion, je souhaite que les gendarmes ne rattrapent jamais ce gosse ! »

Je me suis levée pour partir, il m'a retenue par la manche. Il avait envie de bavarder encore. Il s'est mis à rire soudain : « Je vous ennuie avec mes histoires. Si vous avez quelques minutes encore, parlez-moi de vous, chère mademoiselle. Je voudrais en savoir plus sur mon aimable collègue. Il paraît que vous avez, si j'ose dire, une dent contre la guillotine. Cela m'intrigue. Êtes-vous contre la peine de mort en général ou contre l'engin tranchant en particulier ? »

Sa façon de poser la question m'a agacée, et j'ai répondu sur un ton plus sec que je ne le souhaitais. « Vous parlez bien légèrement de choses graves, monsieur Chambost. Il est vrai que l'engin tranchant, comme vous dites, m'a tourmentée pendant toute mon enfance et même plus tard. Mon père, qui est juge, le voulait ainsi. Ses enfants devaient craindre la justice des hommes, plus sûre et plus rapide que celle de Dieu… » Je me suis tue. Je n'avais aucune envie de lui raconter ma vie. En particulier un secret intime, que je n'avais jamais avoué à quiconque.

Mercredi 30 juin.

Victor croit que Colinet pourrait se réfugier chez le bon homme Grou-Cayon, qui a été quelque temps son maître. « Et si le petit berger se montre pour de bon, un jour ou une nuit ? Que ferons-*nous* ? Comment l'aider ? »

Ce « nous » m'intrigue. Veut-il dire qu'il me demandera mon avis, ou même ma complicité ? Mais Colinet est sans doute déjà loin. Victor relit maintenant *Sans famille*, pour essayer de deviner ce qu'il va tenter. Je feuillette aussi le livre, de temps en temps. Le gosse a été très impressionné par l'épisode Vitalis. Va-t-il essayer de devenir saltimbanque ? Est-il assez malin pour ne pas se faire pincer ? Sans doute, s'il ne s'éternise pas au même endroit, s'il peut trouver un Vitalis pour l'emmener sur les routes, s'il est adopté par une troupe de gitans… Mais s'il est pris, la maison de correction le rendra fou, on changera ce brave gosse en animal sauvage Au nom de la République !

« J'aimerais qu'il vienne, me confie Victor. Je ne lui demanderai rien, j'écouterai ses explications. Et puis… » Il soupire, hésite. « Mais s'il venait en ce moment, il ne me trouverait pas à l'école. Il irait chez le maire qui le ramènerait à son oncle. Ou alors, il s'échappera une seconde fois. Ce qui serait beau, ce serait de pouvoir lui dire : “Tu es intelligent, Colinet, tu as maintenant l'expérience de la vie qu'il faut mener pour échapper aux gendarmes. Tu ne seras majeur que dans huit ans : tu vois les difficultés et les dangers d'une fuite perpétuelle. À toi de prendre ta décision. Je t'aiderai de mon mieux, quelle qu'elle soit.” Ce serait beau, n'est-ce pas ? Mais je n'en aurai sans doute pas l'occasion. Et si j'avais l'occasion, aurais-je le courage, au risque de ma carrière ? » J'ai pris un instant sa main, sur le drap trempé de sa sueur. « Je suis sûre que vous auriez ce courage.

— Tant mieux si vous en êtes sûre. »

Le 4 juillet.

À ma troisième visite, j'ai rencontré les garçons du certificat d'études qui repartaient. Ils m'ont dit que leur maître allait bien et qu'ils avaient travaillé avec lui une bonne partie de la journée. « Êtes-vous prêts pour l'examen ? » Ils se sont regardés avant de répondre. Puis l'un d'eux, le plus grand, m'a dit : « Colinet nous manque. » Un de ses camarades lui a envoyé un coup de poing en douce. Et tous ensemble ont crié : « On est prêts, mademoiselle, on va l'avoir ! »

J'ai trouvé Victor assis sur le banc de pierre, devant la ferme. Il m'a demandé si je voulais bien marcher un peu avec lui dans les prés ou au bord des bois. Je lui ai proposé de lui donner le bras et nous avons tourné un moment autour de la maison. Il avançait en s'appuyant assez lourdement sur un bâton, et j'étais obligée de le soutenir chaque fois qu'il butait contre une aspérité ou un trou. Je tenais mon ombrelle de ma main libre. Un peu plus tard, nous nous sommes assis sur un talus ; j'ai fermé l'ombrelle et il m'a demandé la permission de la toucher. Il l'a fait rouler dans ses mains, il a caressé le tissu. C'est un modèle très simple, en madapolam, orné par des imitations de broderie anglaise. Soudain, il a éclaté de rire. « Ce n'est pas celle que vous aviez quand j'ai rêvé de vous, l'autre nuit, mais elle me plaît bien quand même… »

Il s'est tu, il m'a regardée. Je l'ai aidé à se lever et nous avons repris notre promenade en silence. J'ai songé : Voilà une façon habile de me dire qu'il a rêvé de moi. Eh bien, n'y pensons plus.

Le lendemain, Marie-Jeanne l'a conduit au bourg avec le mulet. Je l'ai vu arriver, à la sortie de la classe, appuyé sur une canne en bois exotique, à poignée de corne. Il avait presque l'air de sortir d'un sanatorium ;

il se cachait les yeux sous des lunettes de cycliste à verres fumés, il était blanc comme lait en pot et devait reprendre son souffle presque à chaque phrase. Mais enfin, il va mieux.

J'étais pressée, car j'avais prévu une séance de révision pour mes candidates. Je l'ai fait entrer dans la classe, sous l'œil vigilant de la Fine Chaize. Il a ôté ses lunettes et son chapeau et s'est laissé tomber sur un coin de table. La sueur ruisselait sur son front et son cou et pourtant il frissonnait… Il m'a avoué qu'il avait toujours soif. Je lui ai offert un verre de vin blanc coupé d'eau, qu'il a bu presque d'un trait. Il a pris sa tête dans ses mains, il est resté silencieux un moment. Puis il a écarté les bras, il m'a regardée et il a demandé : « Croyez-vous au destin, mademoiselle ? » J'ai répondu d'un haussement d'épaules. Je n'aime pas trop philosopher sur la vie, je préfère la prendre à bras-le-corps.

« D'un côté, a dit Victor, j'aime ce métier, le nôtre. Je l'ai toujours fait de mon mieux, je crois m'être rendu utile. D'un autre, j'ai l'impression que je ne suis pas à ma place comme instituteur. Je me vois entravé par une administration tatillonne et incompétente. Je me sens impuissant devant l'injustice de la société et la lâcheté des hommes. Et il me semble quelquefois que j'arrive à un tournant de mon destin… si j'en ai un. »

Il me fixait d'un air interrogateur. J'avais envie de l'approuver et pas seulement pour lui faire plaisir. Mais ce serait folie de l'encourager dans ses penchants à refaire le monde. L'arrivée du maire m'a dispensée de répondre et m'a sauvé la mise.

32

Le jour du certificat : une journée interminable, dont chaque heure, chaque minute passe trop vite. Saint-Just présentait un des plus gros effectifs de candidats du canton, et le maire s'avouait fier de sa *niatée* – de sa nichée. Il conduisait Victor et les garçons, Paret, Chanal et Gerin, avec Malgache. La reine Constance emmenait les filles, Denise, Marie Pré et Joséphine, avec la jument. Les garçons braillaient. Victor songeait à Colinet. Il avait l'impression qu'un fantôme accompagnait la voiture. Dans celle des filles régnait une gravité nerveuse. La maîtresse et la mairesse se regardaient de temps en temps et se souriaient.

Le bon Malgache, un mince alezan taché de noir, tirait la petite calèche aux ressorts renforcés, d'un pas si tranquille et si sûr qu'il en semblait presque arrogant. Il avait la haute taille et la force patiente de Louis Malatray. Il mesurait son allure au terrain et ajustait son effort sans hésitation ; il ne bronchait pas devant les cailloux ni les rameaux tombés, mais jaugeait l'obstacle d'un seul regard et n'en faisait qu'une bouchée : Passez, muscade !

Louis Malatray serrait sa pipe éteinte entre ses lèvres pincées : il fumait peu, mais la bouffarde servait de prétexte à son mutisme quand il n'avait pas la tête à causer. Victor supportait sans se formaliser son humeur soucieuse.

C'était le dernier certificat de l'inspecteur primaire, M. Reyrieux. Les instituteurs du canton avaient décidé de lui offrir un cadeau de départ. Comme il avait toujours manifesté une grande vigilance à l'égard de la menace prussienne et veillé avec fermeté à la formation guerrière des écoliers, Victor avait proposé de lui offrir des jumelles d'officier. « Pour lui permettre de mieux guetter la frontière pendant sa retraite… » Idée non retenue. On offrait une montre en or, ce qui était peut-être une façon de blaguer son proverbial manque de ponctualité.

Au repas des maîtres du canton, à l'Hôtel de la Loire, on discuta une fois de plus des avantages et des inconvénients du certificat d'études.

— Je regrette fort de m'être lancée dans cette aventure, avoua une jeune institutrice. J'en vois maintenant tous les effets négatifs sur ma classe.

— C'est pire avec les garçons, renchérit un vieil instituteur. Les élèves du cours moyen et du cours supérieur ne jurent plus que par le certificat…

— Et certains, qui n'ont aucune chance de réussir cette année, ou qui n'en auront aucune l'an prochain, se mettent à rêver du parchemin, ajouta un autre.

Le directeur de l'école du canton avait noté, dans une revue pédagogique, la réflexion suivante : « Le certificat d'études, tel que nous le connaissons depuis une vingtaine d'années, a fait plus de mal à l'enseignement primaire que le phylloxéra n'en a fait à la vigne, et ce n'est pas peu dire. »

Les femmes étaient perplexes, les hommes partagés. Quelqu'un cita la charge d'un professeur d'école normale.

— Voici ce que ce monsieur a osé écrire : « Le mal que le *baccalauréat du peuple* a fait et continue de faire aux enfants des écoles primaires est inimaginable. C'est le C.E.P. qu'il faut tout d'abord détruire. » Voilà qui s'appelle tirer à boulets rouges !

Victor conclut sur une réflexion qui fut généralement approuvée.

— Ceux qui condamnent le certificat ont un peu raison. Mais si on le supprimait, nous ne serions plus bons à jeter aux chiens. Il nous sauve !

La conversation tomba ensuite sur les événements du Maroc, l'éternelle crise des Balkans, l'antagonisme de plus en plus violent entre l'Allemagne et l'Autriche, d'un côté, et notre alliée la Serbie de l'autre. Il y eut presque l'unanimité pour convenir qu'on n'échapperait pas à la guerre.

Et d'ailleurs, ne fallait-il pas la faire pour reprendre l'Alsace-Lorraine aux Alboches ? C'était un crève-cœur de voir cette carte de France amputée, mutilée… Certes, le ventre rose de l'Empire français s'arrondissait chaque année, quelques milliers de kilomètres au sud et dans le creux de l'océan, mais ce n'était pas une vraie consolation…

Dans l'après-midi, Émilie Gilbert et Victor Chambost se rencontrèrent, pas tout à fait par hasard, aux abords de la ville. Ils avaient voulu fuir tous les deux, au même moment, la bande jacassante et médisante des collègues, la cour sans air de l'école. Ils marchèrent ensemble sur une route qui serpentait le long d'un ruisseau, ombragée par deux rangées de peupliers et rafraîchie par un délicieux courant d'air. Deux orages grondaient au loin, un qui tournait en rond sur la montagne, l'autre qui montait de la vallée du Rhône.

Les cimes pointues du mont Pilat dominaient le paysage, avec le pic des Trois-Dents au milieu. (Attention, l'accent de cime est tombé dans l'abîme !) Le soleil chauffait les moissonneurs et étincelait sur les chaumes. Émilie était vêtue d'une robe en linon gris clair, ornée de broderie, et coiffée d'une capeline en paille de riz, fleurie de roses. C'était, pour une institutrice, une toilette d'une grande audace, même pour le jour du certificat.

— Ma pauvre Marie Pré a fait deux ou trois fautes à sa dictée et raté son calcul, dit-elle. C'est sans doute fini pour elle…

Victor soupira et haussa les épaules.

— Je crois que les miens ont plutôt bien réussi leur calcul. Et ils devraient avoir la moyenne en orthographe. N'empêche qu'ils m'ont couvert de honte !

Mlle Gilbert lança à son collègue un regard triste et narquois.

— Pourquoi tant de honte, s'il vous plaît ?

— En rédaction, bien sûr. Pour le choix des « hauts faits »…

Le sujet de la rédaction avait flatté le goût de tous les garçons pour les aventures martiales. « Choisissez un haut fait glorieux ou tragique de l'histoire de France qui vous a particulièrement frappé et racontez-le. »

— Il fallait s'y attendre, dit Victor. Les garçons ont presque tous choisi des faits d'armes et des anecdotes guerrières, les miens comme les autres. Bara, Valmy, les charges de Reichshoffen… Mais pas un Sully, un Bernard Palissy ou un Pasteur !

— J'ai eu une Jeanne d'Arc et une Jeanne Hachette. Marie Pré a bien choisi Pasteur, mais elle s'est embrouillée une fois de plus, par énervement. C'est encore plus difficile pour les filles, vous savez, mon cher collègue.

Victor approuva distraitement.

— Oui, je les plains. Mais Pasteur était quand même le meilleur choix. Quant à moi, je me demande si je n'ai dressé que des petits va-t-en-guerre !

— Ce n'est pas de votre faute. Les livres sont ainsi. M. Lavisse est plus responsable que vous… et il gagne plus d'argent !

— Vous croyez qu'il est dans la nature des garçons de ne rêver que plaies et bosses ?

— La nature des garçons reste un mystère pour moi… un mystère que je n'ai pas tellement envie d'éclaircir.

— Ou bien est-ce l'école qui éveille leurs instincts guerriers ?

— Un peu les deux, je suppose.

Le soleil sortit de sous un nuage. Le tonnerre gronda dans la vallée et l'écho roula sur la montagne. Emilie ouvrit son ombrelle bleue. Victor remit son canotier qu'il avait ôté pour s'éponger le front et dit en riant :

— Si Louis Blériot réussit cette traversée de la Manche en aéroplane qu'il doit tenter à la fin du mois, ce sera un bon sujet de rédaction pour le certificat, l'an prochain.

— Ah non, s'écria Émilie, pas la traversée de la Manche, ou de n'importe quoi, en aéroplane !

— Pourquoi ?

Elle pouffa et lui prit le bras.

— Admettez que l'aéroplane n'est qu'un nouveau jouet pour les hommes… qui en ont déjà beaucoup.

— Ce sera peut-être aussi un jouet pour les dames, à l'avenir. Et aussi une arme qui empêchera la guerre…

— Une arme qui empêchera la guerre ?

— Une merveilleuse machine de paix. C'est mon idée.

— Je n'y crois pas, dit Émilie.

Victor soupira. Après un long silence, il remarqua, l'air de prononcer une sentence philosophique définitive :

— Encore un certificat d'études. Ce ne sera pas le dernier.

— Je l'espère, dit Émilie. Victor ?

Elle s'était arrêtée, elle le retint par la manche, baissa son ombrelle.

— Je voulais dire monsieur Chambost…

— Il n'y a pas de mal, mademoiselle Émilie, dit Victor.

Un coup de vent les souffleta, arracha quelques boucles au chapeau d'Émilie, plaqua sa jupe. Elle tendit une main distraite pour caresser l'étoffe, comme si c'était un animal.

— Au déjeuner, les vieux instituteurs ont parlé de la guerre comme s'ils l'attendaient, n'est-ce pas ?

— Oui. J'ai toujours entendu ce son de cloche.

— Ils ne la feront pas, eux !

— Non, certes. Mais la plupart ont des fils ou des petits-fils qui pourraient la faire. Ces gens ont souvent commencé leur carrière au début de la République. Ils ont toujours vécu avec l'idée qu'elle devait pour se faire accepter régler les dettes de l'Empire… et surtout la principale, l'Alsace-Lorraine. Je reconnais que l'école entretient l'idée fixe des provinces perdues. Mais de moins en moins. Maintenant, il y a les colonies…

— Ce n'est pas mieux.

— Mais la colonisation existe, c'est un fait. Et elle nous aide à gagner un temps précieux.

— Comment ?

— Je crois que le progrès technique rendra bientôt la guerre impossible, parce que trop destructrice et meurtrière.

— Hum, fit Émilie, la guerre est déjà très meurtrière, autant que je sache. Ça n'a arrêté personne.

Victor leva la main.

— Les avions, ces jouets pour les hommes, seront aussi des armes qui rempliront le ciel. Et les sous-marins, les gaz toxiques, les cuirassés terrestres, les rayons électriques, les obus incendiaires…

— Et on prépare ces armes ?

— Oui.

— On les construira ?

— Oui, sans doute.

— Mais on ne les utilisera pas ?

— On se contentera d'en menacer l'ennemi, qui répondra de même. Il faut construire les armes du futur, pour n'avoir pas à s'en servir.

— Vous me rassurez, dit Émilie, mais seulement à moitié.

— Et puis, grâce à la rivalité coloniale, les Allemands et les Français se sont reconnu le même ennemi : l'Angleterre. Le temps passe. D'ici dix ans, il sera trop tard pour les partisans de la guerre, du moins dans les grands pays européens. Est-ce que je vous rassure un peu plus qu'à moitié ?

— Si je vous disais oui, vous seriez content ? Mais pourquoi avez-vous envie de me rassurer ?

— Mariez-vous. Votre mari n'ira pas se faire tuer pour l'Alsace-Lorraine. Vos enfants non plus !

— Merci pour eux. Selon vous, il faut donc renoncer à l'Alsace-Lorraine ?

— Avec le progrès, les frontières s'ouvriront vite. Et, avant même d'en arriver à la république européenne ou mondiale, nous retrouverons nos provinces perdues.

— Elles parleront allemand.

— Il y aura une langue universelle.

— Vous êtes un optimiste !

— Peut-on faire notre métier sans être optimiste ?

Émilie médita la question. Puis elle se tourna vers Victor, les yeux brillants sous ses cils baissés, et sourit.

— Eh bien, ce qui me soulage, c'est qu'on n'aura pas besoin de réformer l'orthographe, puisque votre langue universelle, l'espéranto par exemple, remplacera bientôt le français !

Victor soupira, mais ne répondit pas. Elle le remercia d'un regard, à la fois éloquent et voilé, comme pour lui dire qu'elle était reconnaissante, mais pas convaincue.

Il pressa le pas, la devança et se retourna.

— Allons boire un café chaud.

— Un café chaud, par ce temps ?

— C'est très rafraîchissant. On peut même le saler au lieu de le sucrer, pour qu'il le soit davantage. On le fait dans le désert d'Abyssinie.

Émilie éclata de rire.

— Vous me révélez un Victor Chambost que je ne soupçonnais pas.

— Vous m'avez bien dit que vous me trouviez trop sérieux ?

— Non, je ne crois pas.

— Eh bien, vous le pensez si fort que je vous ai entendue. Mais je crois à tout ce que je vous ai dit. Mes petits admirateurs de Bara et du Grand Ferré n'iront pas se faire tuer à la guerre. Et ils seront assez riches pour mettre tous les jours deux sucres dans leur café !

— Payez-moi un canon, dit-elle, comme si j'étais un homme. Et après, nous irons attendre les résultats.

À ce moment, le vent emporta le chapeau de Victor, il tendit le bras pour le rattraper, mais Émilie fut plus rapide que lui. Il eut un instant l'impression de la voir s'envoler, à la poursuite du chapeau et aussi légère qu'un écureuil bondissant entre deux arbres. Elle cueillit le chapeau au vol et le lui donna en riant.

— Un si beau galurin, ce serait dommage de le laisser partir dans les prés ou les bois !

33

Journal d'Émilie Gilbert

Le 27 juillet.

Nous voilà presque au milieu de l'été. Je reprends mon journal après quelques jours d'interruption. Voici les dernières nouvelles.

Gloire à mon collègue, Victor Chambost. Ses candidats, Paret, Chanal et Gerin ont été reçus tous les trois. Si Colinet avait été là, tout le monde pense qu'il aurait brillé encore plus que ses camarades.

Tristesse pour moi. Denise et Joséphine sont reçues. Mais ma chère Marie Pré a été recalée, pour trois ou quatre points, alors que l'examen était assez facile : elle a été prise de panique, elle a fait deux fois plus de fautes qu'à l'école, et elle a séché sur un problème tout simple. Marie, ma chère Marie… J'ai tout de suite demandé à ses parents de me l'envoyer l'an prochain, non pas tout le temps, car ils ont besoin d'elle, mais chaque fois qu'ils le pourront, chaque fois que le temps le permettra, ne serait-ce qu'une heure. Et nous tenterons de nouveau la chance.

Je me console en songeant que nos élèves à tous deux sont allés en classe quatre ou cinq ans, en moyenne quatre ou cinq mois par an, soit en tout dix-huit à vingt-quatre mois, soit deux fois moins que les enfants des riches, élèves des frères et des sœurs (déshabillées) !

Le 30 juillet.

Enfin, les vacances. Depuis une semaine, je n'avais plus qu'une garderie de bambines. Victor est parti passer quelques jours dans sa famille, mais il a promis de revenir très vite à Saint-Just. Pour moi ? Mais non, il veut travailler, préparer l'année scolaire prochaine. Il ne vit que pour son métier. Je suis quand même heureuse de son retour, je ne sais trop pourquoi.

De toute façon, je vais partir moi aussi trois semaines. À Lyon. J'ai besoin de la ville. Je vais passer une année de plus à Saint-Just, j'aime la montagne, la paix des solitudes, etc. Mais j'ai eu mon *blot* de toutes ces merveilles. Cette année sera donc ma dernière année dans ce bon vieux village.

Il faut que j'essaie de me rappeler notre conversation le jour du certificat d'études… J'aurais dû la noter tout de suite.

Il n'y a que deux sujets vraiment sérieux dans la vie : l'école et la guerre. Tout ce que m'a raconté Victor Chambost est intéressant, et sans doute vrai. On aura des armes de plus en plus terribles et meurtrières. Chacun des grands pays en construira de plus en plus, et de plus en plus puissantes, pour faire peur aux autres. Et puis quelqu'un finira un jour par s'en servir, et il y aura la guerre la plus épouvantable de tous les temps. Elle durera peu, les armées étant vite détruites ou exsangues. Les femmes et les enfants seront écrasés ou asphyxiés dans les villes et les villages et même jusqu'au fond des campagnes. Sans doute le conflit laissera-t-il l'Europe dans un tel état qu'on n'aura pas envie de recommencer de très longtemps. Viendra peut-être, alors, une longue période de paix : de paix forcée. Après, pas avant. Voilà ce que je crains.

Non, cher Victor, vous ne m'avez pas tout à fait rassurée, vous voyez. Pourtant, j'aimerais bien avoir des enfants… surtout s'ils étaient tout élevés. Des filles, de préférence. Ça me plairait d'être la maman de Marie Pré. (Lui aurait voulu être le père de Colinet… Pauvre gamin, il serait tombé de Charybde en Scylla, obligé de devenir ingénieur et de gagner dix mille francs par an !)

Et la langue universelle, qui rendra inutile d'apprendre et d'enseigner l'orthographe, qui permettra de parler aux Alsaciens sans mâcher de l'allemand ? Trop beau pour être vrai.

Trop beau pour être vrai… Voilà bien ma devise. Je pourrais dire cela de presque tout ce qu'on m'a appris et raconté, de toutes les promesses de nos maîtres à penser, de nos hommes politiques (en attendant les femmes), de la pédagogie et de la République, de toutes les espérances matérielles et spirituelles.

Et aussi, naturellement, des mérites et des bienfaits du mariage !

Vous voyez, cher Victor, je ne suis pas si frivole ? J'ai seulement passé l'âge d'entendre des contes de fées.

Voulez-vous me dire *La Belle au bois dormant ?*

Louis Blériot a traversé la Manche, de Calais à Douvres, le 25 juillet. L'avenir a déjà commencé !

34

— Victor !

Les deux frères se donnèrent l'accolade traditionnelle. Plus grand que son aîné, plus mince, plus enjoué, le visage imberbe et le regard clair, Étienne Chambost paraissait dix ans de moins. Comme toujours, il serra Victor dans ses bras, longuement, de toutes ses forces. Son affection était aussi vive qu'au temps de leur enfance. Le souvenir du jour où Victor s'était dressé entre le père et lui l'entretenait vivante. Et une profonde affinité rapprochait les deux frères. L'âge ne faisait que l'augmenter.

Justine les observait en souriant.

— Quand vous aurez fini vos embrassades, est-ce qu'il y aura un baiser sur la joue pour la petite belle-sœur ?

Blonde, menue, rieuse, presque trop rieuse, Justine câlinait Victor à sa façon, mi-féminine, mi-enfantine, sans que son mari en fût fâché le moins du monde.

— J'espère que tu vas rester tout un mois avec nous, dit-elle.

Et Étienne ajouta :

— Il y a du travail pour toi, encore plus que d'habitude.

Victor baissa la tête.

— Hélas, je vais être obligé de repartir presque tout de suite.

Justine battit des mains.

— Comment est-*elle* ? Quand nous l'amènes-tu ?

— Ce n'est pas ce que vous croyez, dit Victor.

Il raconta l'histoire de Colinet.

— Catherine nous a parlé de ton petit berger, dit Justine.

— Tu crois qu'il reviendra à Saint-Just ? demanda Étienne. Tu y vas pour l'attendre ?

— J'ai cru longtemps qu'il pourrait revenir, mais il doit être loin, maintenant. Il ne reviendra sans doute pas. S'il est repris, le maire de Saint-Just le saura. Mais j'espère qu'ils ne le reprendront jamais.

Étienne observait son frère aîné avec une tendre attention. Ces deux-là se comprenaient depuis toujours au-delà des mots. Étienne devinait le chagrin de Victor et en prenait sa part.

— Non, reprit celui-ci, je ne rentre pas à Saint-Just pour attendre Colinet. Son malheur a été pour moi bien plus qu'un échec. Au diable l'échec… Ç'a été une blessure qui me fait encore très mal. J'ai besoin de me réfugier dans la solitude pour lécher mes plaies. Voilà pourquoi je vais vous faire faux bond une semaine ou deux.

Il contempla longuement le plat de fromage blanc et de pommes de terre bouillies qui remplissait son assiette. Il aimait beaucoup ce plat paysan, nourrissant et délicieux ; mais son appétit venait de s'envoler.

À son départ, Justine l'embrassa sur les deux joues et lui glissa à l'oreille :

— Tâche donc de t'amuser, ne sois pas si sérieux. Le monde n'arrêtera pas de tourner si tu rigoles une fois par semaine !

Victor répondit sur le ton le plus grave qu'il pût prendre :

— Une fois par semaine, ça me paraît beaucoup. Une fois tous les quinze jours pourrait suffire, non ?

Justine pouffa. Victor coiffa le chapeau de paille qu'Émilie avait qualifié de galurin et sauta dans la jardinière de l'oncle Marius, qui se rendait à Montrond.

— Tiens donc les rênes, dit l'oncle.

Marius Chambost fit tournoyer son fouet, loin au-dessus des oreilles sensibles de la jument, puis tendit à son neveu le manche de jonc verni. « Hue donc, la vieille ! » C'était un homme de soixante ans, bien conservé, mi-paysan, mi-bourgeois, qui peignait régulièrement ses favoris grisonnants et n'oubliait jamais sa cravate quand il se rendait à la ville. La voiture coula en douceur dans le chemin familier, le long d'un étang où le soleil du matin éclatait en mille reflets. Victor prit les rênes et se mit à rire.

— Pas si vieille que ça, la Fantine. Je l'emmènerais bien avec moi au mont Pilat.

— Je te la donnerai sur mon testament.

— Eh bien, elle me conduira pour la retraite.

Ne sachant où mettre ses mains vides, l'oncle les frotta longuement, cracha dans sa paume droite qu'il essuya sur la jambe de son velours. À ses gestes, on voyait qu'il était plus paysan que bourgeois, malgré ses airs de monsieur. Il donna une bourrade paternelle à Victor.

— Te voilà directeur d'école, mon gars.

— Quand il n'y a qu'une seule classe, on dit plutôt « chargé d'école ».

— Bon, si tu veux. Je te fais quand même mes compliments. Il te reste plus qu'à te marier, maintenant. Dépêche-toi. Tu commences à faire vieux garçon…

Sur le chemin du retour, Victor rendit visite à sa sœur et lui fit à peu près les mêmes confidences.

— Mais tu ne vas pas passer tes journées à gémir sur les malheurs de ton protégé ! dit Catherine. Ce n'est pas ton genre.

— Et quel est mon genre ?

— Ce serait plutôt de tirer les leçons de tes épreuves pour l'avenir.

— C'est ce que je vais faire.

Victor sourit à sa sœur, puis regarda longuement son beau-frère.

— Je vais me remettre à mes études. J'ai l'impression d'avoir sauté des pages… beaucoup de pages. J'ai besoin de tout reprendre par le menu, à commencer par la morale et l'instruction civique. Et l'histoire de l'école et de la République, sans oublier le droit…

Pierre se leva, ouvrit les bras.

— Bravo, bravo, mon cher beau-frère. Je te félicite et te souhaite bonne chance.

— Je vais tout reprendre à partir de Condorcet, dit Victor. Ce qu'il a écrit sur l'éducation, le progrès des sciences et l'instruction publique est fondamental.

Catherine fronça les sourcils et une moue moqueuse joua sur sa bouche.

— Un joli nom, Condorcet.

— Un joli nom ?

— Qui rime avec corset !

Victor soupira.

— Vous, les femmes…

— Nous, les femmes ?

— Je n'ai rien dit.

— Et qu'en pense-t-*elle* ?

— Qui, elle ?

— Ton Émilie. N'est-ce pas elle qui t'a convaincu de te remettre à étudier pour prendre du grade ?

Victor hésita, regarda le plafond, le menton sur ses mains jointes.

— Non, ce n'est pas elle. Enfin, pas directement. Et j'ignore ce qu'elle en penserait. De toute façon, ma carrière et mes projets sont bien le cadet de ses soucis !

— Le premier de ses soucis, c'est de trouver un mari ?

— Non, je ne crois pas qu'elle ait envie de se marier.

— Toutes les jeunes filles en ont envie. Mais toi, tu penses qu'aucune femme ne t'aimera, qu'elles sont toutes des traîtresses. Je ne me trompe pas, cette fois ? Pierre était un peu comme toi, n'est-ce pas, mon chéri ? Il a presque fallu que je me jette à ses genoux pour le convaincre de mes sentiments !

— Mlle Gilbert ne se jettera pas à mes genoux, dit Victor en riant. Ce n'est pas son genre.

— Et tu le regrettes ?

Il s'échappa dès la fin du repas. Il avait une autre visite à faire. Julie Valla était toujours à Saint-Étienne. Elle n'avait pas eu le temps d'épouser son fiancé, officier à Madagascar, lors de son dernier voyage en France ; elle se préparait à le rejoindre dans la grande île pour le mariage.

Victor avait échangé avec elle deux ou trois lettres. Il lui avait demandé un rendez-vous. Elle avait répondu : « Je vous l'accorde de grand cœur. Je crois que nous avons beaucoup de choses à nous dire. » Il acheta un bouquet de fleurs variées à la petite fleuriste de la rue Blanqui : elle chantait si bien la chanson de Saint-Étienne et lui avait porté bonheur un jour…

Julie habitait chez sa marraine, du côté de la gare Belle-vue, et Victor dut prendre le tram. Elle l'accueillit, perchée en haut d'un escalier, devant une maison à deux étages, coquette mais étroite ; elle agita la main, il brandit son bouquet. Elle lui dit que c'était une gentille attention d'avoir apporté des fleurs. Il avait aussi un cadeau dans son sac. Elle le fit entrer dans une pièce un peu sombre, mais joliment meublée et bourrée de bibelots, de tableaux, de vaisselle, de rideaux, et intime, douillette, avec un calorifère de céramique au milieu. Des parfums un peu entêtants se mêlaient à une odeur de cire, de pâte à fourneau et de plantes médicinales. Un endroit qui donnait envie de rentrer chez soi pour trouver une épouse tendre et diligente vaquant à son ménage.

Julie chercha un vase, mais n'en vit aucun à sa convenance et appela : « Louise, Louise ! » Une servante assez accorte, aux airs insolents, apporta une espèce de pot trois fois trop grand où les fleurs s'enfonçaient jusqu'aux têtes, versa l'eau, puis s'essuya les mains à son tablier, tout cela sans cesser de lorgner Victor qui se sentit rougir sous l'inspection.

Julie raconta que sa marraine était partie à Lyon pour visiter le parc de la Tête-d'Or. Elle tournait dans la pièce, vive et rieuse, telle qu'il la connaissait depuis une éternité ; elle se faufilait entre les meubles, et on eût dit qu'elle multipliait par ses gestes de fée l'espace autour d'elle. Sa robe rouge à rayures blanches lui donnait l'air d'une figure d'histoire, une Marianne des temps nouveaux, du voyage et de l'électricité. Une mèche s'échappait de son chignon, coulait jusqu'à son oreille, et son corsage tendu dessinait joliment sa poitrine. Elle s'arrêta soudain de tourner, pensive, le corps tendu, les mains immobiles ; une ombre de gravité couvrit un instant son visage. Elle regarda Victor dans les yeux.

— Mais qu'attendez-vous pour vous asseoir, monsieur Victor ? Je vous invite à souper, bien sûr. Enfin, à dîner, parlons français puisque nous sommes en ville.

— Merci, mais il faudrait peut-être que je retienne d'abord une chambre d'hôtel pour la nuit.

Elle frappa dans ses mains et couvrit son visage de ses paumes, un geste familier qu'il aimait.

— Oh, que je suis sotte ! Marraine a préparé la chambre d'amis pour vous. Venez donc poser votre valise. C'est en haut.

Elle le conduisit par un escalier en colimaçon, aux marches glissantes de cire, jusqu'à une chambre minuscule, meublée d'un lit étroit. Il déballa son cadeau : une paire de jumelles dans leur étui en cuir havane. Elle s'exclama. Il expliqua en souriant :

— Grossissement six fois. À Madagascar vous pourrez observer tout ce qu'il faut observer… et même ce qu'il vaut mieux ne pas voir. J'espère que votre mari ne m'en voudra pas.

Ils étaient assis face à face, devant une tasse de café fumant, et Julie jouait avec sa petite cuiller, les yeux baissés.

— Vous m'avez bien dit que votre tante était allée visiter le parc de la Tête-d'Or ?

— Oui. Vous le connaissez ? Il est magnifique, n'est-ce pas ?

— Magnifique, approuva Victor. À votre avis, faut-il épargner les animaux féroces ?

— Oh, je crois qu'il n'y en a pas, à Madagascar.

— Je ne pensais pas spécialement à Madagascar. La plupart des auteurs de manuels scolaires disent qu'il faut les exterminer. Mais je me demande si nous en avons le droit…

— Écoutez, je n'y ai jamais réfléchi. Est-ce important ?

— Peut-être pas.

— Par contre votre lettre sur les colonies m'a inquiétée, dit-elle.

Victor fit un geste d'excuse.

— Je n'ai pas voulu vous décourager.

Julie but une gorgée de café et ferma les yeux.

— Oh, je ne suis pas découragée. Pour moi, le sort en est jeté, de toute façon. Et je sais bien que la colonisation n'est pas toute rose. Henri, mon fiancé, ne m'a pas caché qu'il avait vu certaines choses qui lui déplaisaient beaucoup.

Victor sortit le carnet où il avait recopié divers articles, dont le discours d'Anatole France, prononcé en 1906 et imprimé dans un livre au titre prometteur, *Vers des temps meilleurs*. Julie lut lentement, avec une grande attention.

« Nous savons bien qu'en Afrique, en Asie, de toutes les colonies, à quelque peuple qu'elles appartiennent, montent les mêmes plaintes, les mêmes hurlements de douleur vers le ciel sourd. Voilà quatre siècles que les nations chrétiennes se disputent entre elles l'extermination des races rouge, jaune et noire. C'est ce qu'on appelle la civilisation moderne. »

La pensée inavouable que la République était une marâtre pour ses enfants d'Afrique et d'Asie rongeait Victor. Cette crainte, cet effroi, venaient aussi troubler ses leçons d'histoire, de morale et d'instruction civique…

Voilà pourquoi il ne pouvait être complètement heureux dans son métier. Cela, il ne l'avouerait jamais à sa famille. Et avec Mlle Gilbert, il se serait fait hacher plutôt que d'en convenir.

Tandis que Julie se penchait sur le carnet, Victor prit sa tasse d'une main un peu tremblante pour la porter à ses lèvres ; mais il la reposa sans avoir bu. Le liquide était encore brûlant.

— Il y a beaucoup de violence dans ces accusations, dit Julie. Beaucoup de violence et d'exagération aussi, je suppose.

— Oui, peut-être.

Victor avait aussi apporté le livre de lecture *À travers nos colonies*. Il le feuilleta devant Julie.

— Ce livre approuve et exalte même la colonisation. On pourrait le considérer comme un ouvrage de propagande. Il n'est donc pas suspect de partialité contre la colonisation, bien au contraire… Voici ce que j'ai souligné. Page 20, à propos de l'Algérie : « Depuis cette époque, bien des insurrections partielles éclatèrent en Algérie ; elles furent promptement réprimées. »

Il tourna quelques pages.

— Voyons la Tunisie. Page 73, c'est à peu près la même phrase : « Il y eut bien au début quelques révoltes ; mais elles furent rapidement étouffées. »

— Je le savais, dit Julie. Pouvait-on faire autrement ?

Victor ne répondit. Il continua de feuilleter le livre.

— Page 76, encore la Tunisie : « Mais puisque nous sommes les maîtres de la Tunisie, nous profitons naturellement des avantages qu'elle nous offre… » Ces mots me gênent un peu, mademoiselle Julie. Voyez-vous, la Tunisie est officiellement un protectorat. Nous sommes censés protéger ce pays, pas nous conduire en maîtres… La Tunisie toujours, à propos des ordres religieux : « Cependant, amies ou ennemies, ces confréries ne peuvent être pour nous, gens civilisés, qu'un objet de mépris. »

Julie suçota quelques gouttes de café, puis écarta sa tasse de sa bouche, sans la poser.

— Henri ne pense pas ainsi, dit-elle.

— J'en suis heureux. Nous voici maintenant au Sénégal. Page 152…

Elle l'arrêta d'un geste.

— Voyons plutôt Madagascar, dit-elle.

Victor tourna les pages et lut un paragraphe, sur un ton qu'il voulait détaché. « Par notre faiblesse, nous avions laissé les Hovas s'emparer d'un pays que nous possédions depuis le XVIIe siècle. Nous avons dû reconquérir ce que nous avions perdu. Il nous en a coûté 6 000 hommes et cent millions. C'est acheter un peu cher ce qui nous appartenait incontestablement et qu'il eût été facile de conserver si nous avions montré aux Hovas que nous entendions être les maîtres chez nous. »

— Ici, ne trouvez-vous pas qu'on jette le masque ? Il est moins question des bienfaits de la civilisation que de garder sa terre et d'être maître chez soi… Oui, chez soi. Et ce commentaire, page 221 : « Nous devons user de douceur envers les êtres qui nous sont inférieurs, et la morale est ici d'accord avec l'intérêt, puisque dans les pays où l'Européen ne peut travailler, les colonies vraiment durables ont pour base l'alliance avec les indigènes. » Là, notre auteur, Josset, casse le morceau. Il dit en clair qu'on fabrique et qu'on applique la morale qui sert les intérêts des colonisateurs. Il faut peut-être ajouter que Gallieni a passé au fil de l'épée beaucoup de rebelles malgaches, sans doute plusieurs milliers. Tâchez de questionner votre mari, à ce sujet…

Julie posa sa tasse, laissa errer son regard dans la pièce, l'arrêta sur une fenêtre, puis se mordit la lèvre.

— En somme, vous voudriez que je sois votre espionne à Madagascar, et c'est pour cela que vous m'offrez des jumelles. Au fait, elles valent entre quarante et cinquante francs, c'est un beau cadeau et je vous remercie. Je n'accepte pas la mission. Je vais me mettre espionne à mon compte. Et si vous m'écrivez de temps en temps une gentille lettre, en me donnant des nouvelles du pays, de votre travail et de Colinet, je vous répondrai peut-être et je vous dirai ce que j'ai appris. Êtes-vous content ?

Victor acquiesça d'un signe.

— Je suis comblé.

Julie éclata de rire, puis observa son invité avec un mélange de malice et d'incrédulité.

— Si vous voulez en savoir plus, pourquoi n'allez-vous pas voir de vos propres yeux ? Je crois qu'il existe des longues-vues qui grossissent jusqu'à trente fois, et on n'est jamais mieux servi que par soi-même !

— J'y ai songé, avoua Victor. Mais je n'en ai plus l'envie ni le courage.

Julie hocha la tête, joignit les mains devant son visage et soupira.

— Allons nous promener. Voulez-vous voir la ville ?

— Je la connais. Et il fait nuit !

— La ville est éclairée.

Il s'approcha de la fenêtre, écarta le rideau.

— Je crois qu'il pleut.

Ils sortirent, avec manteaux et parapluies, et marchèrent une heure sous la pluie glacée. Julie garda le silence un moment, puis elle demanda à voix basse :

— Vous ne voulez pas qu'on parle de Colinet, vous souffrez encore ?

— Mais si, dit-il. Parlez-moi de lui longtemps, très longtemps. Je crois que ça me fera beaucoup de bien.

Victor dormit chez la marraine de Julie. Il consacra la journée du lendemain à acheter des livres et à en choisir à la bibliothèque. Il reprit la Galoche, encombré de deux lourds paquets. Romans, récits et livres de travail mêlés. De quoi meubler quelques semaines de solitude complète... et nourrir la prochaine discussion qu'il aurait fatalement avec Émilie Gilbert.

Ses économies de presque deux mois englouties !

Mais il bondissait dans les sentiers de la montagne en songeant à quelques-unes de ses acquisitions : *Bouvard et Pécuchet*, de Flaubert ; *La Vérité*, de Zola ; *Lettres de famille sur l'éducation*, de Mme Guizot...

Et ce titre prometteur, trop prometteur, peut-être : *Manuel républicain de l'homme et du citoyen*, de Charles Renouvier !

Et puis au cas où Mlle Gilbert le questionnerait de nouveau sur la guerre future, un roman d'anticipation militaire, en fascicules illustrés, *La Guerre infernale*, de Giffard et Robida.

Et encore, comme on n'en sait jamais trop sur les femmes, *Sapho*, de Daudet, et *Les Vierges fortes*, de Marcel Prévost !

Enfin, les deux premiers volumes des *Œuvres complètes* du marquis de Condorcet !

35

Mlle É. Gilbert à M. V. Chambost. Le 10 septembre 1909.

Cher collègue et ami,

J'espère que vous êtes chaque jour plus vaillant, comme on dit ici, et que vous serez sur la brèche, bon pied, bon œil, le premier matin d'octobre (qui n'est plus très loin).

La préparation de la rentrée me prend beaucoup de temps ; à vous aussi, je pense. Je propose que nous nous rencontrions quelques jours avant, quand nous serons fin prêts, par exemple le dimanche 26 septembre. Cela vous convient-il ?

Dans cette attente, je vous prie de recevoir, cher collègue et ami, mes très cordiales salutations.

M. V. Chambost à Mlle É. Gilbert. Le 15 septembre 1909.

Chère mademoiselle,

Merci de votre aimable lettre. Malheureusement, le dimanche 26, je serai à Saint-Galmier. Je n'ai pas vu

ma famille depuis longtemps et je dois me rendre sur la tombe de mon père. Je propose que nous remettions notre rencontre au premier dimanche après la rentrée, donc le 3 octobre.
Recevez, chère mademoiselle, mes bien sincères salutations.

Mlle É. Gilbert à M. V. Chambost. Le 19 septembre 1909.

Cher collègue et ami,
J'apprends par Mme Malatray que vous avez repris vos études. À trente ans, c'est courageux et je vous admire. Auriez-vous l'intention de préparer le concours de l'inspection primaire ? Ou un professorat d'école primaire supérieure ?
Hélas, le 3 octobre, je suis obligée de me rendre à Saint-Étienne pour visiter à l'hôpital une amie malade. Peut-être devrai-je y retourner le dimanche 10. Je propose de remettre notre rencontre au 17 octobre. Bien à vous.

M. V. Chambost à Mlle É. Gilbert. Le 20 septembre. (Jamais envoyée.)

Chère mademoiselle Gilbert,
Hier soir, je me suis endormi très vite, mais je me suis réveillé en sursaut, environ deux heures après, et j'avais le sentiment d'échapper à un cauchemar. J'ai cherché à me souvenir, en vain. J'avais la gorge dure et une curieuse douleur tout autour du cou. Je me suis levé, la chaleur était quasiment tropicale, j'étouffais, et puis je me suis mis à frissonner. J'ai voulu vous écrire tout de suite, j'ai retrouvé le brouillon que

j'avais commencé avant-hier soir, et cette phrase :… *il vaudrait mieux être mort*. À côté, j'avais griffonné, sans y penser, trois ou quatre mots : *sang, cri, rire, silence*. Pourquoi « silence » ? Quel silence ? Ma douleur au cou me faisait souffrir de plus en plus. J'ai cru me souvenir que, dans mon rêve, j'étais un homme noir et j'avais été pendu. Je me suis précipité devant ma glace, avec une chandelle, et j'ai été empli de frayeur. Ma peau m'apparaissait très foncée, entre vieux cuir et brou de noix, et j'avais les lèvres épaisses et les cheveux crépus. Pourtant mon âme était la même. Je n'oublierai jamais cette impression merveilleuse et terrible. Je suis sorti, j'ai couru comme un fou jusqu'aux tilleuls de la place, et je me suis trempé longtemps le visage dans l'eau de la fontaine pour calmer ma fièvre… et peut-être blanchir ma peau.

Enfin, je suis revenu ; mais j'ai attendu le jour pour me regarder dans la glace. J'étais bien le Victor Chambost que vous connaissez (et que vous n'aimez guère, je crois) : un petit homme blanc, ordinaire et insignifiant. Et pas très fier de lui.

Le *silence* est celui des agents de la République, des responsables, de ceux qui savent et se taisent !

La prochaine fois, j'espère rêver de vous.

Victor

36

La rentrée de 1909 tombait un vendredi.

Victor était prêt depuis le lundi. L'année scolaire 1909-1910 s'annonçait plus facile que la précédente : il n'aurait qu'un seul candidat au certificat, Nicolas Malatray, qui avait déjà le niveau de l'examen et qui était, sauf accident improbable, reçu d'avance.

Installé dans le logement de l'école, au-dessus de la classe, il avait une vie moins confortable qu'à La Chaux-de-Grange. Personne pour lui préparer ses repas et prendre soin de sa santé, à part lui-même… Les trois quarts du temps, il se faisait chauffer une soupe et cuire un œuf brouillé, sur le petit fourneau de fonte qu'il avait acheté à la Manu. Il mangeait en hâte sur la table que lui avait envoyée l'oncle Marius. La chaise, il l'avait achetée aux bohémiens… Il commençait à se plaire chez lui, dans ses trois pièces aérées et claires.

Pourtant, il se sentait honteux et triste quand il songeait au sombre taudis de sa collègue.

Eh, mon vieux, ce n'est pas de ta faute, se dit-il en s'allongeant sur son lit, le soir du 30 septembre. C'est la vie ! Le lit était moelleux, large et long… si long que même s'il s'étirait au maximum, ses talons ne touchaient pas le bout. Les Malatray le lui avaient prêté, avec toute la literie, pour le récompenser de son triple succès au certificat d'études. Une couche que les moralistes de l'école auraient à coup sûr vilipendée : les délices de Capoue du maître d'école… « Remarquez que c'est un lit à deux places, avait dit la reine Constance. Si vous vous mariez, nous vous l'offrons en cadeau… » Il avait souvent rêvé d'une couche assez large pour deux et même un peu plus, d'un doux oreiller, d'un épais matelas à bourrelets, crin et soie, posé sur un sommier à soufflet, le tout si confortable qu'on puisse tomber endormi rien qu'en le voyant.

Oublie que le monde est mal fait, se dit-il. Tu t'occuperas demain de le changer… Dieu, qu'il était bien.

Il dormit mal, pourtant, cette nuit comme les quatre ou cinq nuits précédentes. Il avait toujours un très mauvais sommeil, la semaine de la rentrée ; il ne guérirait sans doute jamais de cette angoisse.

Plus la rentrée approchait, plus souvent il songeait que Colinet choisirait le premier octobre pour revenir à Saint-Just. Ce n'était pas un espoir, mais un fantasme qui le hantait. Était-ce possible ? C'était très improbable. Il chassait vite cette idée folle.

Une fois, une seule, il rêva que l'enfant se présentait à l'école tête basse, l'air repentant. Il s'avança à sa rencontre et, soudain, ne le vit plus. Il le chercha un moment, dans la cour et la classe. En vain. Il songea dans son rêve : C'était un rêve.

Enfin, le jour et l'heure furent au rendez-vous. Le blanc soleil d'octobre éclaboussait la brume. Sabots et galoches claquaient sur le sol de la cour défoncé par les ouvriers. Par la porte grande ouverte, Victor commença d'entendre cris, appels, exclamations : *Basu ! Bétiaras ! Brandaraï !* Des mères et des grandes sœurs accompagnaient les nouveaux, les *motrus ;* quelques pleurs se mêlaient aux éclats de voix joyeux ou moqueurs. C'était un premier matin d'octobre pareil à tous les autres.

Victor attendit le dernier coup de huit heures pour claquer dans ses mains. En classe.

Toutes les leçons de morale du mois d'octobre étaient consacrées à la famille. Au cours élémentaire : l'enfant dans la famille ; ce que serait un enfant sans famille ; lectures sur les orphelins et les enfants abandonnés… On allait beaucoup parler de Colinet.

Avec les grands, on verrait la définition de la famille, les principaux types de famille, le mariage, les devoirs des époux entre eux… Mais on commencerait par la maison familiale, le foyer que nous aimons.

Au tableau de gauche, Victor avait écrit pour les petits : *Frères et sœurs sont des amis donnés par la nature. Soyez bons pour vos sœurs, protégez-les.* Et au tableau de droite, quatre vers célèbres de Lamartine :

Chaumière où du foyer étincelait la flamme,
Toit que le pèlerin aimait à voir fumer,
Objets inanimés, avez-vous donc une âme
Qui s'attache à notre âme et la force d'aimer ?

Tiénot Sauze leva la main le premier.

— M'sieur, Colinet est orphelin ? Et puis il est parti de chez lui, il a plus de foyer ?

Victor approuva d'un signe de tête. Une autre main se leva, une autre encore, puis une demi-douzaine.

— M'sieur, m'sieur ! Si on faisait la leçon sur Colinet ?

— Moi, je sais où il est allé, Colinet, dit soudain Nicolas Malatray.

Tout le monde le regarda, Victor compris. Le gamin savoura un instant la révélation qu'il préparait ; il regarda le ciel par la fenêtre, puis ferma les yeux, prit un air de prophète en extase.

— Colinet savait faire la toupie. Une fois, à la maison, j'ai compté dix-sept tours sans qu'il tombe. Il grimpait à la corde la tête en bas et il marchait sur les mains. Un jour il a même monté l'escalier de l'entrée, il n'est pas arrivé tout à fait en haut mais presque. Et puis…

Nicolas baissa la voix, regarda le maître dans les yeux.

— Il apprenait même le saut périlleux. Alors, je crois qu'il est allé chez les bohémiens pour devenir acrobate !

À midi, Mme Malatray arriva avec une jeune jument, la brave Léonore souffrant d'une fourbure du sabot. La reine Constance rapportait les deux volumes de *Sans famille*, oubliés par Colinet dans sa chambre, qui appartenaient à la bibliothèque de l'école.

Ils échangèrent quelques mots à propos des deux juments.

— À quelque chose malheur est bon, dit Victor. Nous allons profiter de l'occasion pour parler des maladies du cheval.

Elle approuva. Il prit les livres et la remercia.

— J'avais oublié *Sans famille*. C'est très aimable à vous de rapporter ces volumes. Ils vont reprendre leur place.

— Ils me semblent bien sales et usés. Colinet a dû les lire quatre ou cinq fois et sans trop de ménagement. Voulez-vous que nous les remplacions ?

Victor hésita une seconde. Objets inanimés… Non, il ne voulait pas s'attacher à ces vieux bouquins, sous prétexte que Colinet les avait lus, feuilletés et malmenés.

— Entendu, dit-il. Je vous remercie. Nous mettrons ceux-ci au grenier.

Mme Malatray sourit. Leurs regards se croisèrent. Ils pensaient tous les deux à Colinet, mais aucun n'avait envie d'aborder le sujet.

Colinet, c'était fini.

Quand Victor posa les livres sur le coin de son bureau, le deuxième volume s'ouvrit au début. Il lut quelques lignes.

« En avant !

Le monde était ouvert à moi, et je pouvais tourner mes pas au côté du nord ou du sud, de l'ouest ou de l'est, selon mon caprice.

Je n'étais qu'un enfant, et j'étais mon maître ! »

Il referma le volume et fourra les deux au fond de la bibliothèque, en attendant de les monter au grenier.

Étrange coïncidence : la situation du jeune héros, Rémi, Colinet l'avait connue, dans de pires circonstances, au moment de sa fugue. Ou bien n'était-ce pas une coïncidence ?

Une phrase, au milieu de la page suivante, attira l'attention de Victor. « De toutes les peurs qui m'avaient été inspirées par l'expérience, celle de la police était la plus grande… »

Colinet l'avait lue aussi, bien sûr. Il y avait sans doute réfléchi. Il ne se ferait pas prendre. On ne le reverra jamais, songea Victor, et c'est sans doute mieux ainsi.

Le soir, il se rendit à La Chaux-de-Grange, où les chiens, tous ensemble, lui firent fête. Marie-Jeanne parut enchantée de sa visite.

— Vous nous manquez, à moi comme à eux !

Elle l'invita tout de suite à dîner.

— Impossible, dit-il. C'est la rentrée, et j'ai du travail jusqu'à minuit, ce soir. Vous m'aviez proposé de me donner Miraut quand je voudrais. Cette offre tient-elle toujours ?

Marie-Jeanne frappa gaiement dans ses mains.

— Mais bien sûr ! Comment donc ! Vous savez que nous avons gardé un chiot de Mouette...

Elle fit mine de compter sur ses doigts.

— Jupiter, Dragon, Mouette, Miraut et le chiot. Ça nous fait cinq bêtes. C'est une de trop. Emmenez Miraut, il sera très heureux et vous nous rendrez service.

— Tout de suite ?

— Quand vous voudrez.

Il repartit avec le chien, fou de joie et plus ahuri que jamais. Victor lui chanta *En revenant de la revue*, la chanson de Paulus.

Gais et contents, nous marchions triomphants
En allant à Longchamp, le cœur à l'aise...

Comblé, Miraut bondit si haut devant son nouveau maître qu'il réussit à lui donner un coup de langue sur la figure. Ayant pris un peu d'avance, il s'assit sur son derrière à l'entrée du village et contempla avec intérêt le décor de sa nouvelle vie.

— Tu vas voir l'école de Colinet, dit Victor.

Au nom de Colinet, le chien se remit à sauter en l'air. Victor l'apaisa d'une caresse.

— Sacré Colinet, on se souviendra de lui !

Ce qui était une façon d'avouer qu'on commençait, imperceptiblement, à l'oublier.

37

Victor se rendit à la conférence pédagogique dans la voiture de M. Malatray, qui avait à faire au canton. Le fidèle Malgache partit d'un pas volontaire et presque allègre. Comme d'habitude, il adaptait son allure au terrain, sans jamais broncher devant les troncs abattus ou les autres obstacles du chemin. L'automne, ivre d'air frais et de fruits mûrs, tombait sur la montagne. Le vent charriait des nuages de pluie, mais le soleil défendait encore sa part de ciel bleu.

— Si vous permettez, dit M. Malatray, je vous accompagnerai discrètement pour apercevoir le nouvel inspecteur.

— Bien sûr. Je crois qu'il est jeune et compétent.

— En effet, j'ai entendu dire beaucoup de bien de ce M. Pajay.

La conférence se tenait à l'école des filles, plus coquette et accueillante que celle des garçons. « Accueillante grâce à qui ? demandait Mme G., la directrice, aux inspecteurs successifs. – Mais grâce à vous, chère madame. Nul n'en disconvient. »

Maîtres et maîtresses étaient déjà nombreux sous les tilleuls défeuillés de la grande cour en forme de T majuscule. On attendait sans impatience M. Pajay, le nouvel inspecteur. L'ancien, M. Reyrieux, parti à la retraite au mois de juillet, déboulait en riant et en saluant de la main ou du chapeau, l'air pressé, bonasse et un peu complice. On l'aimait bien, si on ne l'estimait guère.

Deux ou trois instituteurs tiraient ostensiblement sur leur pipe. Une institutrice proposa une cigarette à une jeune collègue, qui refusa en esquissant un signe éloquent vers la porte grande ouverte de la cour. L'inspecteur n'était pas en vue, mais il ne tarderait pas, du moins s'il était un peu plus ponctuel que son prédécesseur.

Victor échangea quelques impressions avec un camarade qui venait d'un autre village de montagne. Émilie Gilbert passa près d'eux, ou plutôt glissa, comme sur des patins à glace, l'air de ne pas les voir. Puis elle se retourna, fit un pas vers Victor et lui décocha un sourire malicieux.

— Savez-vous ce que je viens d'apprendre ? Le nouveau, M. Pajay, est licencié ès lettres, il écrit des vers et il prépare un livre de lecture pour le cours élémentaire. Toutes nos jeunes collègues sont folles de lui !

Victor se demanda si elle se comptait parmi les jeunes folles. Sans doute fallait-il être inspecteur, au moins, pour l'intéresser… Quand il voulut répondre, elle était déjà loin, avec son allure de danseuse et son ombrelle à fleurs. Il la regarda un instant virevolter et admira son aisance incomparable.

L'inspecteur surgit quelques instants plus tard, à l'heure exacte, armé d'un long parapluie noir qui lui servait de canne, le pardessus ouvert, le chapeau penché sur le côté, une grosse serviette à la main. C'était un homme d'environ trente-cinq ans, svelte et d'une élégance sans recherche ; il se tenait un peu courbé, peut-être gêné par sa haute taille. Un sourire chaleureux éclairait son visage fin, presque émacié, à la moustache et aux favoris très courts, blond foncé ou châtain-roux, à peine marqués. Son regard était si vif que tous les instituteurs et toutes les institutrices qui se trouvaient sur son passage eurent l'impression d'être considérés personnellement un quart de seconde.

Deux fois par an, en principe, à l'automne et au printemps, l'inspecteur réunissait les maîtres et les maîtresses de chaque canton, pour la très fameuse « conférence pédagogique ». On débattait, dans la bonne humeur, divers problèmes de métier, les plus graves et les plus futiles. En outre, chacun devait rédiger une fois par an un court mémoire sur un sujet de réflexion unique, parfois choisi par l'académie, voire le ministère. M. Pajay avait dépêché dès la rentrée un courrier précisant le sujet de l'année, ajoutant un mot de sa main : « Bonne chance. » Le thème était dans l'air, les revues en débattaient longuement : *Pensez-vous que l'enseignement de l'histoire ait pour but principal d'éveiller et de développer l'esprit patriotique ?*

En général, deux contributions étaient lues devant l'assemblée distraite : côté masculin, un ancien s'acquittait de la corvée ; les dames préféraient désigner une championne et se disputaient l'honneur de parler devant monsieur l'inspecteur. Une grosse dame, assurée de sa science et de son bon droit, lut avec une voix de cantatrice un catalogue ronflant de lieux communs recopié dans les revues et les livres de pédagogie. Tout le monde lui sut gré d'en finir en un petit quart d'heure… Un maître chevronné, sans illusions, lui succéda, et lut lentement, pour faire durer le pensum, sur un ton primesautier et sans se priver de clins d'œil malicieux, un mémoire insipide et voulu tel, sans le moindre doute.

Pour les commenter, l'inspecteur choisit un biais qui concilia toutes les opinions.

— Il va sans dire que la locomotive du patriotisme doit avancer sur les rails de l'histoire. Mais n'oublions pas la vapeur, si nécessaire, et l'eau et le charbon qui servent à la produire.

Il insista sur l'eau et le charbon, en l'occurrence les idées du temps que des personnages extraordinaires portent à ébullition. Il fut applaudi pour cette image. Jamais personne n'avait songé à applaudir M. Reyrieux.

— En cas de litige sérieux avec n'importe quelle personne, maire, parent, délégué cantonal…, déclara l'inspecteur à la fin de la séance, dites qu'on m'écrive. Si la personne ne sait pas, proposez-lui de vous dicter sa réclamation ou sa protestation. Il m'arrive de passer des nuits à répondre à ce genre de lettres. C'est ainsi que je conçois mon métier.

Le voisin de Victor lui donna un coup de coude et souffla :

— Eh bien, mon vieux, on ne regrettera pas Reyrieux !

M. Pajay conclut sur un ton badin :

— Je vois que vous êtes tous très attachés à votre métier. Je vous informe toutefois que le ministère de l'Instruction publique désire en ce moment augmenter le nombre d'inspecteurs et d'inspectrices sortis du rang, comme on dit dans l'armée. Avis aux amateurs. Je recevrai dans le bureau de la directrice ceux et celles qui seraient intéressés par la préparation de l'examen d'aptitude et souhaiteraient se renseigner. Un examen difficile, vous le savez, mais pas inaccessible.

On ne l'applaudit pas. L'examen d'aptitude aux fonctions d'inspecteur primaire passait pour très ardu. Un concours déguisé, affirmait-on. Le droit, surtout, rebutait les instituteurs. Personne ne parut s'enflammer pour la proposition du ministère… Victor voulait parler à l'inspecteur de tout autre chose : il profita de l'occasion et se présenta au bureau de la directrice.

— Chambost, de Saint-Just-la-Roche.

— Eh bien, le métier vous irait comme un gant, cher ami, dit l'inspecteur. D'autant que vous avez un joli coup de plume !

Le métier ? Un joli coup de plume ? Surpris, Victor pensa que M. Pajay le confondait avec un collègue. Il faillit même lâcher un gros mensonge. Non, je n'ai pas pensé à l'inspection… Il se rattrapa de justesse.

— Le moment venu, pourquoi pas ?

— Le moment venu, c'est ça.

— Monsieur l'inspecteur, vous avez peut-être trouvé en arrivant, dans mon dossier, une lettre que j'avais adressée à M. Reyrieux, pour un cas embarrassant…

— Et M. Reyrieux n'a pas eu le temps de vous répondre avant son départ ? Oui, je l'ai trouvée. Et, à propos de plume, je faisais justement allusion à cet excellent rapport, clair et passionné. J'aime que les maîtres se passionnent pour ce qui touche à leurs élèves et pour ce que j'appelle les affaires de la République. Il s'agit, n'est-ce pas, d'un jeune garçon que son tuteur a retiré de l'école à quelques mois du certificat d'études ?

— Oui, monsieur. Le petit Colin Plasson, un orphelin que je crois très doué pour les études.

Victor raconta l'histoire de Colinet. L'inspecteur se mit à marcher de long en large, les mains dans les poches, autour du bureau.

— Vous vous échauffez encore pour cette affaire. J'aime cela !

— Merci.

— Je suis arrivé trop tard pour m'occuper de ce cas. Mais je comptais vous écrire de toute façon. Maintenant, croyez-vous qu'on puisse encore tenter une démarche ?

— Non. D'ailleurs, le gamin est parti, on ne sait où.

L'inspecteur s'arrêta, pensif, en face de Victor.

— Qu'attendez-vous de moi ?

— Je voudrais que vous répondiez très sincèrement à une question.

— Je suis toujours sincère, Chambost. C'est ma méthode… et ma morale. Ou, si je ne peux l'être, je me tais. Je vous écoute.

— Sans critiquer votre prédécesseur, croyez-vous que vous auriez pu, à sa place, intervenir d'une façon ou d'une autre pour ce garçon ? Dans le cadre des lois existantes, bien sûr, en attendant de les changer ?

— Oui, en attendant de les changer…

L'inspecteur reprit son va-et-vient, les mains sorties de ses poches et nouées derrière le dos. Il examina un moment la boue qui tachait ses beaux escarpins vernis ; puis il leva les yeux vers le haut d'une fenêtre et observa longtemps la ronde des feuilles mortes que le vent plaquait contre la vitre.

Il fit une dernière fois le tour de la table et s'installa, jambes croisées, sur le siège de la directrice.

— Oui, dit-il enfin. Oui, je le crois. Je me serais battu de toutes mes forces et j'aurais réussi. Ou bien j'y aurais perdu mon nom ! Voyez-vous, mon cher Chambost, j'ai quelques tours dans mon sac… Et si vous rejoignez un jour l'honorable corporation des inspecteurs de l'enseignement primaire, je tâcherai de vous les apprendre. Ma réponse vous satisfait ?

— Oui, monsieur. Je vous crois. Si par chance je devenais un jour inspecteur, j'aimerais que les maîtres et maîtresses de ma circonscription aient pour moi la confiance que j'ai en vous. Et, je dois ajouter, que nous partageons tous ici, j'en suis sûr.

— Merci. Voulez-vous que nous en reparlions d'ici quelques semaines ? Et continuez d'exercer votre plume. Ah, voulez-vous me remettre votre mémoire d'aujourd'hui…

Victor dissimula une grimace mais s'exécuta. L'inspecteur parcourut d'un regard souriant les quatre feuillets sortis d'un cahier d'écolier sur lesquels Victor avait griffonné à la hâte une vue édulcorée de l'histoire patriotique. Puis il les plia soigneusement et les glissa dans sa serviette en veau extra.

Le repas en commun, à l'Hôtel de la Loire, fut plus calme et plus sérieux qu'à l'habitude. Même les vieux de la vieille et les demoiselles fraîches émoulues de l'école normale retinrent leurs rires et abrégèrent leurs apartés.

Les affamés, nombreux dans cette corporation mal nourrie, se consacrèrent sans vergogne à déguster leurs quenelles de volaille et leurs macaronis au gratin. L'inspecteur mangea de bon appétit et versa le saint-Joseph à ses voisines, qui rosirent en quelques minutes.

Au dessert, il demanda à chacun de choisir un poème et de le dire.

— L'un que vous sachiez par cœur, entre tous ceux que vous faites apprendre à vos élèves. Les fables de Florian et de La Fontaine sont autorisées… mais pas les chansons à la mode.

Victor choisit *Le Lac* et récita en bafouillant un peu les six premiers quatrains, qu'il savait pourtant fort bien. Le regard gentiment railleur d'Emilie Gilbert lui fit à plusieurs reprises trébucher la langue. Il termina : *Ô temps, suspends ton vol…* Et, tout bas, comme à bout de souffle :… *des plus beaux de nos jours*.

Émilie enchaîna sur Lamartine et d'autres beaux jours – pour se moquer de moi, pensa-t-il.

Salut, bois couverts d'un reste de verdure !
Feuillages jaunissants sur les gazons épars !
Salut, derniers beaux jours ! le deuil de la nature
Convient à la douleur et plaît à mes regards.

Il décida de rentrer à pied.

— Pour profiter des derniers beaux jours, dit-il à Émilie. Et vous, montez donc dans la voiture de M. Malatray. M. le maire sera sûrement enchanté de votre compagnie.

38

Mlle É. Gilbert à M. V. Chambost. Le 10 novembre 1909.

Cher collègue et ami,

Voici l'année scolaire sur les rails. On respire mieux, n'est-ce pas ? Nous n'avons pu nous rencontrer avant la rentrée ni à la conférence pédagogique. Je le regrette, mais c'est sans importance. Je souhaiterais maintenant reprendre notre si plaisante correspondance. J'aime vous lire… et vous répondre. Et quelle facilité pour se parler ainsi, sans perdre du temps en allées et venues. Dites-moi ce que vous en pensez ? Dans cette attente, je vous prie de recevoir, cher collègue et ami, mes très cordiales salutations.

Émilie G.

M. V. Chambost à Mlle É. Gilbert. Le 12 novembre 1909.

Chère mademoiselle Émilie,

Je ne partage pas votre goût pour la correspondance. Je regrette aussi notre rencontre manquée, par ma faute.

J'étais d'humeur sombre et sauvage l'été dernier. Le drame de Colinet était encore trop proche, sans doute. J'ai repris mon sang-froid, j'ai de nouveau le cœur à l'ouvrage. Ce n'est pas que je voie tout en rose, mais je crois être redevenu un citoyen de bonne compagnie. Et prêt à faire amende honorable.
Pourquoi ne pas se rencontrer de temps en temps pour bavarder ? Dois-je penser que vous ne souhaitez plus me voir en chair et en os ? Vous aurais-je blessée ?
N'importe. J'accepte votre proposition. Correspondons, dondaine et dondon. Mais oui, je prends beaucoup de plaisir à ces échanges... mais j'enrage en même temps. J'attends avec impatience votre prochain courrier.

Victor C.

Mlle É. Gilbert à M. V. Chambost. Le 13 novembre 1909

Cher collègue et ami,
Votre réponse m'a fait grand plaisir. Je souhaiterais que nous nous écrivions des lettres courtes, chaque jour ou tous les deux jours si le temps nous manque. Et pour commencer, pourrions-nous reprendre tous les points sur lesquels nous sommes tombés d'accord, dans nos correspondances et nos rencontres ?
Recevez, cher collègue et ami, mes plus amicales salutations.

Émilie G

M. V. Chambost à Mlle É. Gilbert. Le 14 novembre 1909.

Une lettre courte ? Pourquoi pas ?

Victor C.

Mlle É. Gilbert à M. V. Chambost. Le 15 novembre 1909.

Parfait. Mais on n'est quand même pas obligés de faire aussi court ! Je suppose que vous n'avez pas envie de parler de la guerre, alors laissons-la de côté. De même pour les colonies. Nous pouvons considérer que nous sommes d'accord sur ces questions-là, à quelques nuances près.
Voyons maintenant l'école…

(Les élèves avaient pris l'habitude de porter une lettre chaque jour, les filles à l'école des garçons et les garçons à l'école des filles. Si Victor oubliait ou s'il n'avait rien écrit, les garçons le rappelaient à l'ordre. Mais il oubliait de moins en moins. Il se demandait : Où veut-elle en venir ? En attendant, il se piquait au jeu.)

Mlle É. Gilbert à M. V. Chambost. Le 24 novembre 1909.

Cher collègue et ami,
J'en reviens à l'école mixte. Je voudrais votre dernier mot sur la question. Vous me direz que ce n'est pas une affaire urgente et qu'il n'y aura pas d'écoles mixtes avant longtemps, sauf peut-être dans les très grandes villes, à titre d'expérience. Mais on ne sait jamais. Et je suis sûre qu'on en créera un jour (comme on fabriquera un jour des aéroplanes de guerre avec une mitrailleuse à la queue !).
Alors, supposons. Vous êtes marié, on vous propose une école à deux classes mixtes : vous auriez les

grands et les grandes (quel bonheur, n'est-ce pas, d'avoir les grandes filles sous votre houlette !) et votre femme aurait les petits et petites. Le poste est par ailleurs très intéressant, avec le secrétariat de mairie, dans un village agréable. Votre femme n'est guère enchantée par ce projet, car elle avait auparavant une classe de filles, jusqu'au certificat. Mais elle se tait, parce que c'est son habitude dans le ménage. Que décidez-vous ?

Émilie G.

M. V. Chambost à Mlle É. Gilbert. Le 25 novembre 1909.

Tiens, c'est la Sainte-Catherine, aujourd'hui. Qu'est-ce que je décide ?

Victor C.

Mlle É. Gilbert à M. V. Chambost. Le 25 novembre 1909.

Oui. Qu'est-ce que vous décidez ? É.

M. V. Chambost à Mlle É. Gilbert. Le 26 novembre 1909.

Vous avez gagné. Un seul mot ! Jamais je ne pourrai écrire plus court. Bon, je décide que… Je ne décide pas. Je supplie ma femme de me dire sincèrement ce qu'elle souhaite. V.

Mlle É. Gilbert à M. V. Chambost. Le 26 novembre 1909.

Votre femme vous répond : « Ce que tu veux, mon chéri. » Que faites-vous ? É.

M. V. Chambost à Mlle É. Gilbert. Le 27 novembre 1909.

Je ne sais pas. J'ai très envie d'avoir des filles dans ma classe. Je me passerais même des garçons ! V.

(Les élèves couraient maintenant d'une école à l'autre deux fois par jour. On commençait à en parler dans le village.)

Mlle É. Gilbert à M. V. Chambost. Le 27 novembre 1909.

Félicitations pour votre sincérité. Mais j'attends une vraie réponse. É.

M. V. Chambost à Mlle É. Gilbert. Le 28 novembre 1909.

Franchement, je ne sais pas. J'ai l'impression d'être à l'école de guerre, au cours de stratégie. Si je réponds que je prends le poste puisque ma femme ne s'y oppose pas, je n'aurai plus aucune chance de vous plaire. Si je réponds que je refuse, vous me jugerez hypocrite ou menteur.
Vous m'avez mis échec et mat. V.

Mlle É. Gilbert à M. V. Chambost. Le 28 novembre 1909.

Cher collègue et ami,
Vous vous en tirez trop facilement. Et il est vrai que vous n'êtes pas sincère… Je crois que vous êtes un gentil garçon et que vous n'enlèveriez pas à votre femme la joie de conduire ses filles jusqu'au certificat. Vous refuseriez donc l'école mixte. É.

M. V. Chambost à Mlle É. Gilbert. Le 29 novembre 1909.

Chère mademoiselle Émilie,
Oui, c'est sans doute ce que je ferais. V.

Mlle É. Gilbert à M. V. Chambost. Le 30 novembre 1909.

Je viens de lire une réflexion amusante d'un journaliste. Ce monsieur, qui a l'air de s'y connaître, prétend que le corset favorise le mariage dans les classes populaires. Comment ? Réponse : les bourgeoises ont une femme de chambre ou une servante pour les aider à lacer leur corset. Les femmes du peuple, qui n'en ont pas, ont besoin d'un mari.
Que pensez-vous du corset, cher collègue et ami ? É.

M. V. Chambost à Mlle É. Gilbert. Le 1er décembre 1909.

Je trouve que le corset ajoute à la beauté des jeunes femmes. Je suis pour. V.

Mlle É. Gilbert à M. V. Chambost. Le 1er décembre 1909.

Mais vous n'en portez pas. É.

M. V. Chambost à Mlle É. Gilbert. Le 2 décembre 1909.

Non, je n'en porte pas. Si ma femme en porte un, je l'aiderais volontiers à le lacer. V.

P.-S. Pour votre cours d'histoire : Aujourd'hui est le cent quatrième anniversaire de la bataille d'Austerlitz.

Mlle É. Gilbert à M. V. Chambost. Le 2 décembre 1909.

Et si elle n'en portait pas ? Je suis sûre que le progrès va chasser le corset comme il va remplacer la bicyclette par l'aéroplane. É.

P.-S. Et si Napoléon avait perdu la bataille d'Austerlitz, aurions-nous encore l'Alsace et la Lorraine

Mlle É. Gilbert à M. V. Chambost. Le 3 décembre 1909.

Ouf ! Austerlitz, c'est fini. Avez-vous remarqué que nous tombons d'accord sur beaucoup de points ?

Beaucoup plus, en tout cas, qu'il ne semblait au début… É.

M. V. Chambost à Mlle É. Gilbert. Le 4 décembre 1909.

C'est que nous avons évolué. Surtout moi. V.

Mlle É. Gilbert à M. V. Chambost. Le 4 décembre 1909.

Non, c'est moi. É.

Mlle É. Gilbert à M. V. Chambost. Le 5 décembre 1909.

Avez-vous envie que nous poursuivions ensemble cette évolution ? É.

M. V. Chambost à Mlle É. Gilbert. Le 4 décembre 1909.

Que voulez-vous dire, exactement ? V.

Mlle É. Gilbert à M. V. Chambost. Le 5 décembre 1909.

Oh, rien de plus. É.

M. V. Chambost à Mlle É. Gilbert. Le 6 décembre 1909.

Alors, je ne sais pas. V.

Mlle É. Gilbert à M. V. Chambost. Le 6 décembre 1909.

Cher monsieur Victor,
Vous ne sortez jamais de vos gonds ? Avouez que vous allez finir par me détester ! Ne croyez pas que je vous pousse à bout pour le plaisir (même si je

prends du plaisir à le faire !). J'aimerais vous voir éclater et vous révéler. Pardonnez-moi, s'il vous plaît. É.

M. V. Chambost à Mlle É. Gilbert. Le 6 décembre 1909.

Chère mademoiselle Émilie,
C'est vrai que mes gonds commencent à s'user. Mais je vous pardonne. Que voulez-vous de plus ? V.

Mlle É. Gilbert à M. V. Chambost. Le 6 décembre 1909.

Écrivez-moi que je suis cruelle, affreuse, insupportable, mais que vous me pardonnez quand même. Et appelez-moi Emilie. É.

M. V. Chambost à Mlle É. Gilbert. Le 6 décembre 1909.

Chère Émilie,
Je vous aime et vous vous amusez à me tourmenter. Vous vous moquez de moi, vous me tournez en ridicule. Pourquoi ? Sans doute parce que je suis un imbécile. Parce que je vous aime et que vous ne m'aimez pas ? J'ai longtemps hésité à écrire les mots que vous allez lire maintenant. Je craignais trop votre rire. Eh bien, riez si vous voulez.
Vous voulez une lettre courte, n'est-ce pas ? C'est la règle du jeu. Qu'on en finisse ! Mademoiselle Émilie Gilbert, j'ai l'honneur et le plaisir de demander votre main à votre père, le juge qui aime tant la

guillotine. Pouvez-vous lui transmettre ma requête ? Ou si vous préférez vous passer de lui, Émilie, voulez-vous m'épouser ? Merci de répondre par retour du courrier. V.

39

Envoyée par la poste et déposée par le facteur, une lettre arriva de Madagascar. C'était une carte postale, couverte d'une écriture haute et serrée que Victor connaissait bien.

Tamatave, le 31 octobre 1909.

Cher monsieur Chambost,

Les jumelles sont excellentes, mais elles ne m'ont pas encore permis de découvrir le paysage que vous souhaitez peindre. Je me sers plus de mes oreilles que de mes yeux (pour les renseignements historiques et géographiques que vous désirez...). D'après ce que j'entends, Anatole F. n'aurait pas tout à fait tort. Je vais continuer d'écouter toutes les chansons qui se chantent ici, en français et en patois du pays. Je vous enverrai les paroles sinon l'air.

Suivaient quelques considérations sur la grande île, sa faune et sa flore, la pluie et le beau temps, et la vie d'une femme d'officier aux colonies. C'était signé : Votre dévouée Julie Valla, épouse du capitaine Henri Régnier.

Affaire entendue, décréta Victor. Anatole France a raison. Et Julie a eu peur que sa lettre ne soit lue par la censure militaire : elle s'exprime à mots couverts, de façon un peu ridicule… Ce qui est la meilleure preuve !

Vint la réponse d'Émilie. Victor la garda une demi-journée sans la décacheter. Il but deux verres de saint-joseph pour se donner du courage et l'ouvrit enfin, la nuit tombée.

Mlle É. Gilbert à M. V. Chambost. Le 9 décembre 1909.

Cher monsieur Victor,
Non, je ne ris pas. Je suis même très touchée. J'ai beaucoup d'estime et d'amitié pour vous, mais vous allez bien vite. Nous nous connaissons à peine et vous me demandez en mariage ! Je ne dis pas non. Je suis trop ébahie par votre déclaration pour vous répondre sagement. Pouvez-vous patienter un peu ? Il nous faut prendre le temps de nous apprécier mieux, n'est-ce pas ? J'ai moi aussi très envie de mieux vous connaître. Nous devrions tâcher à présent de nous rencontrer de temps en temps. C'est vrai, vous le souhaitiez, vous aviez raison. J'avoue que je suis, encore plus que vous, esclave de mon travail. *Mea culpa.*
Il y a quelques mois, vous m'aviez posé une question à propos de la guillotine. Vous vous souvenez ? Je vous avais répondu un peu sèchement. Je m'en excuse. Peut-être est-il temps que vous me connaissiez mieux. Je vais donc finir ma réponse aujourd'hui.

Oui, mon père est juge. Il a – ou il avait, car je crois qu'il s'est un peu adouci en vieillissant – le culte de la justice et de son instrument le plus radical et le plus sûr, que vous appelez l'engin tranchant. Et il imposait sa religion de la peine de mort à sa famille, et d'abord à ses deux garçons, Matthias, mon aîné, et Jacques, mon cadet. Il se vantait en toute occasion d'avoir envoyé à l'échafaud plusieurs assassins ou présumés tels. Il avait un parfait mépris pour les jurés, qui selon lui « mangeaient dans sa main ». Pour effrayer ses fils, il avait placardé dans leur chambre une grande photographie de sa chère machine qu'il avait prise lui-même. Ça n'avait aucun effet sur mon frère aîné, qui s'y est habitué très vite et qui ne s'en souciait pas plus que des châtiments divins. Mais la guillotine terrifiait Jacques, mon cadet, et hantait ses cauchemars. Naturellement, mon père ne se contentait pas de l'image de l'outil affichée dans les chambres. Il en parlait très souvent, à table surtout, pour se vanter de ses exploits ou pour menacer tous ceux qui ne filaient pas droit, à commencer par ses enfants. Il profitait de l'absence de ma mère, qui se faisait soigner les nerfs et qui était souvent absente. Il nous abreuvait d'anecdotes effrayantes sur l'échafaud, le bourreau et les condamnés à mort. Matthias s'esclaffait et quelquefois en redemandait pour plaire à papa. Le pauvre Jacques devenait vert. Il serait rentré dans un trou de souris. Vers l'âge de huit ans, il a questionné notre vieille servante, Sidonie. « Dis, Nonie, tu crois que je serai guillotiné quand je serai grand ? » Et plus tard, il a demandé à un de ses maîtres à partir de quel âge on guillotinait les enfants. Pour moi, j'étais partagée entre le dégoût et la colère. De longtemps, je n'ai osé pénétrer dans les chambres de mes frères. J'ai voulu entrer à l'école normale pour échapper le plus vite possible à cette atmosphère familiale qui me rendait folle. Mon père m'a passé ce qu'il prenait pour une lubie éphémère. Mon frère Jacques est infirmier à Lyon. Matthias est receveur des finances : il est le seul de nous trois qui n'ait pas dérogé à son rang. Voilà pourquoi je n'apprécie pas la guillotine autant que je le devrais comme institutrice de la République. Et la peine de mort évoque pour moi la fureur d'un homme qui l'aurait volontiers appliquée à tous ceux qui lui tenaient tête ou ne pensaient pas comme lui !

En attendant une prochaine rencontre, voulez-vous continuer notre correspondance ?

Recevez, cher monsieur Victor, mes très amicales pensées.

Émilie

M. V. Chambost à Mlle É. Gilbert. Le 11 décembre 1909.

Chère mademoiselle Émilie,

Pardon d'avoir été trop vite. Il me semblait que nous nous connaissions depuis plus d'un an… Mais ce n'est pas ce que vous entendez par le mot « connaître » ? Je suis très touché par vos confidences. Votre enfance a été aussi cruelle que la mienne. Ou peut-être plus… Oserai-je dire que nous sommes faits pour nous entendre ?

Nous rencontrer : Oui.

Continuer cette correspondance : Non. Votre dernière lettre est très belle. Tout ce que je pourrais vous raconter sur ma propre vie semblerait, à côté, fade et mesquin.

Votre dévoué collègue et ami,

V. Chambost

Nicolas Malatray apporta ce matin-là un mot de son père.

Cher monsieur Chambost,

Je m'excuse de n'avoir pu vous rendre visite comme je l'espérais depuis le début du mois. En fait, je n'ai pas de nouvelles à vous apporter… sinon qu'il n'y a pas de nouvelles ! J'ai rencontré le maire de Saint-Michel avant-hier. Notre petit Colinet court toujours… Il faut croire qu'il est encore plus malin qu'on ne l'imaginait, ou que les gendarmes sont encore plus maladroits qu'on ne le dit. Ou les deux ! Espérons qu'il se porte bien et qu'il ne souffre pas trop de l'hiver par les grands chemins…

Louis Malatray

Victor répondit le soir même.

Monsieur le maire,

Je vous remercie de votre courrier et des démarches que vous avez faites auprès du maire de Saint-Michel. Pour ma part, j'ai tiré un trait sur la triste et belle histoire de Colinet. Le premier trimestre de l'année scolaire s'achèvera bientôt. J'espère que cette année sera favorable à l'école et aux élèves.

La vie continue.

Agréez, monsieur le maire, l'expression de mes sentiments dévoués.

V. Chambost

40

Journal d'Émilie Gilbert

Le 12 décembre 1909.

La neige s'annonce. Tous les anciens jurent qu'avant la fin de la semaine, on en aura jusqu'aux genoux…

Très bien. C'est ce que j'attendais.

13 décembre.

Pauvre Victor, je l'ai poussé dans ses retranchements (avec mon allusion au corset). J'y ai pris plaisir, je l'avoue. Suis-je méchante ? Le 6, je lui ai écrit : « J'aimerais vous voir éclater et vous révéler. » Eh bien, c'est fait. Il m'a répondu par une déclaration qui n'est pas un modèle du genre, mais qui semble sincère et qui m'a comblée… mais cela je ne pouvais le lui dire. Pas encore. Je ne peux pas lui écrire non plus que ses épreuves touchent à leur fin (si tout va bien).

Vivement la neige.

J'avoue que j'ai mis un certain temps à le comprendre. D'abord, parce que je n'en avais pas envie. Il représente trop bien ce côté moralement raide et ridiculement solennel des instituteurs, que je supporte de plus en plus mal (mais je ne supporte pas mieux les quelques cyniques de la profession, jeunes ou vieux, qui méprisent tellement les femmes, collègues comprises). Il faut entendre Victor Chambost prononcer les quatre mots de son credo, « l'école de la République », comme il dirait Jésus, Marie, Joseph… Oui, cela prête à rire. Il le sait et il sait, parfois, rire un peu de lui-même. Je suis devenue indulgente à ses manies et ses travers. Je ne suis pas parfaite non plus !

Il est tel qu'on l'a formé, sans cesse tourmenté par sa conscience, par la peur de ne pas faire assez bien ou de trahir sa mère, la République. Ce modèle est encore dominant parmi les instituteurs laïques. Pas pour longtemps peut-être. Qui sait si on ne les regrettera pas un jour, ces moines-soldats de l'école (et il existe des nonnes laïques qui sont presque pires !). Ce qui sauve notre Victor, c'est qu'il a du cœur. Il aurait pu devenir un maître maniaque et vétilleux, tyrannique et inflexible, comme il y en a trop. À ma connaissance (et je me suis renseignée), il est tout le contraire. Peut-être parce qu'il aime ses élèves et qu'il n'a pas oublié son enfance…

Oui, je crois qu'il est humain, juste et généreux. La pierre de touche, pour moi, c'est le bonnet d'âne ! J'ai questionné les filles, tout au long de l'année dernière et cette année encore : jamais, depuis que Victor Chambost est à Saint-Just, on n'a vu un garçon exhiber cette marque d'infamie. Personne ne sait ce qu'est devenu le bonnet d'âne d'Hippolyte Salomon. Victor l'a peut-être jeté dans le poêle !

Pourquoi ne lui ai-je pas posé la question dans notre correspondance ? Que pensez-vous du bonnet d'âne, monsieur et cher collègue ? J'y ai pensé plus d'une fois, mais j'ai eu peur. Oui, peur ne qu'il me réponde qu'il approuvait ce genre de pratique, rien que pour me faire enrager

14 décembre.

La nouvelle, Louise Fernand (Fernand Louise, comme elle dit), vient de la ville : la banlieue de Lyon. Elle est en « cure d'air » au mont Pilat, ce qui lui réussit mieux que bien. Elle est délicieusement infernale. Elle a treize ans et devrait faire une bonne candidate au certificat. Un peu en retard dans sa croissance, à cause de son asthme, elle est au contraire en avance pour la maturité d'esprit, ce qui ne la rend pas plus facile à vivre. Elle trouve ses camarades trop gamines. Elle s'excite avec une sorte de rage sur notre pauvre livre de lecture : *Le Ménage de Mme Sylvain*, la suite de l'histoire de Suzette.

C'est une tradition : les filles sont très déçues de ne rien apprendre dans ce livre sur le mariage de Suzette. Elles savent bien qu'on leur cache quelque chose. Elles se résignent… mais pas Louise. Elle m'a donc questionnée, de façon plus ou moins directe. « Que faisait Suzette avec son fiancé ? » J'ai feint de ne pas comprendre. « Avec son fiancé ? – Oui, avant de se marier avec lui. » La question qu'elle a en tête se décompose en deux, à peu près comme ceci : « Qu'est-ce qui se passe pendant la nuit de noces ? Est-ce que ça peut se passer avant ? » Mes petites montagnardes n'en sont pas là. Mais quand pourra-t-on dire la vérité ? Jamais tant que la société sera ainsi dominée par la religion, même la religion laïque.

Louise m'a demandé ce qui se passait si une jeune femme s'apercevait, une fois mariée, que son mari ne lui plaisait pas. J'ai répondu : « Il est trop tard. Elle doit s'en apercevoir avant. Les fiançailles sont pour ça. » Elle s'en est allée, pensive, en répétant : « Les fiançailles sont pour ça… » Mais je ne suis pas fière de moi. Je lui ai menti sciemment. Les fiançailles étaient peut-être « pour ça » jusqu'au milieu, ou peut-être à la fin du XVIIIe siècle, mais plus aujourd'hui.

À quoi servent-elles donc ? À rien, sauf si les filles sont assez malignes pour décider du contraire. Qu'en pensez-vous, cher monsieur Victor ?

17 décembre.

Le vent souffle du nord, depuis deux jours. C'est la sibère. Des nuages au ventre de cuivre arrivent de tous les côtés à la fois. Ils ont commencé par étouffer les crêts, ils semblent maintenant se poser sur les cimes des sapins. Une lueur blafarde s'infiltre sous l'horizon.

La neige est là. Les premiers flocons dansent dans l'air. Des cristaux brillants vous collent à la peau, poudrent les cache-nez et les manteaux, s'infiltrent dans les cols, sous les gants, dans la moindre fente des vêtements où ils se changent en eau froide.

Une peluche scintillante se fixe aux branches et s'étale sur les toits. La couche s'épaissit, recouvre les bosses du terrain, comble les creux, efface les chemins, habille les champs, aplatit les courbes du relief…

Le 18 décembre.

Les maisons s'estompent à quelques pas. Suivant les moments, suivant la clarté qui filtre, le village paraît tantôt immense, tantôt minuscule, dans la lumière ouatée. Un châle aux mailles serrées encapuchonne les bois, percé de loin en loin par les cimes des sapins.

Les gens avancent tête baissée, aveuglés, vite trempés ; certains tournent la tête, de temps en temps, pour respirer. La neige monte par places à mi-jambe ; elle courbe le bord des chapeaux.

On est samedi. À la fin de l'après-midi, peu après la sortie de la classe, j'ai envoyé deux filles à l'école des garçons porter une lettre pour Victor. Je n'avais pas écrit depuis une semaine à mon cher collègue et ami. Elles étaient tout heureuses. La plus petite tenait une lanterne, pas encore allumée, la plus grande a brandi mon enveloppe. J'ai crié : « Mets-la vite à l'abri, s'il te plaît ! » Elle l'a fourrée sous son manteau, mais je suis à peu près sûre que ma missive arrivera mouillée… « Et dites que vous attendez la réponse. – Oui, mademoiselle ! »

J'attends.

J'essaie d'imaginer la scène. Victor pousse les fillettes contre le poêle qui ronfle gaiement. Il veut ouvrir l'enveloppe avec le manche d'un porte-plume, mais ses mains tremblent d'émotion ; il doit sortir son couteau. Il lit enfin mon invitation.

« Cher monsieur Victor, j'aimerais aller marcher dans la neige avec vous, demain au milieu de la journée, tout de suite après votre déjeuner, si vous pouvez, car la nuit risque de tomber très tôt.

« Si vous ne pouvez pas, tâchez d'avoir une très, très bonne excuse. Émilie Gilbert. » Et ce post-scriptum malicieux : « S'il vous plaît, n'amenez pas votre chien. Je ne supporte pas de me promener avec un toutou. »

J'espère qu'il n'aura pas d'excuse.

À demain, cher journal. Ou après-demain plutôt… Je te raconterai tout (sans cachotterie comme Mme Marie Robert Hait dans *Le Ménage de Mme Sylvain* !).

41

Victor leva la tête. Les fillettes qui le guignaient du coin de l'œil se détournèrent prestement. Peut-être avaient-elles surpris le frémissement de ses mains et, avec leur intuition de petites bonnes femmes, deviné son émoi. « Bon », dit-il et, en hâte, il chercha une feuille de papier à lettres. Il n'en vit pas, où rangeait-il donc sa réserve ? Il arracha une feuille à son cahier de préparation de classe. Il trempa son porte-plume dans un encrier d'élève, n'osant même pas essayer de déboucher le sien.

Impossible de poser la plume sur le papier. Il se raidit en vain. Jamais il ne pourrait écrire une ligne entière. Un mot, peut-être ? Il avait le choix entre oui et non. Il eut une seconde la tentation de répondre non, pour venger son chien, mais c'eût été comme d'aller se pendre au grenier de l'école. Il traça d'un geste net les trois lettres en capitales d'imprimerie.

OUI.

Le vent se ranima, les flocons devinrent plus compacts, plus cinglants. Ils continuèrent de tomber dans le jour glauque, le crépuscule plombé, la nuit noire qu'une luisance lactée éclairait de la terre.

Quelques bruits étouffés, indistincts et lointains, picotaient le silence plus qu'ils ne le troublaient. On se surprenait à guetter le hurlement des loups. Mais il n'y avait plus de loups…

Le dimanche à midi, le soleil brillait dans un ciel clair, bleu, strié de guirlandes grises, et la neige renvoyait ses rayons en ravivant leur éclat. Un paysage aveuglant, illimité, s'étendait entre le village et la montagne. La forêt semblait changée en décor de cristal.

Munis de pelles et de balais de bruyère ou de genêt, les gens du village et des hameaux ouvraient les « traces », les passages dans les cours, pour aller aux fontaines, aux dépendances, pour gagner la sortie ; puis ils se regroupaient pour dégager les principaux chemins et routes, pour nettoyer les rues, les places et surtout le devant de l'église. Sans oublier les deux cafés, Gassouille et Liche.

On parlait haut, on riait, on s'interpellait, on criait à tue-tête, on blaguait, on chantait. Victor ne fut pas le dernier à manier la pelle et à pousser un couplet. Il se sentait le diable au corps, il avait besoin de se démener, de s'étourdir pour précipiter le cours des heures. Il n'osait tirer trop souvent sa montre de la poche de son gilet ; il guettait du coin de l'œil le soleil qui n'avançait pas.

Il chanta quelques chansons à la gloire de Saint-Étienne et du mont Pilat, puis *L'Africaine*, qu'on lui redemanda.

Loin des champs habités,
Une jeune Africaine
Avait de grands yeux noirs…

Les enfants faisaient des glissades, jetaient des boules de neige, construisaient des bonshommes qui se ressemblaient tous. Le premier jour de neige était un jour de fête, une sorte de carnaval sans masque. Le maître d'école pouvait même rire aux éclats, boire la goutte au goulot, chanter *L'Africaine* ou, en sourdine, à mi-voix, *La Valse des bas noirs*.

Quelques minutes après une heure, une boule cogna contre sa fenêtre. C'était *elle*. Il était prêt. Le temps d'enfiler son macfarlane, de fourrer dans sa poche une gourde emplie d'un mélange d'eau sucrée et d'eau-de-vie, il la rejoignit devant l'école. Elle mima un salut militaire, la main à sa casquette de voyage. Un manteau en tissu caoutchouc bleu-noir la couvrait jusqu'aux pieds ; elle le souleva pour montrer ses brodequins haute tige. Puis elle enfonça sous son bonnet de laine une mèche aux reflets ardents.

— Parée pour la marche.

— Montrez-moi le chemin. Ah, dites-moi, quelle est la couleur de vos cheveux, auburn ou acajou ?

— Mais ne voyez-vous pas que je suis blonde, monsieur ?

— C'est vrai, ça me fait penser à une chanson.

Les premiers jours de neige, il est permis de dire toutes les folies qu'on a dans la tête. Emilie courut dix pas, se retourna, fit un signe pour inviter Victor à la suivre sur la route de Saint-Sabin.

— Votre chanson ne parle-t-elle pas du jardin de mon père ?

— Mais si, et de la caille et de la tourterelle.

— Que d'oiselles dans votre chanson, monsieur !

— Il y a aussi une jolie perdrix.

— Courons, mon ami. Nous les verrons peut-être !

Ils avançaient en glissant et en battant des bras, dans le jour pâle et nu. Le dimanche, le froid, la neige, avaient vidé la campagne. Les animaux domestiques se tenaient, repus, au fond des étables ou des écuries, chauffant de leur chaleur les logis des hommes, où brûlaient doucement les feux de bûches. On n'entendait pas un beuglement, pas un bêlement, pas un coup de hache sur un tronc, pas un cliquetis d'essieu.

Un parfum de violette, un peu sucré, suivait Émilie comme une ombre vivante, exaltait l'odeur crue et amère de la neige.

Victor se laissa distancer, un peu par jeu, un peu parce qu'il avait le cœur battant et le souffle court. Il regardait le paysage blanc, neuf, inconnu ; il se sentait apaisé, presque heureux. Une pensée plus brûlante qu'une gorgée de gnôle lui passa par la tête, puis tomba en poussière dans sa poitrine. Et si elle m'aimait un peu ? Mais non, pauvre Victor, jamais elle n'aimera un simple maître d'école comme toi, il faudrait que, dans un éclair formidable, tu te changes en un héros de légende, rayonnant et fort, pour seulement allumer une étincelle dans son œil violet !

Non, elle rit, elle s'amuse, elle se moque de toi, gentiment quand même, ce qui est un progrès par rapport au temps où elle savait être venimeuse comme une enfant de vipère. Et puis la neige passera, Émilie t'écrira, tu lui répondras en vain, vous vous croiserez une fois tous les quinze jours, le printemps reviendra, et tu seras seul avec ton cœur de Perrette, en mille morceaux, à tes pieds !

Une corneille perchée sur une branche nue, sans doute affamée, lâchait ses cris aigres, chargés de colère et de chagrin. Une seconde, Victor eut envie de lui répondre sur le même ton. Il lança dans l'air une belle imitation de croassement, et Émilie se retourna pour applaudir. Puis elle vint vers lui en riant.

— Quelle belle voix !

— Je chante de temps en temps dans les noces et les banquets. Je suis assez doué pour ça.

Elle lui prit soudain la main pour l'entraîner.

— Allez, venez, courez, essayez donc d'attraper la jolie perdrix, si vous voulez dormir auprès d'elle !

Elle se moque, elle se moque… Il suivit Émilie, la rattrapa, la prit par la taille ; elle s'appuya contre lui, s'abandonna plus qu'à moitié. Ils se regardèrent et se soufflèrent à la figure la buée tiède de leur respiration.

— On est loin du village, dit-elle assez bas. Personne ne peut nous voir, et puis un jour de neige…

— Tout est permis, n'est-ce pas ?

Elle jouait encore, elle jouait toujours. Et si je la jetais dans la neige et lui arrachais son manteau, pensa-t-il, si j'ouvrais son corsage ? Le manteau semblait une cuirasse, et c'était beaucoup d'étoffes à manier. Elle dut sentir le frisson qui courait dans ses muscles ; elle le repoussa soudain, mais reprit sa main.

— Croassez-moi une autre chanson, monsieur du corbeau.

Il fit « Bon », se racla la gorge, soupira. L'occasion était trop belle. Il chanta : *Tu demandes de quoi je meurs / À tous mes amis, aux docteurs/Je meurs d'un mal que tu fis naître./Mais ne connaissant pas mon mal / Chacun répond d'un ton banal : / Il guérira peut-être*. La voix lui manqua, il s'arrêta au premier couplet. Ils marchèrent un moment, main dans la main, sans un mot. « Ah bon », fit-elle plus tard. Mais il ne sut deviner à quoi se rapportait la réflexion.

Elle lâcha sa main.

Dans le silence, la neige faisait cent bruits variés, suivant le terrain et leurs mouvements ; elle crissait sous les bottes, chuintait en roulant, craquait en s'effondrant ; elle soufflait et grésillait en s'envolant quand ils secouaient une branche, ou brasillait sous un frôlement de jupe… Émilie se moucha.

— Pardon. Voulez-vous que nous causions ?

— De la guerre ? Du certificat ? De l'école mixte ? Du corset ?

En guise de punition, elle planta un ongle dans la paume de Victor. Il gémit et fit mine d'avoir très mal.

— Pourquoi pas du corset ?

— Vous avez les ongles bien longs pour une maîtresse d'école, mademoiselle Emilie.

— Dites que j'ai des ongles de cocotte !

— Je ne sais pas, faites voir.

Il voulut prendre sa main, elle le griffa, puis étira ses doigts qu'elle lui prêta un instant. Ses ongles étaient en effet un peu longs suivant les normes du métier, et finement taillés, un peu rosis.

— C'est gênant au tableau, convint-elle. Mais ça me donne l'impression d'être une grande personne !

Elle lui échappa, se mit à tourner sur elle-même ; sa jupe mouillée au bas ne put s'envoler et fouetta lourdement ses brodequins. Elle renonça avec un soupir.

— Je suis moins bonne que Colinet pour faire la toupie.

Elle le vit se rembrunir, lui prit le poignet.

— Oh, pardon de remuer le fer dans la plaie.

Victor haussa les épaules.

— Il n'y a plus ni fer ni plaie. Durant tout l'été, j'allais de temps en temps à La Chaux-de-Grange m'assurer que Miraut se portait bien et je remettais un peu d'argent aux demoiselles pour sa nourriture. Marie-Jeanne m'avait proposé plusieurs fois de me le donner. Mais je ne me sentais pas capable de vivre avec ce chien, de peur qu'il ne me rappelle sans cesse Colinet et que ce soit trop pénible. Et puis le jour de la rentrée, je ne sais ce qui s'est passé en moi : je me suis senti délivré. C'était fini. Le soir même, je suis allé à La Chaux-de-Grange et j'ai ramené Miraut. C'est un brave chien, pas très malin, mais de caractère facile et toujours de bonne humeur. Je pense de moins en moins souvent à Colinet. Malgré tout, j'ai encore honte pour l'école et la République. J'ai longuement réfléchi. Ce sont les lois qu'il faut changer…

— Diable ! fit-elle.

Il aima le mot sur ses lèvres : un mot qui claquait en bouche comme un drapeau corsaire, plein de menaces et de promesses. Elle pataugeait à reculons dans la neige, pour rester tournée vers lui ; il pensa qu'il la verrait bientôt les quatre fers – ou plutôt les deux brodequins – en l'air. Les brodequins et un peu de jupon, ça ne serait pas désagréable. Elle s'arrêta et le regarda bien en face.

— Changer les lois, rien de moins ? Et comment vous y prendrez-vous, cher collègue ?

Victor soupira, sourit, se gratta la tête.

— Je ne le ferai pas en un seul coup, dit-il, puis il éclata de rire.

— Vous allez vous lancer dans la politique, alors ?

— Le chemin est bien long, tortueux et incertain. Il faut d'abord devenir un notable de village ou de petite ville, ou une personnalité dans une grande cité. Je crois…, commença-t-il.

Il ne finit pas sa phrase et se tut. Émilie le regarda fixement et insista.

— Qu'est-ce que vous croyez ?

— Je crois qu'on peut agir d'une autre façon sur les affaires de la République qu'en devenant conseiller général ou député. Ferdinand Buisson et Paul Bert, par exemple, n'étaient pas des hommes politiques au départ. Ils sont devenus députés afin de poursuivre et parfaire leur action. Charles Péguy est resté jusqu'ici hors de la politique, de même que Compayré.

— Un inspecteur général, un savant, un écrivain… Et tous sont ou étaient à Paris, même si Paul Bert est mort au Tonkin.

— Je vous ai cité ces noms pour préciser ma pensée. Pour nous, qui sommes tout en bas de l'échelle, le seul moyen de gagner en influence et de faire avancer nos idées, ou nos espoirs, c'est d'essayer de monter un ou plusieurs barreaux.

— Par exemple, de devenir inspecteur primaire ?

— Pourquoi pas ?

Elle demeura pensive et marcha quelques pas à sa hauteur.

— C'est M. Pajay qui vous a inspiré ce dessein, à la conférence ?

— Il ne m'en a pas détourné. J'avais préparé un mémoire de plusieurs pages… Par chance, je n'ai pas été obligé de le présenter, car il était un peu non conformiste.

— J'avais deviné. Vous essayiez de montrer que le patriotisme n'était pas la locomotive, mais la cinquième roue du carrosse !

— Vous exagérez. Je me suis contenté de ménager le rail et la vapeur… Bref, M. Pajay avait lu ma lettre à Reyrieux à propos de Colinet, il m'a demandé mon mémoire et y a même jeté un coup d'œil devant moi. Et il a profité de l'occasion pour m'assurer que j'aurais de bonnes chances au certificat d'aptitude en travaillant quelques années…

— Et peut-être aussi en mettant votre chandelle sous le boisseau !

— J'apprendrai à jouer serré. À me garer des voitures… À sacrifier l'accessoire à l'essentiel, pour aller vers mon but, en somme. J'ai tellement souffert de me sentir impuissant devant l'infamie du meunier Sigrole que je suis prêt à tout pour mettre ce genre d'individu hors d'état de nuire !

— Joli programme. Quand même, je n'aimerais pas que vous deveniez trop sérieux.

Qu'est-ce que ça peut vous faire ? songea Victor. Qu'est-ce que ça peut vous faire, puisque… Mais rien ne vint après la conjonction. Il fut incapable d'achever sa réflexion, rageuse et lasse.

— Avez-vous pensé, dit-elle soudain, qu'on n'apprécie pas trop des inspecteurs célibataires ? On offre à ces messieurs, n'est-ce pas, un vivier de jeunes vierges où il est un peu trop tentant de puiser pour qui n'a pas d'amour à la maison… J'espère que ça ne sera pas un crève-cœur pour vous, de convoler sans trop tarder.

— Non, dit-il sincèrement, ce sera tout sauf un crève-cœur.

Ils marchèrent encore longtemps, perdant parfois les chemins et les sentiers, Émilie à reculons bien souvent. Elle tomba plus d'une fois, il vit ses brodequins, un peu de jupon et même la rondeur de ses genoux, sous ses bas noirs.

Et plus d'une fois, elle lui prit la main quelques instants ; si bien qu'il s'enhardit à tenter lui-même ce geste, comme par distraction – plus d'une fois. Mais elle se dégageait vite, courait en avant, reprenait ses tours et ses cabrioles.

Épuisée, elle redevint sage. Ils allèrent côte à côte un moment ; ils s'amusèrent à citer les plus grosses bourdes des auteurs de manuels, des maîtres de la pédagogie et des philosophes de l'école, ces puits de science et ces parangons de vertu : Pécaut, Payot, Lavisse, Berthelot et dix autres. Une dent et même toute la mâchoire…

Le problème d'arithmétique coloniale qu'Émilie avait envoyé à Victor fut déclaré hors concours, car il datait d'avant la République. Émilie emporta quand même le premier prix avec une citation d'un livre d'hygiène à propos de l'allaitement maternel, si naturel *qu'il ne viendra jamais à la chienne l'idée de donner à son petit une autre nourriture que son lait.* Victor mérita le deuxième prix avec une citation d'un livre de morale : *Quand le corps commence à pourrir dans la terre, le gourmand et le sensuel comprennent combien ils ont été stupides de lui sacrifier le reste.*

— Émilie ?

— Victor ?

— Ces gens, d'après vous, sont-ils des ânes savants, des brutes ou des malheureux ?

Le pas d'Émilie s'alourdit tandis qu'elle réfléchissait.

— Je crois qu'ils sont les trois à la fois, dit-elle longtemps après. Mais enfin, je pense que ce sont surtout des malheureux. En tout cas, ils méritent tous un bonnet d'âne, n'est-ce pas ?

— Oui, je crois qu'ils le méritent.

— Au fait, Victor, que pensez-vous du bonnet d'âne comme punition, en classe ?

Victor se tut un long moment. Il ne jouait plus. Il s'efforçait de tout son cœur d'être honnête et sincère.

— Eh bien, dit-il, c'est quelquefois tentant. Ça peut sembler un bon moyen d'impressionner les élèves et de flétrir l'ignorance…

— Un bon moyen ?

— En fait, c'est le pire de tous. J'aurais honte de m'en servir pour humilier un pauvre gosse. Par contre, si j'avais un bonnet, je m'en coifferais volontiers, certains soirs, quand je suis tout seul et que je me regarde dans une glace…

Émilie hocha la tête gravement, puis pouffa.

— Un jour, je vous en offrirai un, dit-elle. Pour le plaisir de vous admirer avec ce truc sur la tête !

Victor ne voyait pas le temps passer. Émilie l'entraînait toujours plus loin, sans se soucier de sa robe mouillée jusqu'à mi-jambe. Elle semblait infatigable. Lui, le marcheur aguerri, le traqueur de lièvres, le sous-off du 10e chasseurs à pied, peinait à suivre cette espèce de sylphide, cette fée des neiges ; il allait à sa suite, le souffle court, le cœur battant la chamade.

Il fit mine d'abandonner la poursuite, une fois, deux fois. Le ciel se couvrait, le soir tombait. De loin, elle l'appelait. Il répondait, puis se taisait ; elle revenait l'appâter. À la fin, il la perdit pour de bon. Il marcha au hasard, coupant sans cesse des traces simples, ou doubles, que la pénombre commençait à effacer.

Il finit le contenu de sa gourde et essaya de se repérer. Une lumière s'alluma, puis une autre tout à côté. Une autre encore… Saint-Just ? Le bourg s'éclairait à quelques centaines de pas, alors qu'il le croyait à des kilomètres !

Mais où était donc passée Émilie ? Il cria son nom, puis écouta. Aucune réponse. Il pensa : « Elle se fiche de moi, elle a dû rentrer en catimini et, maintenant, elle se tord de rire chez elle devant son poêle ou devant un bon feu ! » Soudain, il sentit le froid le pénétrer.

Il frissonna, souffla dans ses mains, puis enfila ses gants. Elle a eu raison, se dit-il, allons retrouver Miraut et nous chauffer tous les deux…

— Allons ! fit-il à haute voix, mais il resta cloué sur place.

Il leva les yeux, une grisaille de mort plombait le ciel, qui l'écrasait de tout son poids. Voilà pourquoi il ne pouvait bouger : le ciel était trop lourd sur ses épaules.

Il trouva enfin la force d'avancer ; il fit deux ou trois pas, au hasard, puis glissa sur une pierre gelée et tomba à genoux. À ce moment, la colère le délia du chagrin. Il laboura la neige, martela le sol de ses paumes, puis se frictionna le visage avec ses gants mouillés et se frappa le crâne entre ses poings. Puis il se mit debout d'un effort désespéré, le cœur battant, les jambes flageolantes. Il respira, forçant l'air dans ses poumons.

Bon. Il serra les dents, courba les épaules et marcha une cinquantaine de pas en direction du bourg. Il avait une nouvelle fois perdu le sentier ; il s'enfonçait parfois jusqu'en haut de ses bottes. Il s'arrêta. Non, il ne pouvait s'en retourner sans être tout à fait sûr qu'Émilie n'était pas perdue à l'orée d'un bois ou tombée dans un trou, un fossé, un bief.

Il revint sur ses pas, appela encore : « Émilie ! Émilie ! » Il éprouvait une joie farouche à lancer son nom aux échos assourdis de la neige. Mais, entre chaque cri, un démon lui soufflait : Elle est rentrée, va-t'en aussi et tâche d'oublier ce jour, si tu peux… Il crut entendre : « À moi, à moi ! »

— Émilie, c'est vous ? Répondez !

Une toute petite voix, presque une voix d'enfant, gémit devant lui, un peu à droite, non, un peu à gauche, par ici, par là : « À moi ! À moi ! » Enfin, il aperçut une forme sombre, qui semblait battre des ailes en agitant les bras sous sa cape : ça ne pouvait pas être Émilie, elle ne portait pas de cape.

C'était elle. Il avait pris pour une cape son manteau déboutonné. Elle s'enfonçait dans la neige jusqu'à la ceinture, elle avait dû tomber dans un trou, et la glace s'était rompue sous ses pieds. Il ôta son macfarlane qu'il lui lança, un pan bien serré dans sa main droite. Puis il se jeta sur la neige. Une minute plus tard, elle était tirée d'affaire, elle s'accrochait à Victor, elle grelottait dans ses vêtements détrempés. Elle claquait si fort des dents qu'elle ne pouvait prononcer un mot. Et Victor avait beau la soutenir, elle ne tenait pas sur ses jambes. Il voulut la charger sur son dos ; il était si éperdu, exalté, qu'il eût empilé trois Émilie sur chacune de ses épaules. Mais elle résista, aggravant le désordre de ses habits.

— Non, je vais marcher, dit-elle de sa voix enrouée. Aidez-moi.

Ils luttèrent un instant, Victor fit mine de céder ; il la soutint quelques pas, mais bien vite la porta plus qu'à moitié. En arrivant à l'entrée du village. Victor obliqua vers la partie basse du bourg où se trouvait l'école des filles. Émilie lui serra le bras, essaya de le tirer de l'autre côté. « Il fait trop froid chez moi ! » Elle dégoulinait contre lui ; il était presque aussi mouillé qu'elle.

Mais en respirant son parfum, il oubliait le froid.

— Bon, dit-il, je vais vous conduire…

— Allons chez vous. La nuit est tombée. Personne ne nous verra.

Il se demanda si elle n'avait pas tout combiné pour ce dénouement : la promenade dans la neige, sa fuite, sa chute. C'était impossible, incroyable. Elle s'accrocha à son cou, il la porta complètement pour les cinquante derniers pas.

Ils furent à l'école des garçons. Victor dut poser Émilie sur ses pieds pour ouvrir la porte du logement. Une douce chaleur régnait dans la pièce du rez-de-chaussée ; à travers le hublot de mica du calorifère, on voyait la braise rougeoyer. Par contraste avec le froid du dehors, on se serait cru un soir d'été. Victor alluma une bougie, ranima le feu, tira une chaise pour asseoir Émilie près du poêle ; puis il chercha une couverture pour la couvrir. Elle le repoussa.

— Non, non, gardez votre couverture sèche.

Elle tremblait de la tête aux pieds et claquait des dents. Son nez se pinçait et ses lèvres prenaient une teinte violacée. Si on ne lui trouvait pas vite un lit chaud, elle risquait la pneumonie.

— Je vais appeler une voisine, dit Victor.

— Non, s'il vous plaît. Aidez-moi... à me coucher. Votre chambre est en haut... n'est-ce pas ? Aidez-moi à monter.

Elle se leva en chancelant ; ils considérèrent ensemble l'escalier tournant, assez étroit : cela paraissait une redoutable escalade.

— Je tiendrai la bougie, dit-elle. Non, non, n'essayez pas de me porter, passez derrière moi.

Elle vacilla de nouveau sur le palier, il la prit dans ses bras. Elle souffla à son oreille : « Portez-moi, s'il vous plaît. » Il voulut la poser sur le lit. Elle se retint à son cou.

— Il faut me déshabiller et me sécher.

Victor proposa encore d'appeler la voisine.

— Non, toi...

Elle se serra contre lui.

— Veux-tu que j'éteigne la bougie ?

Elle fit non d'un signe. Il l'aida à retirer sa robe ; elle rit de sa maladresse, chassa ses doigts, finit d'ôter le vêtement.

— Va me chercher une bouillotte.

Il n'avait pas de bouillotte ; il mit à chauffer deux briques. Émilie l'appela d'en haut. Il grimpa l'escalier comme un ange monte au ciel.

— Sèche-moi, s'il te plaît.

Il lui frotta les bras, les cuisses, les côtes et le dos avec un bout de drap, elle put enfin se glisser dans le lit et il la recouvrit de son édredon. Puis il descendit pour lui préparer un grog, qu'il lui fit avaler non sans peine. Elle demanda s'il savait poser les ventouses. Il jura qu'il en était capable.

— Après, dit-elle. J'ai très, très froid, réchauffe-moi.

Il s'assit à côté du lit sur une chaise branlante, il prit les mains d'Émilie. Elle le regarda dans les yeux, puis l'attira contre elle, lui fit écouter sa respiration. L'air sifflait vilainement, par à-coups, dans ses poumons et ses bronches. Elle prit sa main, la posa sur sa gorge.

— Tu m'as sauvé la vie, tu ne vas pas me laisser attraper une fluxion de poitrine ! Tu sais comment me réchauffer, dis ?

Elle se souleva sur les coudes, puis les poignets, elle sortit à moitié de sous les couvertures ; elle était nue, elle cacha ses seins sous ses paumes.

— Touche-moi, je suis glacée.

Il sentit la chair de poule sur sa peau. Elle leva les bras, découvrant sa poitrine, et lui prit le visage dans ses mains.

— Éteins la bougie, déshabille-toi et viens près de moi.

Plus tard, il enroula une mèche sombre autour de son index, en caressant de l'autre main l'épaule nue d'Émilie. Il se pencha sur son visage, contempla fixement ses prunelles marron orangé, que baignait un blanc presque mauve. Puis il dessina avec ses deux mains l'ovale un peu long de son visage et lui dit dans le creux de l'oreille :

— Tu m'as amené où tu voulais, quand tu as voulu !

— Oui, fit-elle très bas. Où tu voulais aussi, n'est-ce pas ? Et puis je me suis perdue pour de bon et je suis tombée dans un trou glacé sans le faire exprès. Je te jure que tu m'as sauvé la vie !

— C'est vrai ?

— Oui. Je t'en supplie, sois heureux.

42

— Fanmai, lis les noms avec nous ! dit Claire.

Le petit garçon tira la langue à sa sœur.

— Pêche !

Émilie serra l'épaule de son fils.

— Simon, c'est un monument aux morts.

— Je veux pas qu'elle m'appelle Fanmai ou je lui dis Pêche.

Il lut un nom sur la pierre : Sauze Étienne, 1898-1918.

— Mort à vingt ans, commenta Claire Chambost.

Simon, dit Fanmai, haussa les épaules.

— Je m'en fiche, papa n'y est pas marqué.

— Nous n'habitions plus Saint-Just-la-Roche à la déclaration de guerre, expliqua Emilie à ses enfants. Nous étions à Saint-Étienne, où tu es né.

— Il fallait, ajouta Claire, que papa soit en ville pour préparer son examen d'inspecteur.

— Et il a été reçu du premier coup, dit fièrement Simon-Fanmai. Alors, il était inspecteur.

Émilie soupira et fronça le nez, peut-être pour retenir ses larmes.

— Oui. Il devait prendre son poste au mois d'octobre 1914. Mais, en août, il est parti à la guerre, comme tous les hommes…

— Pourquoi on ne va pas voir son école ?

— Nous y allons, mes enfants.

Claire, qui était de trois ans l'aînée, sentit l'émotion et la souffrance de sa mère ; elle lui prit gentiment la main. Le trio avança dans la rue principale ; deux ou trois personnes saluèrent la veuve Chambost, sans la reconnaître. Une veuve, pareille à tant et tant d'autres, en cette année 1922. Certaines commençaient à tomber le deuil ; mais Émilie restait tout en noir, et même son ombrelle, qu'elle avait repliée avant d'arriver au monument, était d'un bleu très foncé.

Les façades décrépies, la peinture écaillée des portes et des volets, la chaussée trouée, avouaient la tristesse, la pauvreté d'un village saigné par la guerre. Les femmes, les enfants, les vieux, étaient aux champs, avec les jeunes hommes qui avaient sauvé leur peau et leurs membres. Un mutilé assis sur un banc, devant une porte entrouverte, se leva en s'aidant d'une béquille et entra en claudiquant dans sa maison, comme s'il avait honte de montrer son infirmité.

Une voiture était garée sur la place ; Fanmai, qui connaissait toutes les marques d'auto, reconnut une torpédo Citroën 10HP.

— Voici.

Émilie montra un grand bâtiment, le seul du bourg ravalé de neuf, deux ailes basses, qui encadraient un pavillon à étage : l'école des garçons à droite, l'école des filles à gauche, la mairie au centre, avec le logement des maîtres au-dessus.

— Quand nous étions ici, votre père et moi, expliqua Émilie, l'école des filles était encore au bas du village. Nous y passerons tout à l'heure. J'ai envie de voir ce qu'ils ont fait du bâtiment. Mais, naturellement, nous habitions ici… Et c'est ici que tu aurais dû naître, Claire. Mais j'étais partie me reposer à Saint-Étienne et c'est ainsi que tu es née à la maternité de notre chef-lieu.

— Le 2 octobre 1911, dit Pêche-Claire.

— Le jour de la rentrée, car le 1er octobre tombait un dimanche.

— Alors, à l'école de papa, on récitait la poésie des vendanges :

Hier on cueillait à l'arbre une dernière pêche,
Et ce matin voici, dans l'aube épaisse et fraîche,
L'automne qui blanchit sur les coteaux voisins...

— Papa m'a baptisée Pêche, parce que j'étais née un matin d'octobre.

— Et moi je suis né au mois de mai, dit Fanmai.

Pêche, qui avait la langue bien affilée et ne pouvait jamais se retenir longtemps de dévider son peloton, se piqua devant la façade de la mairie-école et récita, pour le chien qui veillait sur le perron de la mairie, le chat qui dormait, d'un œil, sur le rebord d'une fenêtre, et pour les oiseaux qui jasaient dans les tilleuls :

Pâquerettes, iris, muguets, lilas, jasmins !
Le petit enfant Mai frappe dans ses deux mains.

— Quand Simon est né, c'était la poésie de Victor Hugo que les filles du cours élémentaire apprenaient à l'école de maman. Et alors, papa l'a appelé le Petit Enfant Mai, et puis Fanmai.

Émilie regardait fixement les fenêtres du premier étage ; elle baissa les yeux et sourit. Elle n'avait pas le cœur de reprendre Pêche chaque fois que sa grande fille répétait : « alors », « et alors ».

— Allons-nous-en, dit-elle brusquement.

— On va voir ton école, maman ?

— Avant, je voudrais marcher un peu au bord du bois.

Ils avancèrent sous un ciel couvert, plombé ; un orage montait de la vallée du Rhône, par-dessus les crêts. Dans la touffeur d'août, l'air était comme une pâte trop cuite, baignée de sirop trop sucré, qui engluait la nature, pesait sur les gens et les bêtes. Les rayons du soleil, rougis par les nuées d'orage et filtrés par les frondaisons de la hêtraie, répandaient sur la terre et sur les vêtements des trois promeneurs des miettes d'arc-en-ciel brisé.

Simon courut devant, trouva une pierre plate, sous un grand hêtre, et appela sa mère et sa sœur.

— Venez vous asseoir là.

— Et alors, papa s'inquiétait toujours pour Colinet ? dit Pêche sur un ton mi-rêveur, mi-interrogateur. Et même à Saint-Étienne, il espérait encore le voir ?

Fanmai revint se planter devant sa mère et sa sœur, les regarda tour à tour, les sourcils froncés, une petite moue sur les lèvres.

— Papa s'inquiétait parce que Colinet était parti ?

Émilie chercha son éventail dans le sac posé à ses pieds, le balança lentement devant son visage rosi par la chaleur.

— Oui. C'est toute une histoire. Colinet était orphelin de père, sa maman est morte aussi l'année où il devait passer son certificat…

Pêche posa sa main sur celle de sa mère.

— Maman, je peux lui raconter, si tu es fatiguée.

Fanmai frappa du pied.

— Pas toi, tu inventes toujours. Maman.

Émilie s'essuya le front avec un mouchoir de batiste, parfumé à la violette.

— L'oncle de Colinet, devenu son tuteur, l'a obligé à quitter l'école pour être apprenti à son moulin. Ça a été terrible pour Colinet… et aussi pour votre père qui comptait beaucoup sur lui au certificat. Colinet a fait la forte tête, il a refusé d'obéir à son oncle, il a été sévèrement puni et il s'est vengé en empoisonnant les deux chiens de la maison avec de la mort-aux-rats.

— C'était mal. Il méritait d'aller en maison de correction.

— Est-on sûr qu'il les a empoisonnés ? demanda Pêche.

Émilie acquiesça d'un signe de tête.

— Fallait-il qu'il soit malheureux ! Il aimait tant les chiens. Sitôt le geste accompli, il a eu d'affreux remords. Quand il a parlé, huit ans après, il pleurait encore sur ces deux pauvres bêtes. Je ne sais pas s'il méritait d'aller en maison de correction, comme dit Simon, mais son oncle l'a menacé du bagne et il s'est enfui.

— Et on ne l'a jamais rattrapé, dit Pêche.

Fanmai frappa du pied.

— C'est mal, il aurait dû se rendre.

— Sans doute, mais il voulait se racheter par une bonne action.

— Et papa se demandait s'il l'avait fait ?

— Votre père gardait toute sa confiance à Colinet. Il ne l'a jamais oublié. Mais il ne pensait plus très souvent à lui. Une fois seulement, pendant la guerre, il a mis un post-scriptum à la fin d'une lettre : « Des nouvelles de Colinet ? » Et il a ajouté, comme s'il réfléchissait avec sa plume : « Non, bien sûr, aucune. Qu'importe ! »

Fanmai enfonça les mains dans ses poches et gratta la terre du bout de ses souliers.

— Et on n'avait pas de nouvelles ?

Émilie acquiesça d'un signe.

— Je suis venue à Saint-Just, j'ai questionné Mme Malatray, la femme du maire. Elle ne savait rien. J'ai écrit au maire de Saint-Michel, le village du meunier Sigrole. Lui non plus ne savait rien. Il avait même oublié Colinet depuis longtemps. C'est plus tard, en 1917, qu'on a appris toute son histoire.

— Alors, il avait vingt et un ans et il était caporal ?

À ce moment, une voix cria le nom d'Émilie depuis l'orée du bois :

— Madame Chambost ! C'est bien vous, madame ?

Une jeune femme vêtue de gris et coiffée d'un grand chapeau de paille se précipita sous les arbres.

— C'est moi, Marie Pré ! Oh, madame, vous n'avez pas changé.

La veuve et la jeune fille se regardèrent en silence. Une larme coula sur la joue de Marie, qui montra sa main nue.

— Oui, je suis toujours… Marie Pré. Mon fiancé a été tué fin octobre, en 18, moins de quinze jours avant l'armistice.

Émilie ouvrit les bras, Marie se jeta contre sa poitrine.

— J'ai su par le maire que M. Chambost avait été tué, mais seulement après la guerre. Oh, madame, pardonnez-moi, c'est mieux que d'être revenu sans ses jambes ou la gueule cassée !

— Oui, Marie. Oui, peut-être.

— Mon père a été tué en août 1917, dit Pêche. Ça fait juste cinq ans. Pauvre papa, il n'a jamais su ce qui était arrivé à Colinet…

— Colinet ? fit Marie. Colin Plasson. Ah oui, j'ai entendu dire qu'il dressait les chiens pour la guerre.

— Il y a eu un reportage sur lui dans *Le Miroir de la guerre* en octobre 1917, trois mois après la mort de papa. Et il racontait toute son histoire.

Émilie fit asseoir Marie près d'elle sous le grand hêtre. La jeune fille pleurait doucement. Elle se moucha et dit :

— Oh, madame, à l'école, si on avait pensé qu'on se reverrait après tant de malheurs, vous veuve et moi vieille fille !

Fanmai repoussa d'un coup d'épaule sa sœur qui se tenait devant leur mère.

— Colinet, il a même pas été tué à la guerre, comme papa.

— Simon !

— Maman, tu n'as pas fini de raconter.

— Mais l'histoire de Colinet n'intéresse pas Marie.

— Oh si, ça m'intéresse, dit Marie. Je ne connais pas bien les détails. Je sais que Colinet, enfin Colin Plasson, a reçu la médaille militaire pour avoir sauvé un officier.

— Plusieurs officiers, dit Pêche. Même un colonel !

Sautant du coq à l'âne, Émilie demanda à Marie si M. Malatray était toujours maire de Saint-Just. Marie renifla et hocha la tête.

— Oui, oui, il est revenu de la guerre avec un seul bras, enfin c'est le droit, et ça ne l'empêche pas d'être maire, il conduit même son auto, en jurant comme un païen, et son usine marche toute seule. C'est un très bon maire, de l'avis général.

Simon trépigna, poings serrés, devant les deux femmes.

— Maman, raconte. Raconte l'histoire de Colinet !

Émilie tira de son sac un flacon d'alcool de menthe, qu'elle porta à ses lèvres.

— L'émotion de te revoir, Marie, et le village, tous ces souvenirs. En veux-tu ?

Elles aspirèrent l'une après l'autre quelques gorgées de liqueur.

— Vous imaginez la surprise quand on a vu ces trois pages entières, dans *Le Miroir*, et ce titre : « Colin la Toupie et sa chienne La Guerre ». On voyait plusieurs photos de Colinet, mais je ne l'aurais pas reconnu. Sur l'une il tenait sa chienne par le cou, une espèce de gros berger poilu. Le correspondant du *Miroir* racontait ses derniers exploits : comment il dressait des *chiens sanitaires* qui sauvaient les blessés ou des *chiens de liaison* qui portaient des messages, et comment il allait lui-même chercher des blessés dans les barbelés avec sa chienne. Pour signaler qu'elle avait trouvé un blessé, elle rapportait son casque, ou quelquefois son portefeuille, une lettre ou un autre objet. Elle aidait à dresser les jeunes chiens, elle leur apprenait ses tours et sa science presque sans l'aide des hommes… Le journaliste du *Miroir* qualifiait La Guerre d'animal le plus extraordinaire sur le champ de bataille.

« J'en ai pleuré, de joie et de tristesse en même temps. Je pensais à mon pauvre Victor, je me disais : Comme il aurait été heureux de voir ça !

« Et puis Colinet a résumé son histoire au reporter, depuis qu'il avait empoisonné les chiens, sous le coup de la colère et du désespoir. Et il disait qu'il ne s'était jamais pardonné ce geste, qu'il n'avait pas d'excuse, que rien ne pourrait jamais effacer sa faute. Et, d'ailleurs, quand il est parti de chez son oncle, il a emporté le reste de la mort-aux-rats. Mais il n'a pas eu le courage d'avaler le poison ou qui sait ? Il pense que le bon Dieu a voulu lui donner l'occasion de réparer. Il a donc fui, au hasard, en vivant de baies, de fruits sauvages, et aussi de fruits qu'il cueillait dans les vergers, comme c'était l'été.

— Maman, il volait ! s'écria Fanmai.

— Oui, certes, mais il avait faim et…

— Il n'avait qu'à se rendre aux gendarmes.

— Il avait très peur d'être enfermé. Et aussi, quelquefois, il trouvait à s'employer chez des paysans et il gagnait sa nourriture. Il a même glané quelques sous en faisant la toupie et d'autres tours d'acrobate. Et puis, un jour, il a rencontré un chien errant qui l'a suivi et qu'il a appelé Zerbino, comme le chien de *Sans famille*. Il a cru que cet animal lui était envoyé pour qu'il se rachète. Zerbino était affamé, malade, couvert de plaies et de croûtes, mais il semblait intelligent, il savait même se tenir sur ses pattes de derrière et garder un morceau de sucre sur le museau.

« Colinet l'a soigné comme il a pu, il lui a appris un ou deux tours de plus et, bientôt, ils ont pu gagner leur vie en donnant de petits spectacles aux enfants, dans les villages ou devant les fermes, contre une pomme et un quignon de pain, quelquefois une assiette de soupe. Zerbino se révélait très doué, il obéissait au doigt et à l'œil, et il progressait très vite.

« Colinet ne restait jamais longtemps au même endroit, de peur d'être arrêté par les gendarmes. Il marchait toujours vers le sud, parce qu'il avait peur du prochain hiver. Il est arrivé en Provence, avec son chien, à la fin de l'été. Il a été remarqué par des bohémiens qui l'ont pris dans leur troupe et lui ont appris quelques jongleries et acrobaties. Mais ces gens-là s'adonnaient à la rapine. Ils ont voulu vendre Zerbino à un cirque. Colinet a libéré son compagnon et tous deux sont repartis sur la route. Ils ont croisé plusieurs cirques et Colinet a essayé en vain de s'engager avec Zerbino.

« Du côté de Nice, il a enfin réussi à convaincre un nommé… Marini le Magnifique, italien, comme Vitalis, qui rentrait dans son pays avec une petite troupe de jongleurs et d'acrobates et de dresseurs d'animaux. Il a caché Colinet pour lui faire passer la frontière. Les voilà en Italie.

« Et, en deux ou trois ans, Colinet est devenu un véritable artiste de cirque. Il a voyagé dans toute l'Italie avec la troupe Marini. Il savait presque tout faire, le trapèze, le saut périlleux, la jonglerie, mais il réussissait surtout dans le dressage de chiens. Marini le faisait passer pour son neveu. Ils sont revenus en France. Colinet a été pris par les gendarmes… qui n'étaient pas assez malins pour le garder longtemps. Il s'est échappé et il est parti à la recherche de la troupe Marini. Quand il a rejoint ses anciens compagnons, Zerbino était mort, et Marini n'a pas voulu le reprendre.

« À ce moment, Colinet avait seize ans et il pouvait gagner sa vie sans peine. Il a adopté deux autres chiens, qu'il a dressés tout en voyageant. Il a traversé la France et il a trouvé à s'embaucher dans un vrai cirque, en Belgique. Puis le cirque est passé en Hollande, en Allemagne et en Europe centrale. Colinet a continué à se perfectionner, en ajoutant quelques cordes à son arc. Il était apprécié de ses patrons et de ses camarades, parce qu'il savait écrire, qu'il comptait bien et apprenait vite les langues étrangères.

« L'été 1914, le cirque belge travaillait en Autriche-Hongrie. Dès les premières menaces de guerre, il est passé en Italie, où il a continué ses activités quelque temps. La plupart des Français et des Belges se sont présentés dans leurs consulats pour être rapatriés. Colinet était jeune, à peine dix-huit ans, et il avait toujours peur des gendarmes ; et tout le monde pensait que la guerre ne durerait pas longtemps. Il a attendu quelques mois, il s'est finalement présenté au consulat de Milan pour s'engager.

« Il est arrivé au front à dix-neuf ans, à la fin du printemps 1915. Au début, ses talents de saltimbanque ne servaient qu'à distraire ses camarades ; puis il a trouvé un chien qu'il a dressé à des tâches utiles. Il a intéressé des officiers ; il a demandé à être brancardier, parce que c'était un poste où les chiens étaient précieux. En même temps, il dressait d'autres bêtes, d'abord pour le plaisir de quelques officiers, puis pour d'autres tâches militaires.

« Et voilà, conclut Émilie. Colin la Toupie a eu plus de chance que son ancien maître : il a fini la guerre sans aucune blessure grave, avec le grade de sergent-chef. Et après, il est retourné à son métier. On l'a su l'année dernière seulement par un article du *Progrès*, au moment où il était de passage à Lyon. Il possède un chien très savant et habile, nommé Dragon, comme le chien des demoiselles Valla autrefois : je pense que ce n'est pas un hasard. J'ai noté le nom du cirque, et lorsqu'il reviendra dans la région, nous tâcherons d'aller le voir.

Marie Pré frappa dans ses mains en signe de surprise.

— Qui aurait dit que ce petit Colinet se débrouillerait aussi bien ?

On prit la bouteille Thermos dans le sac que les enfants portaient tour à tour, et chacun but un demigobelet d'eau fraîche. Marie Pré trempa les lèvres dans la boisson et partit précipitamment. Elle se retourna à vingt pas et fit au revoir en agitant son mouchoir.

— Qu'est-ce qui lui a pris ? demanda Pêche.

— Elle ne voulait pas qu'on la voie pleurer, dit Émilie.

Fanmai regarda la jeune fille s'éloigner, puis se retourner encore et disparaître dans un repli de terrain.

— Elle pleure parce que son fiancé est mort, dit-il sur un ton solennel. Nous, c'est papa qui est mort, mais on est tous les trois, alors on est moins malheureux.

Il regarda sa mère dans les yeux.

— Maman, y en a qui disent que les veuves de guerre se remarient, des fois. Et toi ?

Pêche leva la main d'un geste menaçant.

— Tu veux une claque ?

Émilie retint le bras de sa petite fille.

— Non, Claire, s'il te plaît. Votre père et moi, nous nous aimions beaucoup. Il m'a même juré une fois qu'il avait failli mourir d'amour pour moi.

— Oh, comme il t'aimait, maman.

— Dans une de ses lettres, de Verdun, en 1916, il m'a écrit que, s'il était tué à la guerre, il souhaitait que je me remarie. Je lui ai répondu qu'il reviendrait bientôt et que nous serions heureux comme avant. Il a insisté : Promets-le-moi. Et j'ai promis.

Émilie attira ses deux enfants contre elle.

— Moi, dit Fanmai, j'ai pardonné à Colinet d'avoir volé des fruits dans les champs et même d'avoir empoisonné les chiens. Je te pardonnerai si tu te remaries, maman.

Quand Emilie le lâcha, après lui avoir donné un baiser sur le front, il recula de deux pas et la scruta, sourcils froncés, une moue à la bouche.

— Tu n'es pas très vieille, et tu es même jolie !

Remerciements

À Jacques Plaine, pour son aide documentaire ; Bernard Plessy, auteur de *La Vie quotidienne en Forez avant 1914* (Hachette Éd.) et *Sur le chemin de la Galoche* (avec Louis Challet, Le Hénaff Éd.), ouvrages que j'ai régulièrement consultés ; Maurice Raimond, pour les solutions du problème des bœufs ; Elsa Rosenberger, pour ses lectures attentives du manuscrit, aux différents stades de préparation de ce roman.

LE FAMEUX ET FABULEUX PROBLÈME DES BŒUFS…

On sait premièrement que 3 bœufs ont mangé en 2 semaines l'herbe contenue dans 2 ares de terrain, plus l'herbe qui a poussé uniformément pendant ces 2 semaines ; deuxièmement que 2 bœufs ont mangé en 4 semaines l'herbe contenue dans 2 ares de terrain, plus l'herbe qui a crû uniformément pendant ces 4 semaines.

D'après ces données, combien faudra-t-il de bœufs pour manger en 6 semaines l'herbe contenue dans 6 ares, plus l'herbe qui a poussé pendant ces 6 semaines ?

SOLUTION :

6 bœufs auraient mangé évidemment en une semaine l'herbe qui se trouvait dans un pré de 2 ares, plus celle qui y avait poussé uniformément pendant 2 semaines.

De même, 8 bœufs auraient mangé en une semaine l'herbe qui se trouvait dans un pré de 2 ares, plus celle qui y avait poussé pendant 4 semaines.

Par comparaison, on voit que 2 bœufs sont nourris pendant 1 semaine avec l'herbe qui a poussé pendant 2 semaines dans un pré de 2 ares.

Si le pré avait 6 ares, il nourrirait avec l'herbe qui y pousserait pendant 2 semaines, trois fois plus de bœufs, soit 6 ; et, avec l'herbe qui y pousserait pendant 6 semaines, 3 fois plus, soit 18 (A).

18 bœufs seraient donc nourris pendant une semaine avec l'herbe qui pousse dans le troisième pré pendant 6 semaines.

Cherchons combien de bœufs seraient nourris pendant une semaine avec l'herbe qui se trouve déjà dans le pré.

2 bœufs seraient nourris pendant 1 semaine avec l'herbe qui pousse dans un pré de 2 ares pendant 2 semaines. Avec celle qui y pousse pendant 4 semaines, on en nourrirait 2 fois plus, soit 4. Or on sait qu'il faut 8 bœufs pour manger l'herbe qui se trouve dans un pré de 2 ares, plus celle qui y a poussé pendant 4 semaines. De ces 8 bœufs, 4 sont donc nourris pendant 1 semaine par l'herbe qui se trouvait dans le pré. Mais si l'herbe qui se trouve dans un pré de 2 ares nourrit 4 bœufs pendant 1 semaine, celle qui se trouve dans un pré de 6 ares en nourrira 12 (B).

Par conséquent, d'après les résultats (A) et (B), avec l'herbe qui se trouve dans le pré de 6 ares et avec celle qui y a poussé pendant 6 semaines, on nourrirait pendant 1 semaine un nombre de bœufs égal à 18 + 12 = 30.

Si 30 bœufs mangent cette herbe en 1 semaine, pour la manger en 6 semaines, il en faudra 6 fois moins, ou 5.

Ainsi le troisième pré pourra nourrir 5 bœufs pendant 6 semaines.

Solution algébrique

Il faut trouver le nombre de rations hebdomadaires du terrain de 6 ares. Ce nombre divisé par 6 donnera le nombre de bœufs qui est recherché.

Dans le terrain de 2 ares :

La quantité d'herbe de la 1re semaine est plus importante que les repousses hebdomadaires.

Soit x le nombre de rations pour l'herbe de la 1re semaine ;

et y le nombre de rations d'une repousse pour chacune des autres semaines.

3 bœufs sont restés 2 semaines sur le terrain. Ils ont consommé 2 x 3 = 6 rations. Donc $x + y = 6$.

2 bœufs sont restés 4 semaines sur le terrain. Ils ont consommé 4 x 2 = 8 rations.

Donc $x + 3y = 8$.

Résolution – par soustraction des 2 équations :

$(x + 3y = 8)$

$-(x + y = 6)$

$= 2y = 2$

$y = 1$

$x + y = 6$ et $x = 6 - y = 6 - 1 = 5$

Nombre de rations sur le terrain de 6 ares :

Le terrain est 3 fois plus grand et les bœufs doivent y séjourner 6 semaines.

La 1re semaine est multipliée par 3, soit $3x$

Il y a ensuite 5 autres semaines : $(y \times 3) \times 5 = 15y$

Soit en tout $3x + 15y$.

En reportant les valeurs, on a : 3 x 5 + 15 x 1 = 30 rations.

Nombre de bœufs 30/6 = 5.

Solutions arithmétiques

Partie commune aux deux solutions proposées.

Si 3 bœufs mangent l'herbe d'un terrain de 2 ares en 2 semaines, 6 bœufs la mangeraient en une semaine.

Si 2 bœufs mangent l'herbe d'un même terrain en 4 semaines, 8 bœufs la mangeraient en 1 semaine.

Les deux bœufs supplémentaires auraient mangé l'herbe poussée pendant les 2 dernières semaines (2 pousses d'une semaine) ; donc 1 bœuf mange l'herbe qui pousse sur le terrain de 2 ares en 1 semaine.

Pour la commodité de la rédaction, nous appellerons cette quantité d'herbe : « repousse » ou « ration » hebdomadaire pour 1 bœuf.

Solution 1.

Chaque bœuf est supposé manger la même ration.

Pour les 3 bœufs restés 2 semaines dans le pré, il a fallu 6 rations d'herbe. Ces rations ont été fournies par l'herbe du pré de la 1re semaine et sa repousse en 2e semaine (ration d'un bœuf). L'herbe de 1re semaine et sa repousse ont donc fourni 5 rations, la 6e étant la repousse de 2e semaine.

Vérification. Les 2 bœufs restés 4 semaines dans le pré ont mangé 8 rations. La 1re semaine a fourni 5 rations. Les repousses pendant 3 autres semaines en ont fourni 3. Total : 5 + 3 = 8 rations.

Nombre de rations pour 6 semaines dans le terrain de 6 ares.

Le terrain étant 3 fois plus grand, l'herbe de 1re semaine donne 5 rations x 3 = 15 rations.

Les repousses des 5 semaines suivantes donnent : 5 x 3 = 15 rations.

Soit un total de 30 rations.

Chaque bœuf en consommera 6 en 6 semaines, donc on pourra mettre dans ce pré 1 x 30/6 = 5 bœufs.

Solution 2.

1/ Partie commune.

2/ Nous supposerons le terrain de 6 ares divisé en 3 terrains de 2 ares, A, B, C.

Les bœufs doivent être nourris 6 semaines.

En A, 3 bœufs mangent l'herbe en 2 semaines. Il faudra encore les nourrir 4 semaines et il y aura 4 repousses au cours des semaines suivantes.

En B, 2 bœufs mangent l'herbe en 4 semaines. Il faudra encore les nourrir 2 semaines et il y aura 2 repousses.

Les 3 bœufs de A seront ensuite placés en C. Ils seront de nouveau nourris 2 semaines (soit 4 en tout). Il faudra encore les nourrir 2 semaines et il y aura 4 repousses { 6 – (2 + 2) }.

Les 5 bœufs ont été nourris 4 semaines. Pour les 2 semaines restantes, il leur faudra 2 x 5 = 10 rations, soit l'herbe de 10 repousses.

Nous disposons en A de 4 repousses ; en B de 2 repousses ; en C de 4 repousses, soit un total de 10 repousses, constituant les 10 rations nécessaires.

Conclusion : 5 bœufs auront mangé toute l'herbe des 6 ares, au bout de 6 semaines. Le nombre de bœufs à mettre dans le pré est donc de 5.

Des secrets bien gardés

(Pocket n° 12460)

En 1850, la jeune Angéline Bars entre au service des propriétaires du riche manoir de Gardiency. Très vite, la mère du maître de maison, Madame Henriette, se révèle aussi féroce que son fils est tendre. Flattée par les attentions de ce dernier, Angéline se laisse peu à peu aspirée par les eaux troubles des secrets de famille, les haines anciennes, les guerres politiques et les rivalités amoureuses...

Composé par Nord Compo Multimédia
7, rue de Fives, 59650 Villeneuve-d'Ascq

Achevé d'imprimer en juin 2009, en Espagne
par Litografia Roses (Gava)
Dépôt légal : juillet 2009